世界文學
經典名作

小婦人

LITTLE WOMEN

LOUISA MAY ALCOTT

露意莎・梅・奧爾柯特 著
楊玉娘 譯

關於・露意莎・梅・奧爾柯特——人與作品

・幼年時期　露意莎・梅・奧爾柯特於一八三二年十一月二十九日，生於賓州郊外的杰曼達（Germantown）小鎮。那塊土地曾是她、她的母親以及她的父親，共同生活的地方。

父親艾墨斯・布朗森・奧爾柯特，他和愛默生、梭羅一樣信奉「超驗主義」（美國一種文學與哲學的改革運動），而成爲享譽美國思想史的哲學家。由於他個人的信條（烏托邦主義），以及本身的背景，奧爾柯特一家人，曾有一段極長的時間，過著相當貧苦的日子；但是，也許是因爲艾墨斯・布朗森的學識豐富、待人和善，或者是由於他本身的獨特魅力，他的一生結識了許多優秀、傑出的朋友。

母親艾芭・梅・奧爾柯特，她曾不顧親友的反對，嫁給了艾墨斯，成爲他的妻子。艾芭非常了解艾墨斯，也知道艾墨斯是個個性和善的夢想家；而艾芭本身卻是個凡事力求實踐的行動家。雖然如此，他們倆那種高風亮節的精神，以及不屈不撓的毅力，卻是一樣的，而露意莎也正承襲父母親的個性特質呢！

也許是布朗森少年時代的理想召喚著他，讓他們舉家從波士頓又搬回杰曼達，並在住家附近開設一所少年學校。幫助他們完成這個心願的人，是一位名叫魯賓・赫斯的朋友。在赫斯廣大的農場上，露意莎曾經和她那位個性迥異的姊姊，共同度過了一段美好的時光。她們曾與野鴨、小豬們一起玩耍，也曾在美麗的花園裡，或摔或跌地，練習走路。這段美好的回憶是露意莎永難忘懷的幸福時光。因爲在農場上生活後的第三年開始，露意莎的命運就起了變化，這些變化不是生活在幸福時光的露意莎所能體會的，因爲，這變化甚且傷害到她那幼小的身軀呢！

由於赫斯的突然去世，少年學校在沒有人力、物力的支援下，終告結束；而露意莎一家人又被迫遷回波士頓，這是多次跟隨雙親遷徙的露意莎，第一次有感覺的搬家行動；因爲露意莎在這艘順德拉威河而下的大型蒸汽船上走失了，而她也在即將結束的嚴密搜尋行動中，被人發現在火花迸射的的引擎室裡。這時候被人發現的露意莎，心中眞的是好高興。

搬到波士頓後，露意莎仍然經常找不到回家的路。懼怯的心，仔細地搜尋每一條看來陌生的路。她就像探險家一般，當夜暮低垂時，倒頭就睡（甚至曾倒在大狗的背上睡覺呢！）這種種的回憶，都是露意莎久久無法忘記的過去，而這些經驗，也都在她「童年回憶」的小故事中有所記載。

布朗森曾在波士頓成立一所教會學校，名噪一時，然卻因他不顧大衆的反對，讓黑人女孩入學，造成五年後學校必須關閉的命運。這是一個大肆爭論黑奴制度是否合乎人性，且南北戰爭正在醞釀的時代。此時的露意莎只有七歲，而在她四歲時，妹妹貝絲也出生了；從妹妹出生開始，露意莎感覺自己已不能再像小孩子，而應該及早培養獨立不撓的精神。

‧少女時期

奧爾柯特家的歷史，是由美國思想界大師愛默生闡述發揚出來的。他也是少數給予布朗森（露意莎之父）正面評價的學者之一。愛默生不但在思想上與布朗森一致；在個性上，他也深深地被布朗森所吸引。因此，當教會學校關閉之後：他曾邀請奧爾柯特一家，到他家鄉（即康科德——美國東部麻州的一個小鎮）作客。愛默生他不但是露意莎的父親在學問上的夥伴，也是她母親的最佳聽衆，經常給母親善意的建言；就連露意莎的文學作品，多少也受到愛默生的影響呢！在這段客居他鄉的日子裡，四妹梅也出生了。

經營學校失敗的父親，在學校關閉之後，曾遠赴義大利；並在回國後，與一些志同道合的朋友，共同建立彼此的理想。然事與願違地，無論父親作什麼事，都告失敗，使得一家人的生活終無安定之時。他們輾轉遷徙、搬家，房屋的地板上甚至沒有地毯，而生病的家人也不能得到良好的照顧；就這樣，困苦的日子，一天天地糾纏著他們，幾無安寧之日。對原本深信物質的匱乏並非悲慘之事的露意莎而言，當她看見母親是如此的辛苦，支撐著這個家庭時，她實在忍不下去了；而在十三歲的那一年，她擬定了一個「自我的計畫」，期勉自己必須靠自己的力量，對自己心愛的人、事、物，作一番回饋。這個想法就是：〈我要讓父親的生活安定、母親的生活舒適、姊姊得到幸福、生病的妹妹得到照顧，以及么妹獲得良好的教育〉，就這樣，她開始寫作了。

正値幻想年齡的露意莎，開始拼命地寫一些超現實的小說。她以頗具演員特質的姊妹爲主角，並在小說中充分地表現自己，就像《小婦人》書中所述及一般。小說中所有的『舞台道具』，都是露意莎利用家裡現成的一些物品，加上巧妙的構思而製成的。露意莎對舞台的熱愛，並非一朝一夕形成的；長久以來（即少女時的她），她便苦於「要做一個演員，還是當一個作家」而煩惱；終於在最後，她放棄作演員的念頭，開始專心地寫作。露意莎讀過一些當時流行的哥特式的少女小說後，她就決定模倣這些寫作手法，甚至她還曾以愛默生爲對象，去體會小說中描述的情感。於是，她開始送花給他，並且嘗試寫一些她永遠都不可能寄出去的情書。當這些事情經過多年之後，露意莎向愛默生提及時，兩人都不覺莞爾地笑了出來。

十六歲的露意莎竟在貯藏室裡開了一間小學校。從此之後，身扛一家幸福之責任的露意莎，信心滿滿地，於一八五〇年隻身前往波士頓工作。於是，她一方面就近採用身旁的人、事、物，作爲寫作的材料，一方面繼續她教書的工作；在這段時間，露意莎確實賺到了微薄的稿費，貼補家用。她的父親曾將她的一篇小說，拿去給當時一位頗有名氣的雜誌編輯鑑賞；可是這位編輯的回音竟是：「請您轉告令嬡，繼續作她的教書匠，她不適合寫作。」當露意莎聽到這番說詞時，她就下定決心，一定要成爲一位作家。

•作家時期　晚年在波士頓日復一日的寫作、教書時光中，露意莎最親愛的妹妹——貝絲去世了，而她的么妹——梅也漸漸長大，唯露意莎始終是過著一般人無法想像的無慾望的生活。露意莎在妹妹去世的十年之後，終於完成了《小婦人》這本小說，其中對么妹的生活，以及貝絲的死亡，都有扣人心弦的深刻描寫。

一八六〇年五月，她的姊姊結婚了。本應祝福姊姊的露意莎，此時卻表現得激動且憤怒。對於自身的婚姻大事，從不表示關心的露意莎而言，姊姊的婚事，無非只是她將失去一位親愛的姊妹而已！但在事後的第二年，當露意莎拜訪過已身爲人妻的姊姊之後，她的憤怒之心便稍有減退，她曾在日記中寫道：「她（指姊姊）看來是那麼的美麗、幸福啊！明天的我又將一個人孤獨地奮鬥。」露意莎始終抱著如此的信念生活。

當南北戰爭開打之初，露意莎志願作一位護士，並在喬治城的一家小醫院，作了一個多月的護士，奉獻心力在病人身上。

就在這裡，露意莎染上了熱病，直到痊癒之後，她也仍然無法恢復原有的健康狀態。在她生病的這段期間，魚雁往返的家書中，報界發覺其中至情至性的內容，十分感動人，於是便將其刊載於報紙上，即爲〈病房素描〉。

另外，也有二家出版社被她感動，而將該內容重新整理彙編、出版成書。由於大衆對此書出版的殷切期盼，使這本名爲《心情》的書，風靡全國，而成爲暢銷書籍。

露意莎於一八六五年第一次赴歐旅行，在她回國後的第三年（一八六八年）終於出版了《小婦人》（Little Women）這本書。此時的她，可以說是名利雙收。在她的日記中，記有一句話：「只要我對人無所虧欠、盡心回饋大衆；就算死，我也死而無憾了！」從這句話看來，露意莎眞的老了，健康大不如前。而爲了永遠不知滿足的讀者，露意莎幾乎一年一作品地，陸續地出版了《好妻子》（小婦人Ⅱ）（Little Women Married）、《傳統的女兒》（An Old -fashioned Girl）和《小紳士》（小婦人Ⅲ）（Little Men）等書。而《喬的男孩們》（小婦人Ⅳ）確實也花了露意莎四年的時間才完成呢（此時的她，眞可謂身心俱疲，而對於這點，露意莎也曾在《喬的男孩們》的書末提及）。所謂「凡事都有落幕的一天」，就在《喬的男孩們》完成後的第二年（即一八八八年）的三月六日，她的人生舞台也告落幕了。

若要舉出露意莎·梅·奧爾柯特的作品特色的話，我們不得不推崇她那充滿整個作品的幽默感了。如果您看過她的傳記，您就會發現她不會盡是敘述她一生的困苦，而我們在她的作品中，也看不到一絲的憂傷情懷。就連先前我們提及她臨終的情景，儘管是如此地令人心痛，但卻沒有一絲苦悶的感傷。這和少年時代的湯姆森比起來，其作品的幽默感，實在源於露意莎本身的個性特質呢！

・關於《小婦人》

說起一八六八年，這可眞是距今百年之前的年代了。就是在這一年，《小婦人》出版了，這是露意莎．梅．奧爾柯特所有的作品中，最負盛名的一本。它在經過一世紀的漫長歲月後，仍被廣大的讀者所喜愛，而且歷久不衰，是一本難得一見的優良兒童讀物。雖然《小婦人》的取材，大多是古今皆然的「平凡家庭的日常瑣事」；但若換一個時代舞台來看，這個以一百年前爲背景的故事大綱，換上現在的背景、觀點，一點也不覺突兀、不適當。然而就因爲當時的出版業者——湯瑪斯．奈爾茲看出露意莎的作品，相當具有時代延伸性，値得玩味；於是在他的請求之下，《小婦人》才得以出版。

如果我們將於這本書拿給那些只會看寓言故事的孩子來看，相信這些小孩必定馬上能夠感受到，書中那些女孩的心境，並且有種「心有同感」的感覺。這就是爲什麼至今有人說露意莎的作品實在是「近代作家學習的對象，尤其是她對個性描寫之深刻，令人佩服」。所以這本書對兒童的重要性可見一斑呢！而且，由於《小婦人》中的主要人物，都是取自奧爾柯特家族中的成員，因此它可說是美國兒童文學中，第一本導入「現實主義」（Realism）的小說。

馬琪氏——艾墨斯．布朗森．奧爾柯特（一七九九～一八八八）

馬琪夫人——阿芭．梅．奧爾柯特（一八〇〇～一八七七）

瑪格——安娜．布朗森．奧爾柯特（一八三一～一八九三）

喬——露意莎．梅．奧爾柯特（一八三二～一八八八）

貝絲——伊莉莎白．貝絲．奧爾柯特（一八三五～一八五八）

艾美——愛比．梅．奧爾柯特（一八四〇～一八七九）

羅倫斯——喬瑟夫．梅（露意莎的曾祖父）

羅禮——拉迪（一位露意莎在瑞士、維葳旅館遇見的波蘭青年。）

馬琪嬸嬸——作者對她少有描述，有時也以韓格芙夫人稱呼。

March（三月）這個名字，源自於母親的姓——May（五月）的聯想。

《小婦人》的書名是沿用露意莎的父親，對他這些小女兒的暱稱（它似乎意味著她們年紀雖小，但志氣卻大的意義）；因此，當這本書即將出版的時候，露意莎毫不猶豫地選了這個名字。

另外，當我們讀完整本《小婦人》之後，我們便會了解作者本身發生過的遭遇，其內容如下——

第一部《小婦人》的部分——

喬的文學／艾美的藝術才華。

第二部《好妻子》的部分——

瑪格的幸福家庭／貝絲的死。

約翰．布魯克的人品及他的死／岱米的性格。

露意莎將這些親友的身影，深刻而寫實地描繪出來。其中對於母親的描述，全部皆屬事實。

然而，對於成千上萬的讀者來說，他們最感興趣的，還是集中在喬一個人身上。儘管如此，在作者生動的筆觸下，那些曾在《小婦人》中出現的淘氣、愛開玩笑的少男、少女們，似乎已活脫地躍出紙面，出現在這小說的舞台上呢！

人們為了紀念露意莎這位偉大的小說家，於是在康科德鎮，興建了一座「奧爾柯特紀念館」，以供後世讀者，駐足回憶；而李樹園（亦即《小紳士》中的李子田莊——Orchard House）也成了觀光客流連忘返的觀光勝地了。然而，事實上露意莎姊妹四人共同生活的地方，是在康科德鎮上，那間頗有鄉村風味的小屋（在這裡，露意莎度過了她十三歲到十六歲的光陰）。李樹園興建於一八五八年，年值二十六歲的露意莎也從此時住在這裡，這也是奧爾柯特一家，最後安居的家。所以，《小婦人》可以說就是在這李樹園裡完成的著作呢！

《小婦人》問世時，露意莎眞是一夜成名。要求簽名、拍照的人，時常纏繞在她的四周；對於這樣的光景，露意莎在《喬的男孩們》（小婦人Ⅳ）的第三章「意外的訪客」中，曾有有趣、滑稽的描述。由於露意莎的名聲大噪，當時一位非常有名的女演員愛蓮．德理，看見宴席上的簽名簿上，有露意莎的簽名時，她說：「我終於可以一償宿願了，我竟與《小婦人》的作者，一起參加這宴會，我眞的看到她了。」

謀求全家人的幸福，一直是露意莎的願望，這個願望從少女時期即深植她的腦海中，未曾稍減。不追求物質生活的她，據說甚至連一個寫字抬都沒有，而是跪在地上，趴在箱子上寫作的。就精神層面來說、我們不提及她年幼的時期，因為當她自覺到自己已經不是個小孩子的時候，幸福也遠離了她：換句話說，她必須為苦日子奮鬥的時候開始了。

湯瑪斯．奈爾茲不是一位專以營利爲目的的出版商，他喜好結交許多作品優秀、出身藝界的文人雅士。至於露意莎，她也是湯瑪斯相當重視的朋友。當《小婦人》這本書的評價，日日高漲之時，他曾不只一次地敦促的露意莎，應該繼續寫續篇。

小婦人續集——《好妻子》（Little Women Married or Good Wives）的編寫，始於十月出版的《小婦人》後的十一月一日。而在第二年的元旦完稿，同年五月出版。

在以瑪格與約翰．布魯克結婚爲開端的《好妻子》裡，喬和艾美也終將嫁爲人婦（唯貝絲早逝）。在這本《好妻子》當中，我們仍然可以看見作者以姊姊安娜與約翰．布拉德的新家庭爲故事背景，而對瑪格的結婚，作了一番有趣的描述。在第五章中「家務體驗」的內容中，到處可見作者對初爲人妻的人的關心，相信只要您讀過之後，必會有同感吧！第十、十一章中自傳色彩相當濃厚，從這二章裡，可見作者的功力深厚；因爲她可以將自身經歷的遭遇，以詼諧的方式表現，與《小婦人》比起來，它在這點上，毫不遜色。

一八七一年，露意莎在羅馬接到姊夫約翰．布拉德突然病逝的噩耗！於是，在傷痛之餘，露意莎再次爲了她姊姊那兩個失去父親的外甥，寫下了《小紳士》這本書。從羅馬寄出的原稿，也於同年六月，露意莎回國之日，同時出版；銷售狀況依舊熱烈，短期之內，即被搶購一空。

在這本書中，露意莎提到了十四個少男、少女。例如：兄妹情深的雙胞胎兄妹，岱米和黛西，淘氣的小毛頭湯米．彭斯，以及讓她想起她小時候模樣的亞男，和貪吃的喬治．柯爾等。喬和她丈夫二人，在馬琪嬸嬸遺留下的這片李樹園（即《小紳士》中的李子田莊）中，開闢了一所培育少年的學校。馬琪嬸嬸的個性一向獨裁，但爲人卻很慷慨；從李樹園中，寬廣的後院和儲藏室的規劃、布置看來，實非康科德小屋所能比擬的。

雖然露意莎那位推崇「超現實主義」的哲學家父親，在加曼達及波士頓開闢少年學校的理想，皆告失敗；但這理想，卻被從事文學創作的女兒實現了。我曾聽到有一位對教育十分關心的外國學者說，《小紳士》（小婦人Ⅲ）是露意莎的作品中，最有趣的一本。在此我們不去評論這是否正確，但這確實是一本深刻探討青少年問題，很具時代意義的好書，即使非從事教育的您，也是值得一讀的好書。

《喬的男孩們》（小婦人Ⅳ）是《小紳士》的續集。它描寫十四位少男、少女，成長後的生活。成長後的他們，其中有新聞記者、音樂家、青年實業家等，從事於各行各業；但除了湯米．彭斯、亞男之外，露意莎對他們的描述，都是生活空洞、缺乏色彩，以及不清楚他們到底在想些什麼；這和《小婦人》比起來，其中確實失去了許多趣味的描述。此時的露意莎，由於長年忙於寫作、再加上母親與么妹的去世、失去父親的甥兒的養育問題、以及照顧年邁父親等問題，在在使得露意莎倍感疲倦、勞苦不堪。而露意莎本身，也並不看好這本書會有什麼好成績。在此我們先向讀者說明這一點；但如果您讀過《喬的男孩們》第三章以後的內容，我想您不難發現，其中作者大多是描寫自己後半生的生活；就這點而言，這也是值得玩味的一本書。

雖然，五十六年的生命是如此的短暫，令人惋惜；但露意莎在她的作品中，一氣呵成地表現她，從幼年時期到長大之後，那個從來不曾稍減的夢。她關心家人、甚至關心後代。我想她的作品不但可供後二代、三代的子孫閱讀，恐怕後四代、五代的子孫們，也會愛讀此書呢！露意莎．梅．奧爾柯特眞不愧是一位劃時代的作家啊！

露意莎・梅・奧爾柯特的其他作品

・花卉傳奇（一八五五）
・病房素描（一八六三）
・心情（一八六五；一八八二）
・小婦人（一八六八）
・好妻子（小婦人Ⅱ）（一八六九）
・野營與營火畔的故事（一八六九）
・傳統的女兒（一八七〇）
・小紳士（小婦人Ⅲ）（一八七一）
・喬阿姨的殘稿（一八七二～八二）
・一個經驗的故事（一八七三）
・八個表兄妹（中譯《她的名字叫「玫瑰」》）（一八七五）
・玫瑰芳華（中譯《玫瑰的故事》）（一八七六）
・銀水壺（一八七六）
・一個現代梅菲斯特・費爾茲❶（一八七七）

❶梅菲斯特・費爾茲：哥德歌劇「浮士德」中的魔鬼。

・紫丁香下（一八七八）
・傑克與吉爾（一八八〇）
・箴言故事（一八八二）
・紡車故事（一八八四）
・喬的男孩們（小婦人Ⅳ）（一八八六）
・露露的藏書室（一八八六、九）
・獻給女孩們的詩歌選粹（一八八八）

目錄

1 天路歷程重演

「沒有禮物，聖誕節還算哪門子聖誕節嘛！」喬躺在地毯上發牢騷。

「貧窮眞可怕！」瑪格低頭看著自己的洋裝長吁短歎。

「我覺得有些女孩有那麼多漂亮東西，有些女孩卻一樣也沒有，眞是太不公平了！」小艾美也委屈答答地跟著大家嬌瞋。

「可是我們有父親、母親，還有彼此啊！」貝絲在自己的角落滿足地說。

聽了這句振奮人心的話，映在壁爐火光前的四張年輕小臉蛋也爲之一亮。可是等聽完喬哀傷的話，大家的臉色又黯淡下來了。她說：「我們的父親沒在身邊，我們將會有好長一段時間不能擁有他。」她雖然沒說：「也許永遠不能了！」可是大家心裡都默默加上了這麼一句，不禁懷念起身在遠方烽火線上的父親來。

大家沉默了一會兒，瑪格才換了另一種口氣告訴她們：「妳們知道，母親希望這個聖誕節不要準備什麼禮物，是因爲今年對大家來說，這都將會是艱辛的一年；她認爲當我們的士兵們正在軍中歷經千辛萬苦之際，大家不該再把金錢浪費在享樂上。我們雖然盡不了多少力量，卻總可以做一點小小的犧牲和奉獻，而且應該心甘情願地去做。只是，我恐怕做不到。」瑪格懊喪地想著許多自己想要的漂亮東西，不覺搖搖頭。

「可是我不認爲我們想花的那點小錢眞能派上什麼用場。咱們每人手上都有一塊錢，但就算把這錢捐了，對軍隊也幫不了多大的忙。我同意母親和妳們不用送東西給我，但我卻想自己去買本《水中女神的故事》，那是我已經盼了好久的。」書蛀蟲喬說。

「我想把自己那一塊錢花在新樂譜上。」貝絲輕歎一聲，聲音細得只有火鉗，和用來墊著手拿爐架的抹布聽得見。

「我要去買一盒好棒的法伯牌畫筆；我眞的需要它們。」艾美堅決表示。

「母親對我們個人的錢並沒有表示意見，再說她也不會希望我們什麼都放棄光光。就讓我們各自買自己想要的東西，稍微開開心吧！我相信我們辛苦工作，應該足夠獲得這點代價。」喬擺著紳士派頭邊檢查她的鞋跟邊嚷嚷。

「我知道我足夠——就算心裡渴望著自由自在享受一下的時侯，我還不是把將近一整天工夫，都用來教那些煩人的小孩。」瑪格又是一副抱怨的口氣。

「妳還沒有我一半辛苦咧！」喬說：「要是讓妳去跟一個神經質、愛挑剔、成天支使得人跑來跑去、永遠不知滿足、煩得妳恨不得長翅膀飛出窗外或大哭一場的老太婆關在一起，看妳願不願意？」

「說實在我不該心煩的。只是我眞的覺得洗碗盤還有收拾東西，眞是全世上最糟糕的工作了。它讓我變得脾氣暴躁，連手也變得僵硬不堪，根本練不好琴了呢！」貝絲看著自己雙手歎了口氣，這次每個人都能聽得清清楚楚的。

「我才不相信妳們哪一個受的罪有我多哩！」艾美嚷著說：「因爲妳們都用不著去跟那些粗

魯的女孩子們一塊兒上學。她們看到妳功課不懂就會找妳麻煩，還會嘲笑人家的服裝；要是妳的父親不是很有錢，她們就會「**過磅**」他，而萬一妳的鼻子長得不是很好看，她們還會刺激人呢！」

「如果妳指的是**誹謗**，那我相信。就是別提什麼過磅不過磅的，好像爸爸是箱什麼貨物一般。」喬笑著規勸。

「我知道自己在說什麼，用不著妳來**幾笑**我❶。使用好字眼、增進自己的**詞謂**是再正當不過的了。」艾美義正辭嚴地回答。

「孩子們，別淨愛互挑毛病啦！喬，妳難道不期望我們能擁有小時候爸爸失去的那筆錢嗎？唉！要是我們沒這些煩惱，不知會有多棒、多快活呢！」瑪格還記得往日的優裕時光。

「前幾天妳才說過，妳認爲我們比金家的孩子快樂多了。因爲他們雖然有錢，卻動不動就發脾氣、打架呀！」

「沒錯，貝絲，我是說過。唔，我想的確是的。因爲，雖然我們必須工作，卻還是可以自得其樂。套句喬的話說，我們是歡歡喜喜的一群。」

「喬就愛用這些俗里俗氣的字眼。」艾美不以爲然地瞅著手長、腳長，大刺刺躺在地毯上的喬。喬一聽隨即坐了起來，兩手插在口袋裡，開始大吹口哨。

「喬，別這樣，簡直像個小男孩似的！」

---

❶因艾美年紀小，又愛引用一知半解的文句，因此時常發生錯誤，譯文中以不同字體爲區別。

「要不然我也不這樣啦！」

「我最厭惡那些舉止粗魯、沒有大家閨秀樣的女孩子了！」

「我才討厭那些裝腔作勢、故作優雅的女孩哩！」

「一家子人有什麼好吵的嘛！」和事佬貝絲宛轉地調停。看著她那有趣的表情，原本拉高嗓門鬥嘴的兩姊妹不覺軟化了態度，大笑起來，也不再互相「挑毛病」了。

「說真的，姑娘們，妳們倆都該罵。」瑪格擺出大姊的姿態來訓話：「喬瑟芬，妳年紀不小了，實在該戒掉那些小男生習氣，學著端莊些。如果說妳還是個小女娃娃，那倒還不怎麼打緊。但妳現在都長這麼高、頭髮也盤起來了，總該記住自己已經是位大小姐了呀！」

「我才不是！要是說頭髮盤起來就得當大小姐，那麼我寧可再把它紮成兩條小辮子，直綁到二十歲。」喬邊喊邊扯掉髮網，搖落她那頭赭紅髮色的長髮。「一想到自己已經長大、變成馬琪小姐、穿著長裙、活像朵小翠菊一樣，我就討厭得要命。總之，像我這麼喜歡男孩子遊戲、工作和舉止的人，偏偏生成女孩子，真是夠慘的啦！說什麼我也克服不了自己不是男孩的失望；尤其是現在，明明想死了要跟爸爸一塊兒去上戰場，卻偏只能像個糟老太婆一樣，整天待在家裡做女紅，簡直糟透啦！」喬說著猛甩手中的藍軍襪。甩得編襪子的針像響板似地撞擊個沒停，線團也滾到房間另一頭去了。

「可憐的喬！這真是太悽慘了，只是那也是沒辦法的事啊！所以妳一定要儘量滿足於擁有一個男孩子氣的名字，還有扮演我們女孩子的兄弟喲！」貝絲伸出一隻終日洗滌碗盤、抹拭灰塵的手來，輕撫著靠在她膝蓋邊那粗野的女孩。在她的撫觸下，任誰都要柔和下來了。

「至於妳，艾美，」瑪格接著訓誨：「妳也未免太考究、太會字鑽句研了。現在妳這樣裝腔作勢感覺是很有趣，可是要是妳再不小心點，長大後準會變成一隻矯柔造作的呆頭鵝。我喜歡妳自自然然表現出來的優美舉止、以及文雅的談話，只是妳那些荒誕的用語，和喬的俚語眞的一樣糟糕。」

「如果喬是位野姑娘，艾美又是隻呆頭鵝，那麼我呢！請告訴我好嗎？」貝絲也預備要恭聆訓示。

瑪格親切地告訴她：「妳是我們的心肝小寶貝。」大家聽了都沒異議，因爲這位「害羞姑娘」的確深受全家人的寵愛呢！

各位小讀者想必很想知道這些人的「模樣」嘍！我這就爲大家約略描摹她們四姊妹的特色吧！此刻，這四姊妹正沐浴在微光下，坐著編織衣物。窗外，十二月天裡飄飄的白雪，無聲無息地紛墜而下。屋裡，爐火霹靂帕啦地打著愉快的行板。這是間舒適的老房間。雖然地毯已經褪了色，家具也非常簡單。牆上卻掛著一、兩幅好畫，壁凹更塡滿了書籍。窗口邊，聖誕玫瑰與菊花朵朵開放？整個家園瀰漫著靜謐的愉悅氣息。

四姊妹中的老大——瑪格麗特芳齡十六，是位白皙豐盈的小美女。有雙大大的眼睛、小巧的嘴巴、如雲般柔軟綿密的秀髮，此外還有雙令她頗爲自負的纖纖素手。十五歲的喬，身材瘦削挺拔、膚色微黑，加上手長腳長的她，似乎永遠不曉得該把自己礙事的四肢往哪裡擺，感覺就像個初出茅廬的莽少年。她有著果決的嘴型、滑稽的鼻子、和一雙銳利的灰眼睛。那雙灰眼睛時而凶猛、時而若有所思，凌厲的眼神，彷彿能洞察一切世事。濃密的長髮是這女孩全身唯一的美，卻總被束起來套在髮網裡，跟她的個性顯得非常不相配。而渾圓的肩膀配個大手大腳，更令她不論穿什麼衣服都看不出一點端莊味兒。此外，喬的神色之間還常流露出一股小女孩轉眼要變成婦人那種不安，而她根本不喜歡長成一名成熟的女性哩！

伊莉莎白——大夥兒都暱稱她叫貝絲——是個樂觀的十三歲小女孩，有著光滑平順的頭髮、明亮愉悅的雙眼，害羞的神態、怯怯的聲音，和難得浮現憂煩之色的平靜神情。她的父親爲她取了個非常貼切的暱稱，叫做「小寧馨兒」。因爲她似乎只生活在自己的快樂天地裡，唯有遇到少數幾位自己所愛、所信任的人時，才會冒險跨出腳步來相會。至於艾美：雖然她是四姊妹中的老么，卻是最了不起的一個——至少她心裡是這麼認爲的。小艾美是位清純端莊的小少女，藍眼睛、白皮膚、纖纖細細、蓄著一頭及肩的金黃頭髮，隨時隨地像個大姑娘家一般，非常留心自己的舉止。介紹完四姊妹的外型，她們的個性就有待諸位慢慢發掘嘍！

時鐘噹！噹！噹……敲了六下，剛清理完爐床的貝絲，取下一雙拖鞋來，擱在爐上烘暖。看到這雙舊鞋子，女孩們心中都湧上一股滿足感。因爲母親就要回來了，人人都心情愉快地準備迎接她呢！瑪格燃起油燈，不再說教，艾美自動自發地從安樂椅上站起來，退到一旁，而喬也忘掉了自己有多疲憊，坐起身子，將拖鞋挪近爐火些。

「這拖鞋破舊成這樣，媽咪得換雙新的了。」

「我想我要把自己的錢拿來幫她買一雙。」貝絲說。

「不，我要買。」艾美嚷著。

「我是老大——」瑪格才開口，喬便果斷地打斷她的話：「爸爸離開後，我是家裡僅有的

「男子漢」了，我要買這雙鞋。因爲爸爸臨走前交代過，要我在他離開家裡這段時間裡特別關切媽媽的。」

「我有個主意。」貝絲說：「我們不要買自己的東西了，大家各自買點東西送給媽媽當聖誕禮物吧！」

「親愛的，這正是妳的一貫作風啊！我們買什麼好呢？」喬大叫著說。

四姊妹默默沉思了一會兒後，瑪格看著自己細緻優美的雙手，似乎有了靈感，宣稱：「我要送副漂亮的手套給她。」

「送軍鞋是再好不過的啦！」喬高喊。

「我要送幾條鑲著花邊的手帕。」貝絲表示。

「我要買一瓶小的花露水，媽媽喜歡花露水，況且那又不太貴，我還可以剩下一點兒零錢買自己的畫筆呢！」艾美詳細說明。

「我們要怎麼把東西送出去呢？」瑪格問。

「妳不記得在我們過生日時，大家是怎麼做的了嗎？把禮物擺在桌上，然後帶她進來，看著她拆掉包裝呀！」喬回答。

「每次我過生日時，都戴著小皇冠坐在大椅子上，看大家走過來親我一下、送我禮物時，心裡總是**好驚慌**呢！我喜歡妳們的禮物和親吻，可是看到大家都睜大眼睛盯著我拆開包裝，眞是太可怕了呀！」正在烤土司的貝絲，把自己的臉也烘得紅紅的了。

「先讓媽咪以爲我們是在爲自己買東西，然後給她一個驚喜。瑪格，明天下午咱們得去採購了；聖誕節晚上演戲的預備工作還多著哩！」喬揚著頭、背著手來回踱步。

「過了這一次，我再也不演了，我已經長這麼大，不適合再玩這些。」瑪格嘴裡雖然這麼說，心裡卻還是跟小孩子一樣喜歡玩這種「扮戲」的玩意兒哩！

「其實，我知道只要妳還能披著長髮、穿著白袍巡迴會場，就不可能不演的。妳是我們最棒的演員，要是妳不再擔綱，我們就別想再演了呀！」喬說：「今晚我們應該再彩排一次才好。艾美，過來，試試暈倒的那一幕，因爲妳每次演到這裡都像木頭一樣硬梆梆的。」

「這不能怪我；我又沒看過人家昏倒過。再說，我也不要像妳那樣直挺挺地栽倒，摔得鼻青臉腫的。要是能輕輕鬆鬆倒下去的話，我就會那麼做；但如果不能的話，我也要歪倒在椅子上，看起來優優雅雅才好。我才不在乎休果會不會拿手鎗攻擊我呢！」艾美反駁。其實她一點兒演戲天分都沒有，之所以選她來演那個角色，完全是因爲她還非常小，適合演劇中被惡人逼得又哭又叫的戲。

「像這樣：緊握雙手，跌跌撞撞地衝到房間另一邊，瘋狂地呼喊著：『羅德里戈！救我！救我！』」喬一面走臺步，一面隨著劇情驚心動魄地呼號出那一段台詞，聲音果然相當地淒厲感人呢！

艾美雖然依樣畫葫蘆，但兩隻手卻是僵直地伸出前去，走起路來又像機器人似的，疾走兩步、猛停一下，就連「哎唷！」聲都喊得像被針刺到一樣，根本聽不出又恐懼又痛苦的感覺。喬見了絕望地長歎一聲，瑪格卻是放聲大笑，而貝絲則出神看著這有趣的一幕，差點就把麵包烤焦了？

「算了，沒輒啦！到時候妳盡全力演就是。萬一觀衆看了大笑，妳可別怪我。快，瑪格，再來一遍。」

接下來一切進展得非常順利。因爲派德羅先生一口氣朗誦滿滿兩頁臺詞，完美無瑕。女巫海格也運用她詭譎的法力，對她那滿壺用火煨著的蟾蜍施以可怕的咒語。羅德里戈英勇地掙脫他的鎖鍊，休果也服下砒霜、悔恨無及地長嘯數聲，便在掙扎中死去了。

「這是到目前爲止排練得最好的一次了。」瑪格表示。這時倒地死亡的大反派，已經揉著手坐了起來。

「喬，我眞不明白妳怎麼能寫出、表演出這麼好的東西；妳簡直是位十足的莎士比亞呢！」貝絲深信她的姊妹們全都是天生多才多藝的。

「還差得遠哩！」喬謙遜地回答。「我是覺得〈女巫魔咒〉──**一齣歌劇式的悲劇**的確算是相當優秀的作品，但若是我們能爲班柯找到一道活門或天窗，我倒比較想演一演《馬克白》❷。我一直就想演出行刺那一幕，」喬喃喃唸著：「『在我眼前的，可是一把匕首嗎？』」握著雙拳、揚起雙手、兩隻眼珠子機靈靈地轉來轉去，彷彿曾經親眼觀摩過悲劇名伶的演出似的。

「不，那是一把麵包叉子，叉的不是麵包，是媽媽的一隻鞋子。貝絲看戲看得入迷囉！」瑪格叫著。這次彩排，就在衆人的爆笑聲中結束了。

「我的好姑娘們，眞高興看到大家這麼高興。」門口傳來一聲愉快的招呼。屋內的演員、觀

---

❷ 莎翁名劇，馬克白及班柯係本劇中的同僚。

眾一聽齊轉過身來，發自內心地流露出「需不需要我幫忙」的愉快神情，迎接著這位高大、慈祥的女士。這位女士的打扮雖然不豪華，卻給人一種高貴的感覺。而在女兒們的心中，身穿灰大衣，頭戴過時軟帽的她，更是全世界最了不起的母親呢！

「嘔，親愛的，妳們今天過得好嗎？爲了打包好明天要寄出去的東西，所以我忙得連中餐都沒回來吃。貝絲、有沒有人上門來拜訪？瑪格，妳的感冒好些了嗎？喬，妳看起來像是累壞了。小寶貝，過來親我一下。」

殷殷垂詢過四位女兒後，馬琪夫人脫掉潮溼的鞋帽、大衣，套上暖暖的拖鞋，坐在安樂椅上，把艾美抱在腿上，準備享受她忙碌的一天中，最快樂的一段時光。女孩子們四下奔忙，各用各的方法，想把家中一切全弄得舒適整齊。雙手交疊端坐著的艾美對眾姊妹一一發號司令；瑪格安排茶點；喬搬柴薪、擺座椅，只是她碰到什麼，什麼就翻了、倒了，再不然就是撞得吧哪！吧哪響；貝絲安靜地在廚房與客廳間來回走動，一會兒工夫，已經有條不紊地做好不少事情。

當母女們圍坐在餐桌旁之際，馬琪夫人帶著一抹分外快樂的神采宣布：「吃過晚飯，我有樣好東西要跟大家分享。」

這時，四姊妹全像一道陽光照上雙頰般，露出開朗的笑容。貝絲忘了自己手上還拿著塊小麵包，拍起手來。喬把餐巾往上一拋，大叫：「是信！一封信！爲爸爸歡呼吧！」

「嗯，是封令人愉快的長信。他人很好，並且認爲我們不用太擔心，他應該能順利度過這一季嚴冬。他寄給我們無微不至的愛，還有對妳們四位女兒的特別叮嚀。」馬琪夫人說著輕輕撫摸她的口袋，彷彿裡面裝著什麼珍寶似的。

「快，艾美，快吃完，不要停下來扭手指、對著餐盤傻笑啦！」喬大叫大嚷，同時為了快快吃完這一餐，立刻灌下一大口茶，還打落了自己的麵包，害塗著奶油那一面印上了地毯。

貝絲不再進餐，悄然走回她那昏暗的角落，凝思在其他人預備好後就將到來的快樂時光。

「我覺得父親在年齡超過徵募範圍、又不再有當兵的壯魄體格時，前去擔任軍中牧師，真是太了不起了。」瑪格熱切地表示。

「我不也一樣盼望能去當鼓手，當**隨軍女販**——是這麼稱呼的吧？或者當個護士，好跟在他身邊，幫幫他的忙嗎？」喬直嚷嚷。

「睡帳棚、吃各種難吃的東西、用馬口鐵杯子裝水喝，日子一定不舒服極了。」艾美歎著氣說。

「媽咪，他什麼時候才回來呢？」貝絲顫顫地問。

「親愛的，除非他生病，否則總得要好幾個月哩！他將盡其所能地留在軍中、忠誠地工作，我們也絕不會在國家還用得到時要求他回來。現在，快，來聽聽信上說些什麼。」

於是母女們全來到火爐邊。母親把貝絲摟近身前、坐在大椅子上，瑪格和艾美各坐一邊扶手，喬則雙手抓著椅背、探著身子站在後頭，如此一來，就算信中有什麼惹人傷感的言詞，別人也看不到她的表情了。在每段艱辛的歲月裡，幾乎每封書信都會勾起人們的感傷，尤其是父親們寄給家人的信件。而這封信中卻鮮少提及忍受困苦、面對危險或克服思鄉病等難關。這是封滿懷愉悅、希望的書信，裡頭密密麻麻寫滿對營中生活、軍隊挺進與軍中消息的生動敘述。只有在信末，寫信的人才將自己對家中小女兒們滿腔的父愛與慈藹託付於文字之中。

「請將我所有衷心的愛與吻獻給她們。告訴她們，我白天思念她們，夜裡爲她們祈禱，更無時無刻不在她們的孺慕之情中找到最大的慰藉。一年後我才能和女兒們聚首，等待的時光似乎漫漫無期。然而，請提醒她們，在等待的同時我們不妨都各自努力工作，莫要平白浪費這段艱辛的歲月。我知道她們必會牢記我的每一句叮嚀，互敬互愛、恪盡本分、勇敢地與自己內心的大敵搏戰、盡善盡美地克服自己的缺點，以便讓我回家後，能夠因爲我這幾位小婦人而更驕傲、更歡喜。」

聽到這裡，大家都不禁唏吁起來。喬不顧羞慚，任豆大的淚珠落在鼻尖；艾美也忘了頭髮會揉亂，只管把臉埋在母親的肩坎兒上，偷偷拭去淚水，開始賣力地編織起來。她默默在自己的小心靈裡立定誓言，等一年過去、快樂的父親返鄉日來臨時，她要他發現自己不負他的期許，因此對於手邊的工作，一秒鐘也不肯荒廢。

在喬的發言之後，馬琪夫人用愉快的口吻打破了沉默：「妳們可還記得小時候常扮演的**《天路歷程》**❸嗎？那時妳們最愛我在妳們背上綁個小包包當作包袱，給妳們帽子、手杖和紙卷，讓妳們由**毀滅城市**——地窖出發，一路朝上跋涉、再跋涉直到屋頂，在那裡妳們可以收集到各式各樣美好的東西，建造一座**天國**呢！」

「那眞是太好玩啦！尤其是走過獅子群邊、跟惡魔亞坡倫激戰、穿越妖魔聚集的**幽谷**最有趣

---

❸ John Bunyan所著之宗教小說，藉著基督徒等人的天路歷程，闡述基督教義，毀滅城市、虛榮市、幸福宮、絕望的泥淖……等天路客所經之地，都暗寓著重重考驗、天恩。

了！」喬嚷著。
「我喜歡包袱掉落、骨碌碌地滾下樓去那一段。」瑪格表示。
「我最喜愛的部分是我們走了出去，來到有著花卉、籐架和許多美好東西的屋頂平臺上，大家站在那裡沐浴在陽光下，愉悅地唱著歌。」貝絲臉帶微笑，彷彿那愉快時光眞的又來到她的眼前。
「我只記得我好怕地窖和黑漆漆的通道，還有好喜歡走到屋頂後得到的那些牛奶和餅乾，其他都忘了。要是我的年紀玩這遊戲還不算太大的話，我倒是很想再玩一遍。」十二歲的艾美，老氣橫秋地談論起不再屬於她的小孩子玩意兒。
「親愛的，玩這遊戲我們的年紀永遠也不嫌太大，因爲那是一個我們隨時可以用不同方式去玩的遊戲啊！我們的包袱在這裡，我們的道路在眼前。而對幸福、快樂的期望，便是引領我們克服重重難關、舛錯到達眞正的天國的方向和世界的指標。現在，我的小朝聖者們，妳們不妨重新再來玩一次，不是抱持遊戲態度，而是滿懷虔誠，看看在父親回家前，妳們能走到哪一步？」
「眞的嗎，母親？我們的包袱在哪裡呢？」艾美問，她是位專愛望文生義的小姑娘。
「除了貝絲之外，妳們現在都來談談自己的包袱，我想貝絲應該沒有任何包袱才對！」做母親的如此地說著。
「不，我有。我的包袱是碗盤、灰塵，還有羨慕擁有好鋼琴的姑娘，和害怕人們。」
聽到貝絲這好玩的包袱，大家都好想大笑，卻都沒敢笑出來。因爲如此一來，將會深深刺傷她的心靈。

全力以赴。」

「讓我們開始吧！」瑪格深思熟慮。「包袱只是努力求好的另一個代稱，而這故事可以幫助我們做到。因爲雖然我們都想盡善盡美，但那卻是件困難的工作，而我們常會將它遺忘，也沒有全力以赴。」

「今晚我們原本掉進了**頹喪的泥淖**，而後母親來到，擔負起書裡援助的工作，將我們拉了出來。我們應該像基督徒那樣，擁有我們的指引紙卷。這一點該怎麼預備呢？」喬遐想著在自己職責所在那份呆板的工作中，平添上這絲浪漫，不禁喜上眉梢。

「聖誕節那天早上看看自己的枕頭底下，妳們將會找到自己的指引書。」馬琪夫人答覆。

趁老漢娜清理餐桌時，她們彼此討論今後的新計畫。接著，四人各自取出一個小針線籃，飛針引線地替馬琪嬸嬸❹縫起被單來。這是件單調乏味的工作，但今晚卻沒有人爲此而抱怨。她們採用喬的計畫，將長長的接縫布塊分成四部分，分別稱作歐洲、亞洲、非洲和美洲，從中獲得絕妙的樂趣，尤其是在縫經其中不同地方、便談論起不同國家來，眞是愉快極了。

九點鐘，姊妹們放下手邊的工作，像平時一般唱唱歌，然後各自歸寢。那架老舊的鋼琴上，只有貝絲能夠彈奏出美妙的音樂來。她輕輕觸動泛黃的琴鍵，爲大家簡單的歌聲搭配出動人的伴奏來。瑪格有著副梆笛般清越的聲音，和媽媽一同帶領著這小小的歌唱團。艾美唱起歌來喞喞喳喳的，好像一隻小蟋蟀。喬向來是隨心所欲地高歌，老在不該出錯的地方發出抖音或粗嘎的聲音來，再凝重的曲調，都被她唱得走了樣。她們從剛可以口齒不清地唱出：「一閃、一閃、亮晶

❹ 馬琪嬸嬸係四位少女之嬸婆，因跟隨父親的叫法而稱她嬸嬸。

晶」時，便開始這種睡前歌唱，早已形成家中的傳統了。因爲，她們的母親正是位天生的好歌者呀！每個早晨，她都像雲雀般在屋中邊走邊唱，爲家人帶來第一個清脆的聲響。而夜晚女兒們所聽到的最後一個聲音，也是她那悅耳的歌聲。因爲無論她們長到多大，總是深深喜愛那熟悉的搖籃曲呀！

2 愉快的聖誕節

聖誕節清晨，天空還矇矇亮時，喬就領先起床了。一開始她看到火爐邊上沒掛著長襪子，就像許多年前因為襪裡塞滿東西掉下去而沒瞧見時那樣，覺得好失望。後來，她想起母親的承諾，便伸手摸摸枕頭底下，果真取出一本深紅色封面的小冊子來。她對它非常熟悉，因為那裡頭描述的正是一位千古完人熟悉的美好事蹟。喬覺得對一名即將長途跋涉的朝聖者而言，它的確是一本貨眞價實的指引書籍。她喊了聲：「聖誕快樂！」把瑪格喚醒，要她看看自己的枕頭下有什麼。這次出現的是本綠色封面的書籍，裡頭有著相同的內容和相同的一段母親贈言；這段贈言，使得這件禮物在她們眼中更加彌足珍貴。這時貝絲和艾美也被叫起來，並且蒐尋出自己的小本子來——一本是粉彩灰的，一本是藍色的——於是她們全坐下來，看著書本，彼此探討起來。此刻，東方的天際漸漸浮現一片紅暈，預告著這個白天即將正式到來。

瑪格雖有一點點虛榮，卻是位柔美、孝順的好姑娘。這種美好的天性，不知不覺地影響著她的妹妹們，尤其喬更是溫順地敬愛著她，在她溫婉的勸諫下，服服帖帖地遵從她的話。

「姑娘們，」瑪格眼波一一掃過身旁蓬頭亂髮的喬，和房間另一頭罩著小睡帽的兩個小妹妹。「母親希望我們從現在開始便閱讀、愛惜這些書，並留意其含義。以前我們一向虔敬地奉行不渝，但自從父親離家、戰事擾人以來，我們已經疏忽了許多事情。妳們愛怎麼做都可以，但我自己則要將我的書擺在桌上，每天早上醒來便讀一點。因爲我知道它將使我獲益良多，並幫助我度過一整天。」說著便打開她的新書讀起來。

喬一手攬住瑪格湊過身去，臉上出現難得一見的平靜神色，和她臉偎著臉、相伴閱讀。

「瑪格多懂事哇！來，艾美，我們也來效法她們吧！艱深的字我會幫助妳，要是我們都不明白，她們一定會爲我們解說的。」美好的書本和姊姊們的榜樣，令貝絲深受感動，於是輕輕地如此告訴妹妹。

「我好高興我這本是藍色的。」艾美表示。接著，整個屋子裡便陷入一片沉靜，只有微微的書頁翻動聲在沙沙作響，而冬日的陽光也帶著聖誕的問候爬上天際，撫摸著那幾顆愉快的小腦袋和嚴肅的小臉龐。

半個小時後，瑪格和喬下樓去向母親道謝，卻沒見著她。「媽媽呢？」瑪格問。

「天知道。有個可憐人來討東西，妳媽媽馬上就過去看看人家缺什麼了。打從來沒見過像她這種老把食物、飲料、衣物、柴火拿去送人的女人。」答話的是自瑪格出生後，就與這家人共同生活的漢娜。馬琪一家早把她當成朋友，不拿她當傭人看了。

「我想她應該會很快回來的，所以妳還是先把餅煎起來，把該準備的事都準備好吧！」

瑪格說完，檢查一遍藏在沙發下籃子裡，預備在適當時機拿出來的禮物。「咦，艾美那瓶花露水呢？」看到那小瓶子不見了，她又問。

「她剛剛取走了，準是拿去繫條緞帶之類的吧！」喬邊答邊在房裡蹦蹦跳跳，好把硬梆梆的新拖鞋踩軟。

「瞧，我送的手帕真好看，對不對？漢娜幫我洗好、燙挺了，而記號全是我親手繡的呢！」貝絲驕傲地看著自己費了好一番工夫才完成的那些不怎麼平整的字母。

「天保祐這孩子！她可真難得，不繡『馬琪夫人』（M. March），而繡上『母親』（Mother），多麼有趣呵！」

「這樣不合適嗎？我原以爲這樣繡比較好，因爲瑪格的縮寫也是M．M（Meg March），而除了媽咪以外，我又不想讓任何人使用這些手帕呀！」貝絲煩惱極了。

「親愛的，這樣不但十分合適，還是個絕妙的主意呢——而且非常聰明。因爲這樣一來，再也沒人會弄錯了。我知道，她看了一定會滿心歡喜的。」瑪格說著對喬皺皺眉頭，又對貝絲微微一笑。

「媽媽回來了。藏好那籃子；快呀！」喬聽到玄關處傳來「砰」地關門聲和腳步聲，趕忙大喊一聲。

艾美匆忙地走進屋來，看到姊姊們全在等著她，臉上怪不好意思的。

「妳剛剛到哪裡去了？背後又藏著什麼呢？」瑪格看到懶散的艾美頭戴兜帽、身穿斗篷，顯然一大早就出過門了，不禁大感訝異。

「喬，別笑我！本來我不想提前讓大家知道的。我只是想把小瓶花露水換成大瓶的，即使花光我全部的錢也無妨。還有，我真的很努力嘗試不再自私自利了。」

艾美邊說邊把那瓶換掉小花露水的漂亮大瓶子，拿給姊姊們看，在她爲做到忘我所付出的小小努力當中，神情是那麼眞摯、謙卑，看得瑪格當場摟住了她，喬也宣稱她是個「大好人」，而貝絲更跑到窗口拾了一枝最漂亮的玫瑰，來裝飾那氣派大方的瓶子。

「喏，今天早上讀過、討論過當好人的事後，我就對自己的禮物感到很不好意思，所以等起床更衣後，馬上跑到街角換成大瓶的：我好高興；因爲現在我的禮物是最中看的了。」

這時大門又傳來一聲關門聲，女孩們趕緊把籃子藏回沙發底下，然後圍在餐桌旁，熱切地期待早餐開動。

「聖誕快樂，媽咪！永遠快樂！謝謝您送書給我們；我們已經讀了一些，而且以後每天都要讀。」姊妹們歡呼。

「聖誕快樂，小女孩兒們！我很高興妳們能立刻開始閱讀，也希望大家維持這個好習慣。不過在我們就座之前，我想先說幾句話。離這裡不遠的地方，有個剛產下新生兒的可憐婦人臥病在床，六個孩子擠在一張床上；因爲他們沒有火可生，沒有東西可吃；最大的孩子跑來告訴我，他們飢寒交迫。我的女兒們，妳們可願將自己的早餐送給他們當聖誕禮物？」

女孩兒們等了將近一個鐘頭，早已餓壞了，但她們只沉默了一下下　只有一下下；因爲喬隨即激動地大喊：「幸虧您在我們開動前回來了！」

「我可以幫忙帶東西去給那些可憐的小孩子嗎？」貝絲滿腔熱誠地問。

「我吃麵包夾乳酪就好了。」艾美俠義地犧牲自己最愛的佳餚。

瑪格早已包好蕎麥麵，並把麵包堆進一個大盤子裡。

「我就知道妳們會的。」馬琪夫人彷彿十足滿意，微笑著說：「妳們都一塊兒去，順便幫幫我的忙。回家後我們用麵包、牛奶充當早餐，等中餐時再好好補償一下。」

大夥兒很快收拾停當，魚貫出門了。幸好時候還很早，走的又是小街道，所以沒幾個人看見她們，也沒人嘲笑這一群古怪的女子。

那是一個破舊寒磣、環堵蕭然的小房間，窗戶是破的，又沒有火爐，被罩更是千補百納。一名孱弱的婦人、一個嚎啕大哭的小嬰兒、加上幾名面有菜色的飢餓小孩，全蹉縮在一條舊棉被下，以求能夠保暖。

瞧女孩子們走進來時，那些大眼睛瞪得有多直、凍紫的嘴脣笑得有多驚訝啊！

「啊，哎呀！是好心的天使們來幫助我們啦！」那可憐的婦人大喜過望地喊著。

「是戴著兜帽、手套的滑稽天使哩！」喬一說大家都笑了。

在短短的幾分鐘內，這些好心人的努力好像已經有了成效。帶來木柴的漢娜生起了火，又用舊帽子和自己的斗篷把破窗板塞好。馬琪夫人把茶和粥遞給那母親後，便像照顧自己小孩似地，溫柔地替那小嬰兒穿衣服，同時又承諾要多多幫忙，好讓那窮婦人放寬心。而這段時間內，女孩子們也已擺好餐桌，把孩子們帶到火堆旁圍坐取暖，然後像餵食一群饑餓的小鳥般餵他們吃東西——大家邊說邊笑，一面還得費心去理解他們那些口齒不清的破英文。

「枕煎來了！」（神仙來了）、**「好金的天只嫁凡了！」**（好心的天使下凡了）可憐的孩子們一面吃、一面嚷，一面湊在那暖烘烘的火光旁，烤暖他們凍得發紫的小手。

從沒被人稱呼過小天使的四姊妹聽得好窩心，尤其是從一生下來就被當「桑可」❶看的喬更

---

❶《唐吉訶德先生傳》（或作「唐吉訶德傳」）中唐吉訶德的忠誠侍從。

覺愉快。儘管她們一口東西都沒吃，這一頓早餐氣氛還是很快樂，即使在馬琪一家離去後，也還爲這裡留下溫馨的感覺。我想，在這個聖誕節的早晨，整個城裡大概就屬這四位餓著肚子把早餐送給別人、自己卻以麵包和牛奶果腹的姑娘們，心情最愉快吧！

回家後，四姊妹趁母親上樓收拾準備送給可憐的韓穆爾一家那些衣物時，把她們的禮物取出來擺好，這時瑪格說出心裡的感觸：「這正是愛鄰人甚於愛自己的表現；我喜歡。」

雖然沒有豪華的排場，但在幾包小小的禮物中卻包含著無限的愛。插著紅玫瑰、白雛菊、拖曳著綠藤蔓的高瓶子，立在桌子中央，流露出一股高雅的氣息。

「她來啦！貝絲，演奏！艾美！開門！爲母親歡呼！」喬又叫又跳，瑪格也走上前去，預備領母親坐到首席。

貝絲彈起她最愉悅昂揚的進行曲，艾美打開房門，瑪格也威風凜凜地扮演起侍從的角色。馬琪夫人既感動又驚奇，看著禮物、唸著附在禮物上的短箋，眼眶微微溼潤、嘴角也帶著笑意。她立刻套上拖鞋，把一條新手帕放進口袋裡，噴噴艾美的花露水，又把瓶上的玫瑰繫在胸口，還稱讚那雙優雅的手套眞是「完美合宜」。

串串的笑聲、親吻與對話，迴蕩在屋裡，在率眞、親愛的情境中，不但爲當時溫馨的慶祝活動，營造出無限歡樂，就連事後許久回想起來，心中都還是一陣甘甜。

接著，大家又回到自己工作崗位。由於一早的慈善活動和送禮儀式已經占去不少時間，因此當天其餘的時光全被用來準備晚上的節目。這幾位年紀尚輕的姑娘家沒上過幾次戲院，也沒多少錢可供給私人表演的龐大開銷，只有多用點腦筋工作，並——需要則是創作之母——製作她們所需的每一樣道具。而她們的成品中確實有幾項頗具巧思——比方紙板做的吉他；銀色紙包老式奶油碟子製成的油燈：華麗的長袍是用從一家醃漬工廠得來的錫箔片，貼在舊棉布衣上充當的；而甲冑上貼滿的那些鑽石形亮片，則是洋鐵皮鍋、壺報銷後留下的蓋子、鐵片。這四姊妹常常視她們所需，將家具搬來移去當活布景，而整座大房子也就成了一家人無數次笑鬧狂歡的最佳場合了。

由於成員中沒有男子，喬便愜意地扮演各劇中的男性角色，得意洋洋地套上那雙赤褐色的皮靴。那皮靴是一位朋友送給她的；這位朋友認識一名跟某位男演員相識的女士。在喬心目中，那雙長靴和一柄鈍劍、以及一襲某藝人，在數部影片中穿過的男性開叉緊身上衣，同是自己最寶貴的財物，一有機會總要取出來披掛亮相。因爲這個演出團體規模太小，因此其中兩名主要演員，都得各自兼扮數個角色。她們倆不僅得辛勤地演練三、四種不同型人物的舉止口吻，疾速換穿不同服裝，還得掌握全場狀況，由不得叫人讚賞。這不但是對她倆腦力的一種絕佳嚴格訓練，也是一種無害的娛樂，更塡補了許多原可能是閒散、孤寂或被花在無謂社交上的時光。

聖誕節當晚，十幾位姑娘們坐在充作包廂用的床上，背後是藍色與黃色的印花棉布做成的帷幕，個個翹首期待開場。帷幕後不時飄來陣陣窸窣的更衣聲、低語聲、窒悶的油燈煙味，偶爾還摻雜著幾陣艾美的笑聲；她一興奮起來總會變得歇斯底里。這時候鈴聲響起，布幕倏地拉開，一齣歌劇式的悲劇就此登場啦！

戲單上那片「陰暗的樹林」，化爲幾盆矮樹、鋪在地板上的綠毯、和一個遠方的洞穴，呈現在大家眼前。洞穴是用一張曬衣棚搭在幾座五斗櫃上而成的，穴裡有一個燃得正旺的小火爐，爐上放著一只黑水壺，一名老女巫正俯身對著那水壺。昏暗的舞臺搭配熾燃的火爐，形成十分出色的戲劇效果。尤其當女巫掀開壺蓋，裊裊的蒸氣自壺中冒出，更顯得氣氛格外逼眞。大夥兒心中的震憾才剛剛平服一些，那個蓄著黑鬍子的惡徒休果又大踏步走上臺來了。他腰際掛著嘔哪作響的寶劍，帽沿壓得低低的，披著神祕的大氅、穿著長靴，怒氣沖沖地來回走動，而後突然一拍額頭，滔滔不絕地歌詠起激昂的曲調。唱出他對羅德里戈的仇恨，對蕾拉的愛情，還有除去羅氏、贏取蕾拉的強烈決心。在休果粗嘎的歌聲中，間或摻雜一、兩聲情感澎湃的呼吼，聽得觀衆們都不禁爲他動容，趁他換氣的當兒大聲鼓掌喝采。他像接受慣了大衆的讚美般從容地彎腰行禮，然後潛行到洞穴，威風凜凜地喝令哈格出來。

「喂，愛婢！我要妳效命啦！」

瑪格應聲走了出來。她臉上黏著灰色的馬鬃，身穿暗紅的長袍，手拿木杖，披風上繪著神祕的符號。休果要她配製一帖讓蕾拉對他傾心的藥物，還要一帖能夠奪取羅德里戈性命的藥。哈格用她生動的旋律答應做到這兩件事，接著又聲聲召喚那即將帶來愛情魔藥的精靈。

來呵，來呵，離開你棲息的家，
虛無的精靈呵，我命令你到來！
你可否憑藉玫瑰、清露，
釀製成符咒與迷藥？
為我帶來吧，以精靈般的速度！

帶來我所需的芬芳魔藥；
讓它甘美、濃郁且快速有效，
小精靈呵，快快回應我的歌唱！

一曲柔婉的音樂響起，洞穴深處出現一個穿著雪白衣裳、生著一對閃亮翅膀、金色秀髮、頭戴玫瑰花環的小身影。她一面揮舞著仙杖，一面歌唱！

我已到來，
自那遙遠的銀河月宮，
我那虛無縹緲的家園。
收下這神奇的魔藥，
並且妥善運用，
否則它的效力立刻消失無蹤！

然後將一個亮金色的小瓶子放在女巫腳邊便消失了。哈格再唱一段歌謠，召來另一個幽靈——但這次卻不是可愛的精靈了。因爲在一聲砰然巨響後，一個醜兮兮的黑色小鬼出現在臺上，粗嘎地應了一聲，把一個黑瓶子扔向休果，便帶著刺耳的厲笑聲隱沒了。休果顫聲唱出他的感謝，把瓶子塞入長靴之後離去。這時哈格告訴觀衆，過去休果曾殺害她的幾位朋友，她已經對他下了詛咒，還打算破壞他的計畫，並且採取報復行動。接著帷幕落下，觀眾們紛紛起身享用甜點，同時討論這幕戲的優缺點。

在無數的催促聲後，布幕終於再度升起，但等大家看到壯觀的舞臺布景之後，就再也沒有人抱怨時間耽擱太久了。這個景搭得實在華麗極了！一座高塔直聳入天花板，中央開了扇窗子，窗口燃著油燈。白色窗帘後，出現身穿銀藍色迷人服裝的蕾拉，她正等待羅德里戈的到來。他頭戴有羽毛裝飾的無邊帽、身披紅斗篷，懸垂的栗色捲髮繫著情意結，手抱吉他，腳下當然還穿著那雙長統靴，盛裝來赴會，跪在塔腳，用那柔美感人的聲調唱出一首小夜曲。蕾拉應聲而歌，在一段唱和之後，答應與他逃走。緊接著劇情發展到高潮。羅德里戈取出一段有五個踏階的繩梯，將一端拋上塔中，邀蕾拉踏著繩梯下來。她怯怯地從窗格中爬出來，把手搭在羅德里戈的肩頭上，正要優雅地一躍而下時，突然一聲：「哎呀！糟了，蕾拉！」她忘了拉好裙裾——它勾到窗戶，整座高塔在一陣搖擺後，毫不留情地往前傾塌下來，將這對不幸的戀人埋葬在斷壁殘垣之中。

在轟然四起的尖叫聲中，那雙赤褐色長靴向上猛踢、掙出亂堆，緊接著一顆留著金髮的頭也冒了出來，嘴裡還大叫：「我早告訴妳們了！我早告訴妳們了嘛！」這時蕾拉鐵石心腸的父親派特羅先生，卻鎮定依舊地快步衝上臺來，拖出他女兒，匆匆附耳交代：

「別笑，裝著沒事一樣演下去！」——同時喝令羅德里戈站起來，氣沖沖地破口大罵，要他滾出封疆。然而羅德里戈雖然飽受高塔倒塌的震懾，卻仍屹立當場，公然反抗那位老先生。這大膽的榜樣激起了蕾拉的勇氣，跟著毅然違抗父命，氣得他下令將兩人打入堡中最幽深的地牢去。一名結實的小家僕，倉倉皇皇地拿著鎖鍊走上臺來，又慌慌張張地把兩人領出場去，顯然把該說的臺詞都給忘了。

第三幕的場景是城堡的穿堂。首先出場的哈格，是來解救這一對戀人、收拾休果的。她聽到休果的腳步聲，於是便躲在一旁，看著他把魔藥摻入兩杯酒中，吩咐那羞怯小僕人：「送去給牢中的囚徒，告訴他們我馬上過去。」僕人把休果引到一旁說了幾句話，哈格便乘機用兩杯沒摻藥的酒，換掉原來那兩杯。小家僕弗迪南多端著酒離開後，哈格又把要用來毒殺羅德里戈那杯毒藥酒放回原位。休果顫聲唱完一長段歌曲後感覺口渴，於是端起酒來一飲而盡，頓時神智不清，拼命搗頭跳腳、槌胸頓足，而哈格卻用一支鏗鏘有力的優美歌曲，唱出她所做的事情。過了一段時間，休果終於在她的歌聲中倒地身亡。

這眞是令人震撼的一幕，只是有些人恐怕會覺得在休果倒地之際，濃濃的長髮突然披散下來，削弱了惡棍死亡的戲劇魅力。觀衆們大叫休果的名字，於是他便帶頭領著哈格登場致謝，大家公認，哈格的唱工要比其他方面的表演還更出色。

第四幕的演出內容，是羅德里戈聽說蕾拉已經遺棄了他，絕望之餘正要舉劍自殺，就在匕首將要刺入心臟這千鈞一髮之際，他的窗口下傳來一個美妙的歌聲，通知他說蕾拉目前的處境萬分凶險，但只要他願意還是可以救她脫困。接著窗外拋入一支鑰匙、讓他打開牢門，他奮力掙斷鎖鍊，箭一般地飛馳去尋找並拯救他的戀人。

第五幕一開演，便是蕾拉與派德羅先生問一段針鋒相對的暴烈場面。他要她進修道院，而她卻不肯聽從，在一番款款傾訴之後幾乎就要暈倒。就在這當兒，羅德里戈衝上臺來，並向她求婚。派德羅先生不肯答應，因爲他並非富人。他們指手畫腳、相互咆哮，還是沒辦法取得協調。

正當羅德里戈想背起身心俱疲的蕾拉走出去時，那羞怯的僕人拿著一封哈格留下的信和一只袋子走了進來。至於哈格，則早已神不知、鬼不覺地消失了。信上告訴這一夥人，她送了數不盡的財產，要給這對天造地設的年輕戀人，若是派德羅先生阻撓他倆的幸福，她將會要他噩運纏身。袋子打開後，片片錫箔打造的硬幣像雨一般灑落在臺上，把整個舞臺鋪得銀光閃閃。這一切使得「鐵石心腸的父親」軟化了態度。他二話不說地應允了小倆口的請求，臺上臺下一片歡聲雷動。正當這對情侶跪在地上，接受派德羅先生祝福的同時，幕就在這最浪漫美妙的一刻落下了。

　觀衆們爆出的喧天喝采聲不期而然地沉靜下來。因爲原先搭起來當「更衣區」的吊床突然合起來了，把興奮的觀衆們全包在裡頭。羅德里戈和派德羅忙飛身搶救，所幸大家都毫髮無傷地脫身了，只是好多人都笑得前仰後合、說不出話來。興奮的情緒還沒平靜，漢娜又進來傳話：「馬琪夫人請各位小姐下樓用餐。」

　包括四位演員在內，大家看到桌上的盛饌都感到十分驚訝，詫異得面面相覷，本來媽媽略備幾道佳餚款待她們並不足爲奇，但眼前這麼精美的菜色，卻是她們自家道中落以來就聞所未聞的。桌上有冰淇淋——事實上是兩道冰淇淋；一道粉紅的，一道白的——還有甜點、水果和令人神往的法式棒棒糖，而餐桌的正中央更供著四大束精心栽培的花朵。

　四姊妹看得目瞪口呆；她們看看餐桌、又看看母親；看她的神情，彷彿像是萬分歡喜。

「是小仙子變的？」艾美問。

「是聖誕老公公。」貝絲說。

「一定是媽媽備辦的。」瑪格雖然黏著灰鬍子、白眉毛，仍舊笑靨如花。

「馬琪嬸嬸心血來潮，所以派人送了這桌晚餐來。」喬腦中靈光一現，於是大喊出來。

「都不對。是老羅倫斯先生送的。」馬琪夫人回答。

「那個羅倫斯家男孩的祖父！他怎麼會想到這個念頭？我們不認識他呀！」瑪格嚷著。

「漢娜把妳們今天的早餐善行告訴了他們家一位僕人。雖然他是位性情古怪的老人家，但聽了這件事心裡卻很是愉快。多年以前，他和我父親原是舊識。今天下午，他便禮貌性地派人送來一紙便條，說是希望我能允許他送些微薄的禮物給我的孩子們，一方面是紀念這個日子，一方面也好表達對妳們的友善之意。我不能拒絕他的好意，因此今晚妳們便有了這餐盛宴，來彌補只有麵包加牛奶的早餐了。」

「是那男孩建議的；我知道是他！他是個挺棒的傢伙，但願我們能交個朋友。看得出來，他好像很想認識我們，只是他太害羞。偏偏瑪格又老愛故作正經，不讓我在和他錯身而過時和他交談一下。」在喬說話之間，餐點盤已一一在大家手中傳遞，而冰淇淋也在眾人嘖嘖的滿足聲中，被吃得一滴不剩了。

「妳們說的是住在隔壁那幢大房子裡的人，對吧？」其中一位女孩問道。「家母也認識老羅倫斯先生。但她說他非常高傲，又不喜歡跟鄰居們打成一片。除了騎馬和跟家庭教師散步外，他成天把自己的孫子關在家裡，又督促他嚴格用功學習。我們邀他參加我們的宴會，他卻從沒來過。母親說他人非常好，只是從來不跟女孩子說話。」

「有一次我們家的貓跑掉了，是他把它抱回來的。我們隔著籬笆講話，談得興致正濃——淨是些像打板球一類的事哩——結果他一看瑪格走近就跑掉了。我打算哪天跟他交個朋友，因為他也需要遊戲歡笑，這一點我敢打包票。」喬自信滿滿地表示。

「我喜歡他的舉止態度，再說這男孩也頗有小紳士風範。因此若是有適當的機會，我倒是不反對妳們跟他交朋友。要是我剛剛確知妳們樓上在做些什麼，就應當會邀他進來了。他臨去前還一副戀戀不捨的模樣，十分嚮往地聆聽上面傳來的笑聲，顯然他自己從沒享受過那種滋味。」

「幸好您沒留他，媽媽！」喬踩著腳上的長靴直笑。「不過以後我們還是會再演戲，到時候他就可以看得到了，也許還可以幫忙客串一下哩！那不是挺有意思的嗎？」

「我還沒收到過這麼精美的花束哩！多漂亮哇！」瑪格饒有興致地細細品賞那束鮮花。

「它們是很動人！但在我心中，貝絲的玫瑰卻更嬌美。」馬琪夫人帶著微笑，看著別在腰帶間那半枯萎的花兒。

貝絲仰著臉兒偎在她胸口，輕柔地低語：「我真盼望能把自己這束花送給父親，只怕他沒辦法過像我們這麼愉快的一個聖誕節呢！」

3 羅倫斯家的男孩

「喬！喬！妳在哪裡？」瑪格在閣樓的樓梯腳下喊著。

「這裡！」上頭傳來一個粗嘎的聲音。瑪格一聽跑上樓去，只見她妹妹裡著條長羊毛圍巾，坐在迎光面窗戶旁的一張三隻腳舊沙發上，一面啃蘋果，一面看她的精采小說，看得眼淚唏哩嘩啦直掉。這是喬最愛窩的角落；她喜歡拿幾顆蘋果、帶本書，溺在這裡享受寧靜的氣氛、還有跟附近一隻對她根本沒有戒心的小老鼠做伴的樂趣。瑪格才一上來，這小玩意兒便一溜煙鑽進它的洞裡去啦！喬拭去臉上的淚珠，等著聽她姊姊有啥消息要宣布。

「多開心呵！妳瞧瞧！是葛蒂納夫人邀我們明晚參加舞會的正式請柬哩！」瑪格揚起那珍貴的紙片嚷著，接下去又帶著一臉少女的喜悅唸出紙上內容。

「『葛蒂納夫人敬邀瑪格小姐與喬瑟芬小姐參加除夕小舞會。』媽咪很樂意讓我們去，該穿什麼好呢？」

「妳明知我們除了毛綢沒別的可穿，還問這幹什麼呢？」喬嚼著滿嘴蘋果回答。

「要是我有套絲緞禮服就好囉！」瑪格長吁短歎。「母親說也許等我十八歲時能做一套，只是兩年的時間等起來不知得捱多久呢？」

「我倒覺得毛綢和絲緞看起來一模一樣。再說，對我們而言，毛綢衣裳已經夠棒的啦！妳的服裝就跟全新的一樣，只是我卻疏忽了，把我那套衣服弄得又是燒痕又是淚痕。我該怎麼辦才好？那塊燒到的地方偏又留下很清楚的記號，我怎麼努力也沒辦法弄掉一點兒。」

「妳必須盡可能乖乖坐著，別讓人瞧見妳背後；前面倒還沒什麼問題。我得要條新緞帶來繫我的頭髮，媽咪也會把她那珍珠小別針借給我，我的新鞋挺可愛的，手套也還過得去，只是還沒我想要的那麼好。」

「可惜我的那雙沾到檸檬汁了，而我又買不起新的，只好不戴手套去啦！」喬表示；她向來不太爲服裝的事多費心。

「妳一定要戴手套，否則我就不去。」瑪格斬釘截鐵地嚷著。「手套比什麼東西都要重要；沒有手套妳跳不了舞。要是妳不戴我會多丟臉啊！」

「那麼我乖乖待在那兒別動好了。反正我也不怎喜歡跟人一塊兒跳舞，慢悠悠晃來轉去的，一點意思都沒有。我只愛輕快跳躍、滿地飛奔的。」

「妳不能請媽媽幫妳買新的，手套那麼貴，妳又不懂愛惜。上次妳弄壞手套時她就說過，今年冬天不會再幫妳添購了。妳有沒有什麼辦法解決？」瑪格焦急地問。

「我可以把它們摺起來，握在手中，這樣就沒人曉得它們污損得有多嚴重了；那就是我僅有的對策。不！我有辦法了——我們各戴一隻好的，手上各握一隻髒污的。聽得懂嗎？」

「妳的手比我大，會把我的手套撐得鬆垮垮的呀！」瑪格對她的手套向來呵護有加。

「那我不戴手套去就是了嘛，我才不在乎別人說什麼呢！」喬嚷完便捧起她的書來讀。

「妳還是戴著好了，戴去好了！只是千萬別弄髒啦；還有一定要淑女點兒，別把手揹在背後，或者兩眼直瞪著人，還是淨唸著『克里斯多福．哥倫布❶』，好嗎？」

「別爲我瞎操心。我會盡可能端莊正經，也儘量不東碰西撞。現在快去回妳的謝函，讓我好好看完這了不起的故事吧！」

於是瑪格便下樓去寫她的「承蒙邀約，不勝感荷」的條子，並仔細檢視她的服裝，手裡爲它縫上一條眞絲花邊，嘴上輕快地哼著歌。而這時喬也看完了她的故事、啃光四顆蘋果，還逗那隻小老鼠玩了好一會兒曲道遊戲。

除夕時候，客廳裡一個人影都沒有。因爲兩位大姊姊正一心一意忙著「準備赴宴」這件天大的事，而兩名小妹妹也在充當她倆的梳妝侍女。雖然只是簡單的幾樣打扮，卻也鬧得大家跑上忙下，笑聲、話聲不絕於耳，一度甚至整個屋子裡都瀰漫著濃濃的燒焦味，因爲瑪格想在臉頰邊燙個幾綹波浪髮，於是喬便用一把熱鉗子去鉗緊紙包的髮卷。

「這樣冒煙是正常的嗎？」貝絲坐在床頭問。

「是溼氣蒸發的現象。」喬回答。

「好怪的味道喲！好像燒焦羽毛一樣。」艾美一臉得意地撫弄她那一頭漂亮的捲髮。

「喂，現在我要把紙弄下來嘍，到時妳們將會看到一頭捲蓬蓬的如雲秀髮啦！」喬說著拿下鉗子。

她是把紙拿掉了，可惜大家看到的卻不是捲蓬蓬的如雲秀髮，因爲紙中包著的髮絲也跟著紙

---

❶ Christopher columbus：義大利航海家，於一四九二年發現美洲。

張一塊兒坍下來啦！心慌意亂的冒牌美髮師，把那一小束燒焦的髮絲往受害者面前一擺，擱在梳妝抬上。

瑪格看著鏡中東捲西翹的劉海，絕望得嚎啕大哭。

「噢！噢！噢！妳到底做了**什麼**好事？我完了！我不能去了！我的頭髮；噢，我的頭髮！」

「都是我這掃把星！妳不該要我幫妳燙的，我老是壞事。我真的很抱歉，只是那鉗子實在太燙了，所以才會弄得一團糟哇！」可憐的喬看著那頭像黑煎餅般的頭髮，懊惱得直掉淚。

「也沒弄壞啦！只要再把它弄蓬鬆些，繫上妳的緞帶，梳一些髮梢到前額，就挺像最新流行的款式了；我看過好多女孩都是這麼打扮的。」艾美安慰她倆。

「算我活該，想弄得漂漂亮亮。早知道我就不動原來的髮型了。」瑪格衝動地大叫。

「我也這麼想；妳的頭髮原本就很光澤動人了。不過它很快就會再長出來了嘛！」貝絲走過去親吻她，並好言勸慰這頭失去漂亮毛髮的羔羊。

幾經波折之後，瑪格總算打扮妥了。至於喬的服裝、髮式則是動員全家人的努力才裝扮起來的。她倆的服飾雖然樸素，看起來卻很高雅大方——瑪格是灰褐色系服裝，搭配藍色天鵝絨髮帶，蕾絲滾邊，和珍珠別針；喬穿栗色衣服，硬挺的麻紗衣領頗有幾分紳士風味，身上唯一的飾品則是一、二枝小白菊。她們倆各戴一隻乾淨的好手套，另外再各帶一隻沾污了的，大家看了都說這樣感覺「相當自在優雅」。瑪格的高跟鞋緊得夾腳，偏偏她又不肯承認。而喬的十九支髮夾則像是直扎腦門一樣，實在不怎麼舒服。只是，老天，不好好打扮一番不如死了的好！

「親愛的，祝妳們玩得愉快。」看著兩個女兒優雅地走下門庭，馬琪夫人交代：「晚餐別吃太撐，十一點就好告辭了，到時我會讓漢娜去接妳們。」等到兩人砰然關上大門後，窗口又傳來一聲喊叫：

「女兒啊，女兒！妳們倆帶了好的手帕沒？」

「帶了，帶了，帶著最乾淨好看的，瑪格那條還灑了花露水呢！」喬大聲回答後又大笑一聲，伴著姊姊往前走：「我敢說媽咪準要問我們倆是不是在急著逃難哩！」

「這是她高貴的品味之一，也是相當合宜的風範。因爲一位眞正的名門淑女，隨時隨地總會注意穿戴整齊潔淨的鞋子、手套，帶乾淨的手帕。」——本身擁有不少小小「高貴品味」的瑪格表示。

「喂，喬，記得別讓人瞧見妳那些壞習慣啦！我的飾帶繫得還可以吧？頭髮看起來眞的**非常**糟嗎？」進了葛蒂納夫人家的更衣室，瑪格對著鏡子照了又照之後扭頭問。

「我知道我準記不住的。要是妳看到我哪裡出了差錯，只消眨眨眼睛提醒我就成，好嗎？」喬扭了扭領子，然後隨意梳了一下頭髮。

「不；眨眼睛太不淑女了。如果妳出什麼錯的話我會揚揚眉毛，要是沒問題我就微微頷首。現在，抬頭挺胸，腳步放小，還有如果有人介紹妳跟誰認識，別跟人家握手，因爲那樣是不合規矩的。」

「妳是怎麼學會這許多規矩的？我就怎麼學也學不來。這音樂眞輕快，不是嗎？」

兩姊妹走下樓去，心中都有幾分含羞帶怯。因爲她們難得參加宴會，而且縱然這只是一場非正式的小舞會，對她們而言仍然是大事一樁。威嚴的葛蒂納夫人親切地和她倆寒暄過後，便將這對姊妹交由六女兒中的老大招呼了。瑪格原本就認識莎莉，因此不一會兒便放鬆了心情。但向來對女孩子和女孩兒家的談天沒啥興趣的喬，卻只能小心翼翼地背貼著牆站在一旁，活像匹闖進了花園的小牝馬似的，很不搭調。舞廳的另一頭有五、六個快活的青年，正在大談滑雪經，喬眞想過去和他們一塊兒分享，因爲滑雪正是她生活中的樂趣之一。她打個暗號讓瑪格知道她的想法，對方卻把眉頭揚得半天高，害她挪都不敢挪動她的腳步。屋裡既沒有人過來找她交談，附近的人又一夥接著一夥走得只剩她一個。她也不能到處閒逛，自己找消遣，否則那塊燒焦的痕跡就會被人看見。因此她只有孤孤單單地盯著人看，耐心等待開舞囉！舞會一開始，馬上有人向瑪格邀舞。那雙夾腳的鞋子踩得是如此輕捷，以至於任誰也猜不出那臉帶微笑、腳穿漂亮舞鞋的女子雙腳有多疼了。喬看見有個紅髮青年朝她這邊直走過來，深怕他是來邀她共舞的，忙一溜煙躲進帷幕後的凹室裡去，打算靜靜地在裡頭窺看外面的情況、自得其樂一番。可惜，早已有另外一個靦腆的人，選擇這個相同的避難所了。因爲，她才放下帷幕一轉過身來，便發現自己碰到那個「羅倫斯家的男孩」了。

「天哪，我不知道這裡有人！」喬吶吶說著，準備像進來時那樣，迅速退回外頭去。

但那男孩雖然有些驚訝，卻邊笑邊愉快地告訴她：「別管我，妳愛留就留下來沒關係。」

「我不會打擾到你嗎？」

「一點兒也不會。嗯，我之所以進裡頭來，只因爲這裡沒幾個熟人，所以覺得很彆扭。」

「我也是。拜託，除非你比較喜歡到別的地方，否則別因爲我而離開。」

於是男孩又重新坐下，低頭瞅著自己的舞鞋。後來喬試著用輕鬆、禮貌的口氣與他攀談：

「我想我們似乎見過面。您府上離我們家很近，不是嗎？」

「在隔壁。」他抬起頭來，笑了起來。因爲他一想起當初他送回她家的貓，兩人閒聊打板球話題時的情景，和她眼前這端莊拘束的模樣一比，簡直太好玩了。

這一來，喬也放鬆心情跟著大笑起來，用她最眞率的態度告訴他：「你們那美好的聖誕禮物，的確令我們度過了一段非常愉快的時光呢！」

「那是爺爺送的。」

「但都是你出的主意，不是嗎？」

「妳們的貓還好吧，馬琪小姐？」男孩黑眼珠裡明明閃著有趣的神采，卻又偏故作嚴肅狀。

「很好。謝謝你，羅倫斯先生；但我只是喬，才不是什麼馬琪小姐！」這位年輕小姐回答。

「我也不叫羅倫斯先生；我不過是羅禮而已。」

「羅禮．羅倫斯——多古怪的名字哇！」

「我的名字叫錫爾多，只是我不喜歡這名字，因爲那些小子老叫我朵拉，所以我要他們改叫我羅禮。」

「我也討厭我的名字——好纖弱喲！但願大家都叫我喬，別叫什麼喬瑟芬。你是怎麼讓那些男孩不再叫你朵拉的？」

「揍他們。」

「我不能揍馬琪嬸嬸，所以看來只好忍一忍囉！」喬歎口氣，聽天由命。

「喬小姐，妳不喜歡跳舞嗎？」看羅禮的神情，大概是認爲這名字跟她很相配吧！

「要是空間夠大，大夥兒都活活潑潑的，我倒是非常喜歡。在這樣的場地，我註定會撞著什麼、踩到別人的腳或者做出什麼可怕的事來，因此我乾脆避免闖禍，讓瑪格輕輕鬆鬆地去跳。你都不跳舞的嗎？」

「偶爾。咯，我在外地待了那麼多年，對這裡的一切還不很投入，也還不瞭解這裡的風俗人情。」

「外地！」喬嚷嚷：「噢，告訴我一些外地的事！我愛死了聽人們敘述他們的遊歷了。」

羅禮似乎不知該從何處說起，但喬熱切的探問很快解決了他的難題。他談起在維葳❷上學的情形；那裡的男孩從不戴帽子，並且在湖中還有一個小船隊，假日裡大家就和老師們一塊兒到瑞士各地遠足、遊戲。

「要是我也住過那裡該有多好啊！」喬大聲叫嚷：「你去過巴黎嗎？」

「去年冬天我就是在那裡度過的。」

「你會不會說法語？」

「在維葳，我們只准用法語交談。」

「拜託說幾句！我只會讀，不會發音。」

「Quel mom a cette jeune demoiselle en les pantoufles jolis?」

「你說得真棒！我來想想——你說：『那穿著漂亮舞鞋的年輕姑娘是誰啊？』對不對？」

「Qui, medemoiselle。」

---

❷ Vevay：日內瓦湖濱勝地，以巧克力、煉乳聞名。

「你明明知道她是我姊姊瑪格麗特呀！你覺得她漂亮嗎？」

「嗯。她讓我想起德國姑娘，看起來清新又恬靜，跳起舞也很有名門淑媛的風采。」

喬聽了這男孩對姊姊的讚美不禁喜上眉梢，默默把他的話記在心上，以便複述給瑪格聽。他倆一塊兒偷看別人的舞姿，竊竊評論、私語，談著談著竟覺得兩人像對老朋友一樣。羅禮的靦腆很快便一掃而空，因爲喬的男子氣概不但引起他無限的興趣，也令他感到很自在。而喬也很快地把服裝的問題拋到九霄雲外，加上沒人衝著她猛揚眉毛，於是一下子又恢復了她愉快的天性。

喬比以前更喜歡這「羅倫斯家的男孩」了，甚至還仔仔細細端詳了他好幾次，以便向姊妹們好好描述他的模樣。因爲她們家沒有兄弟，表兄弟、堂兄弟也沒幾個，所以男孩對她們而言，幾乎等於是全然陌生的生物。

〈捲捲的黑髮，棕色的皮膚，眼睛黑又大，鼻子很英挺，玉貝般的牙齒，手小、腳小，比我高，就一個小男生而言算是當有禮貌，整體上都還很不錯。咦，不知道他幾歲？〉

喬差點脫口問出來，還好及時克制住了，轉而運用巧妙的方法，旁敲側擊地去找出答案。

「我想你就快進大學了吧？我看到你成天死盯書本——噢，我是指你很用功。」喬一不小心讓「死盯」兩個字溜出口，窘得臉都紅了。

羅禮微微一笑，似乎並不覺得驚訝，只是聳聳肩告訴她：「這一、二年還不會。總之，我不會在十七歲以前上大學的。」

「這麼說，你才十五囉？」喬注視這高個子少年；她原以爲他已經十七了呢！

「下個月才十六。」

「要是我能上大學該多好！看你的樣子好像並不怎麼喜歡唸大學嘛！」

「我討厭上大學！要不是整天嬉鬧，就是昏天暗地地忙著做學問。再者，我也不喜歡這裡人們的行事作風啊！」

「你喜歡什麼？」

「住在義大利，隨心所欲地過自己喜歡的生活。」

喬很想問他自己喜歡怎樣過生活，只是眼看他兩道烏黑的眉毛糾得都快打結了，於是趕緊順勢找個話題來轉移他的心思。

「多棒的波加舞曲呵！你何不下去跳跳看？」

「妳跳我就跳。」他優雅地欠身爲禮。

「我不能，因爲我告訴過瑪格我不跳；因爲——」喬說到這裡不知是該大笑一頓好，還是告訴他實情好。

「因爲什麼？」羅禮好奇地問。

「你會不會告訴別人？」

「絕對不會！」

「好吧，告訴你好了。我有個愛站在火爐前的壞習慣，因此常常燒壞我的裙子。像這件就給燒掉了一大塊，而且雖然經過精心修補，還是看得出來。所以瑪格吩咐我不要亂動，免得讓人瞧見了。你愛笑的話儘管放聲笑，我知道那的確很滑稽。」

但羅禮並沒有笑她；他只是俯首半晌，露出一臉令喬不解的神情，委婉之至地告訴她：「別理那些，我來告訴妳我們怎麼辦：外頭有條長甬道，我們可以痛痛快快地在那裡跳，沒人會看見。請隨我來。」

喬高高興興地向他道個謝、隨他走出來。看著自己舞伴手上戴的那雙珍珠色高貴手套，她眞希望自己能有兩隻潔淨的手套戴。甬道上空無一人，他倆盡情地跳一支波加舞。因爲羅禮不僅舞藝精湛，又教她德國式大搖、大擺的舞步，讓她跳得很開懷。等到音樂停止後，他倆便坐在階梯上歇歇氣。就在羅禮正在大談某項海德堡❸的學生慶典之際，瑪格來找她妹妹。喬聽到她的召喚，萬分不甘願地循聲走進一間偏廳，發現她手握著腳坐在沙發上，臉色非常蒼白。

「我扭傷腳踝啦！那隻蠢高跟鞋歪了一下，害我的腳也跟著扭到。現在它痛得那麼厲害，我連站都站不住了，根本不曉得要怎樣才回得了家了。」她邊說邊痛苦地來揉著。

「我早知道妳穿那雙笨鞋會弄傷腳的。我很遺憾。現在除了叫部馬車、或者留在這裡過夜，我也不曉得妳還能怎麼辦？」喬輕輕幫姊姊揉搓那隻可憐的腳踝。

「我從來沒有像這麼不顧一切想搭馬車過，問題是我絕對找不到車搭的。因爲大部分的人都是搭自己的馬車來，而馬車站離這一畏又那麼遠，也找不到人去叫車啊！」

「我去。」

「不，眞是！都過九點了，天色黑得跟墨一樣，不能去！而且房子已經客滿了，莎莉房裡也有幾個女孩留宿，所以也不可能在這邊過夜。我會休息到漢娜來，然後再盡力而爲。」

---

❸ Heidelberg：德國西部之一城市。

「我去請羅禮幫忙，他一定肯去。」喬靈光一閃，心上一塊石頭落了地。

「天哪，不要！不要去請求或者告訴任何人。妳去幫我拿我的橡膠鞋來，把這雙拿去和我們的東西放在一塊兒。我不能再跳舞了。不過等晚餐一結束，妳就得留心漢娜，她一到就快來通知我。」

「他們現在就要去用餐了。我留下來陪妳，我比較喜歡這樣。」

「不，親愛的，快跟過去，順便幫我拿杯咖啡。我好累，我無法動彈了！」

於是瑪格換上膠鞋掩飾腳傷，斜倚在沙發上小憩，然後喬便沒頭沒腦地找餐廳去了。她先是闖進一個擺置陶瓷器皿的大櫥櫃，之後又撞開一扇房門，結果看到葛蒂納先生正在裡頭私下用些點心，最後才好不容易找對了地方。於是她便箭步衝向餐桌，倒好咖啡，轉眼間卻又潑灑了出來，把衣服的前面濺得跟後面一樣慘不忍睹。

「噢，天哪，我眞莽撞！」喬猛擦衣服，害得瑪格的手套也報銷啦！

「需要我效勞嗎？」喬聽到一個友善的聲音；說話的是一手端著杯滿滿飲料、一手端著冰塊的羅禮。

「我正想幫瑪格拿點東西，她實在累壞了。也不知是誰碰了我一下，結果就搞成這副德行啦！」喬悶悶地瞄瞄沾污的裙子和染成咖啡色了的手套。

「眞慘！我正想找看誰需要這些東西，讓我把它送去給令姊，可以嗎？」

「噢，謝謝你！我來帶路。我不要親手端過去，不然準又會鬧得不可收拾。」

喬將羅禮帶到後頭，這男孩彷彿伺候慣了大小姐們似的，熱心地幫她們綴來一張小桌子，又自動再為喬端來一份咖啡與冰塊，就連向來不易討好的瑪格，都不禁要宣稱他是個「好男孩」。他們愉快地享用糖果、餅乾，又和兩、三個信步走過來的年輕人玩咬耳朵「傳話」的遊戲。在遊玩之間，漢娜來了。瑪格忘了腳傷急著站起來，結果卻不得不痛苦地尖叫一聲，緊抓住喬來支撐。

「噓！什麼都別說。」她先對喬附耳低語，再大聲表示：「沒什麼，我不過是稍微扭傷腳，沒事的。」說著便一拐一拐上樓披大衣、戴帽子去了。

漢娜聽了開始罵人，瑪格盡是哭，喬被她倆鬧得無計可施，最後終於決定靠自己來設法解決。她偷偷溜出房外，跑下樓去，找了個傭人，問他是否可以幫她找部馬車。偏偏那人是名臨時聘僱的侍者，對附近的情況一無所知，喬只好左顧右盼、尋求幫助。這時羅禮聽到她的問話，便走上前來表示願意讓她們搭乘他爺爺的馬車。他表示，這部馬車正好剛來接他。

「現在還早得很哩，你不是當眞要走了吧？」喬雖然大鬆一口氣，卻猶豫著不知該不該接受他的好意。

「我一向都很早走——眞的，不騙妳！請答應我送妳們回去。喏，反正是順路，況且據說外面已經下雨了。」

這下問題全解決啦；於是喬說出瑪格扭傷腳的倒楣事後，便欣然接受他的好意，衝上樓去把兩位夥伴帶下來。漢娜對下雨的討厭不亞於小貓咪，因此也沒再嘀咕什麼。三人便無限欣喜地坐進封閉式大馬車，隨著骨碌碌的車輪聲回家。為了讓瑪格可以把腳抬高，羅禮跑到車夫的座位旁去坐，而車廂內的姑娘們，也正好得以無拘無束地討論她們的舞會經驗。

「今晚我快活極啦！妳呢？」喬等不及拔下髮夾，任髮絲亂蓬蓬地散落，圖個舒適自在。

「在扭傷腳以前，我也一樣。莎莉的朋友安妮．墨菲對我青睞有加，要我在莎莉到她家去時，結伴過去住一個禮拜。莎莉要在春季歌劇演出時節前往，到時一定非常棒，但願媽媽肯讓我去才好。」瑪格憧憬著屆時的景象，心情為之飛揚起來。

「在我躲出去時看到妳在跟一個紅髮男子跳舞。他人棒不棒？」

「噢，棒極啦！他的頭髮是赤褐色，不是紅的，而且態度彬彬有禮。我跟他跳了一支迷人的雷帝華舞（一種波希米亞舞）。」

「他踩起新舞步來活像隻蚱蜢，我和羅禮看得都忍不住笑了出來，妳聽到了沒？」

「沒有，不過那樣眞是太沒禮貌了。妳在外頭躲了大半天，都在做些什麼？」

於是喬源源本本地把自己的際遇告訴她，話說完時，馬車也正好駛近家門口。她們千恩萬謝、道過晚安，便輕手輕腳地摸進屋去，希望別吵到任何人。但房門才吱軋打開，兩個戴著小睡帽的腦袋，便從床頭冒了起來，又睏又熱切地喊著：

「講講舞會的事！講講舞會的事嘛！」

瑪格看到喬竟幫兩位妹妹帶了法國糖回來，直呼那是「太不像樣了」；在聽完她倆敘述今晚幾件最扣人心弦的事後，兩個小妹妹終於安然入睡了。

「說眞的，能夠穿著長禮服、坐著馬車從舞會裡回來，身邊還有女傭服侍著，感覺眞像位名門閨秀呢！」瑪格在喬用碘酒邊幫她敷腳部、並為她梳頭時表示。

「我相信，儘管今晚我們燙焦頭髮、穿舊禮服、共用手套、又笨得穿上夾腳舞鞋、扭傷了腳，但那些名門閨秀還是未必能比我們玩得更愉快。」——其實，事實也正是如此。

4 包袱

「噢，天哪，又得揹起包袱，繼續趕路了，多辛苦哇！」舞會過後那天，瑪格一大早便唉聲嘆氣。因假期結束了，上禮拜的愉快氣氛，使她很難輕鬆地重拾她向來不喜歡的工作。「眞希望天天都是聖誕節或新年，那不是太有意思了嗎？」喬沒精打采地猛打呵欠。

「坦白說，我們實在不該像現在這麼抱怨才對。只是不用工作，整天吃吃小宴、收收花、參加舞會、坐車回家、看看書、休息休息，多麼美好哇！唔，就像別人那樣。我一直好羨慕那些這樣子度日的女孩，我好喜歡富貴榮華唷！」瑪格一面感歎，一面努力在兩件簡陋的長裝中挑選出一件較不寒磣的來。

「哦，反正我們沒辦法享受富貴榮華，所以乾脆揹好我們的包袱，學媽咪那樣愉快地跋涉這段旅程。沒錯，我很清楚馬琪嬸嬸對我而言是個不折不扣的海上老人❶。不過我想我已經學會無怨無尤地揹著她走，最後她自然會跌落一旁，或者變得輕如鴻毛，所以我也用不著在意她了。」

這念頭大投喬所好，讓她心情好了不少。但瑪格卻沒有因此而感到愉快，因爲她那裝著四個驕縱小孩的包袱，似乎比前更沉重了，就連繫上藍色緞帶領結、把頭髮梳成最動人的款式，也不

❶天方夜譚中糾纏於辛巴達背上的老人，引喻爲難以擺脫的人、事、物。

能像以往把自己打扮得漂漂亮亮時那麼暢快了。

「好看有什麼用呢？反正除了那幾個專門惹麻煩的小鬼又沒人看，也沒人在乎我漂不漂亮。」她邊嘀咕，邊暴躁地把抽屜往裡一推：「除了偶一爲之的小小娛樂，我只能每天忙裡忙外，辛勤勞碌，然後漸漸變成老太婆、醜八怪、母老虎。因爲我沒錢，又不能像別的姑娘家一般享受自己的生活。眞是可悲呵！」

於是瑪格一臉委屈地下了樓，綳著張臉吃完她的早餐。一家人心情也都不對勁，差點就要口出怨言。

貝絲在鬧頭痛，歪在沙發上逗著一大三小四隻貓玩，希望能減輕難過；艾美在做功課，又找不到她的橡皮擦，急得像隻熱鍋上的螞蟻；喬**巴不得**吹吹口哨，大吵大鬧一番；馬琪夫人手忙腳亂，趕著寫完馬上就得投郵的一封信，而漢娜也有牢騷發，因爲熬到大半夜才睡覺，讓她相當不適應。

「眞沒見過這麼惱人的家庭！」喬接二連三打翻了墨水瓶、扯斷兩條鞋帶，又坐到自己的帽子上，不禁氣洶洶地大吼。

「而妳正是家裡最惹人厭的一個！」艾美一面反擊，一面擦掉錯得一塌糊塗的算術，急得眼淚都掉到石板上了。

「貝絲，妳再不把這些可惡的貓關到地窖裡去，我就把它們抓去淹死。」瑪格兇巴巴地嚷著。她正試圖弄走爬到背上的小貓，偏偏它穩如泰山地抓著她的衣服，而她又怎麼搆都搆不著那地方。

喬聽了大笑，瑪格直罵人，貝絲拼命為貓咪求情，而艾美卻因為記不得九乘二等於多少而嚎啕大哭。

「女兒們，女兒啊，拜託安靜一下，我**必須**趕在早班郵件前把這封信寄出，妳們這樣吵，我沒辦法專心啊！」馬琪夫人喊著，劃掉三個寫錯的句子。

在片刻安寧之後，漢娜悄悄走了進來，把兩張熱捲酥放在桌上，然後又悄悄退了出去。這些捲酥的出現對她們而言已是一種慣例，這些女孩兒都稱它們叫「暖手筒」。因為她們雖然沒真正的暖手筒戴，卻發現這些熱餅在寒冷的早晨足以令她們的手舒服多了。漢娜無論有多忙或有多少牢騷，總不忘為兩姊妹烘酥捲。因為工作的路程漫長又淒冷，而這兩位姑娘不到兩點以後，難得提早回來，中間這一大段時間又沒東西可吃呢！

「小貝絲，抱著妳的貓、快快讓頭痛好起來。媽咪，再見。今早我們就像一群惡棍，不過等回家時，就會變成十全十美的天使了。走嘍，瑪格！」說著喬便拖著腳步出門，心想行走天路的朝聖者們，絕不該是像這樣出發的。

在轉過街角時，她們總要回頭望一望。因為她們的母親總會在窗口對著女兒頷首微笑、揮一揮手。不知怎地，感覺上好像一旦少了這番揮別的儀式，那一天就捱不過了似的。因為不管她們心情如何，對那張慈顏的回眸一瞥，永遠像陽光一般帶給她們光明和溫暖。

「要是媽咪不用她的手對我們拋送飛吻，而是揮以拳頭，那也是我們活該。因為，天底下還沒見過比我們更忘恩負義的壞蛋呢！」喬帶著悔意喊著，在料峭的寒風中、冰雪皚皚的路途上，心頭湧起無限滿足。

「別用這麼嚇人的形容詞嘛！」瑪格整張臉蒙在面紗中，好似厭倦紅塵的女尼一般。

「我就是喜歡比較強烈的字眼。」喬一把抓住頭上被吹翻了、將要被颳走的帽子。

「妳愛怎麼形容自己隨妳，但**我**可不是什麼惡棍或壞蛋，更不要別人這樣叫我。」

「妳是個滿腹委屈的人，今天之所以那麼暴躁，是因爲妳不能永久坐享富貴榮華。親愛的小可憐人，只要等我賺了大錢，妳就可以盡情坐馬車、吃冰淇淋、穿高跟鞋、收到無數鮮花，還有許多紅髮男子與妳共舞呢！」

「喬，妳太離譜啦！」瑪格嘴上雖然這麼說，卻情不自禁笑了起來，心情也好過多了。

「我離譜算妳幸運。要是我也跟妳一樣擺著副多愁善感的模樣，非讓自己落落寡歡才滿意，咱們可有得瞧了。感謝上蒼，我總是能找到點什麼事來讓自己保持好情緒。別再哭喪著臉啦！回家時要歡歡喜喜的，那才是最寶貴的呢！」

臨分手前，喬拍拍姊姊的肩膀給她打氣，然後各自揣著自己暖暖的小捲酥分道而行。縱然天候嚴寒、工作辛苦，而且兩人對追逐歡樂的青春年華，都懷著未能滿足的渴望，但她倆還是各盡己能地抖擻起精神，來迎接這一天的生活。

就在馬琪先生爲了想幫助一位不幸的朋友，而賠掉大筆錢財之際，兩名大女兒便央求家長答應她們找點事做，以便至少能夠自食其力。這時馬琪夫婦斷定也該是培養她們活力、勤奮、獨立的時候了，便答應兩姊妹的請求。從此兩人便抱著滿懷理想，決心排除萬難，贏得最後的成功。

瑪格麗特找到一個保母的工作，雖然薪水不多，她還是覺得自己好富有。正如她所說的，她「喜歡富貴榮華」，而最大的憂愁則是貧窮困苦。她發現自己比別人更難以忍受貧困；因爲她還記得一度家中也是美麗舒適，生活安逸快樂，應有盡有，什麼都不缺。她儘量做到不嫉妒、安於現狀。

只是年輕的姑娘家嚮往漂亮的東西、各式各樣的朋友、豐富的技能、快樂的生活，那也是人之常情哇！在金家，她每天看到各種自己所缺乏的東西。因爲那些孩子的姊姊們臨出門前，瑪格總會瞥見各色嬌美的舞衣和花束，聽到許多關於戲院、音樂會、滑雪會以及種種娛樂的動人言談，看見在她眼中彌足珍貴的金錢，被揮霍在微不足道的事物上。可憐的瑪格很少抱怨什麼，但某種公平意識有時卻不免使她對誰都看不順眼。因爲她還不瞭解，自己擁有多麼富饒的幸福。而幸福才是能使生活快樂的唯一泉源啊！

喬湊巧碰上行動不便的馬琪嬸嬸，需要像她這麼個活潑敏捷的人來服侍。當初家道中落時，這位無人承歡膝下的老夫人，原想在她們四姊妹中挑一個來過繼卻無法如願，因此非常火大。別的朋友們跑來告訴馬琪夫人，這位家財萬貫的老夫人，絕不會在遺囑中提上一筆了。但不以世俗名利爲意的馬琪夫婦卻告訴他們：

「就算拿金堆銀窟來換，我們也不能把自己的女兒送給別人。是富是貧，我們都將快樂地守在一起。」

有段時間，老夫人氣得不肯跟他們來往。但無巧不巧，有次她在朋友家中剛好遇到喬。她那滑稽的臉龐、率直的態度，立刻勾起老夫人的興趣，於是立刻邀她來作伴。雖然這並不怎麼合喬的意，但在沒有好工作機會的情況下，她還是接受了。令衆人訝異的是，她跟這位善怒的長輩，竟然相處得非常自然。雖然偶爾兩人也鬧鬧情緒，甚至有一次喬還氣急敗壞地衝回家，聲稱她再也不要忍耐下去了；但馬琪嬸嬸的脾氣總是來得急、去得快，沒多久工夫便會急著派人來催她回去，害她沒辦法拒絕。因爲，她內心其實是很喜歡這位辣子夫人的。我猜想，眞正吸引喬到馬琪老夫人家去的，恐怕是那間收貯許多精緻好書的大藏書室吧！自從馬琪叔叔去世後，那裡便任由蛛網塵封了。喬還記得那位慈祥的老人家。他總是任由她拿他的大字典來鋪橋造軌，告訴她許多在他那些拉丁書籍裡古怪插圖的相關故事，而且無論何時，只要在街上碰了面，就一定會買幾片薑餅給她。

在這昏暗、多塵的房間裡，有著居高臨下、端坐書架上的半身塑像、舒適的座椅、幾個地球儀。而最棒最棒的，卻是一望無際的書海。在書海中，她可以隨心所欲地漫遊，把整間藏書室當成自己的福地。每當馬琪嬸嬸小憩片刻，或者忙著與人應酬時，喬便會一溜煙鑽進藏書室裡，縮在安樂椅上，像隻蛀書蟲似的，狼吞虎嚥地把詩選、浪漫故事、歷史、遊記、繪畫知識一古腦兒裝進肚裡去。然而，就像所有幸福的事一般，這段時間總是不能久長；因爲每次她一讀到書中的高潮所在、詩文中最柔美的段落、遊記中最驚險的旅程時，那刺耳的「喬瑟——芬！喬——瑟芬！」喊聲便會響起，她也就必須離開這塊樂園去紡紡紗，替獅子狗洗洗澡，或者唸上整個小時的古老文選給嬸嬸聽了。

喬的志向是要有一番轟轟烈烈的作爲；但究竟是哪一方面的作爲她卻根本還沒有概念，只有靜待時間來告訴她了；同時她也發現，自己最大的苦惱，便是無法盡情地閱讀、奔跑、騎馬。突如其來的一陣脾氣、鋒銳的口舌、永不平靜的心情，總會讓她動不動想跟人吵架。她的生活盡是一波又一波的起伏不定，說來可笑復可悲。但在馬琪嬸嬸家的訓練卻正是她所需要的，而想到自己是在做點什麼來自食其力，更令她可以不在乎那時起時落的聲聲「喬——瑟芬！喬——瑟芬！」而自得其樂了。

貝絲太害躁了，沒辦法上學；家人試過了，可是她一到學校便難受得不得了，最後大家只好放棄，讓她留在家裡跟父親學習功課。雖然現在父親不在，母親又接受徵召到「士兵後援會」去貢獻心力，貝絲依舊自己勤讀不輟，盡力將課業做好。她是位很會持家的小姑娘，天天幫漢娜把家裡收拾得整潔舒適，好讓工作的人回到家中有份溫馨感，卻從不想要任何回報，只要大家愛她就滿足了。

漫長、寂靜的每個白天，她過得既不孤單、也不閒散。因爲在她小小的天地中、自有許多假想的朋友來作伴，更何況她還是隻生性勤勞的小蜜蜂呢！每個早晨，貝絲要忙著叫六個小洋娃娃起床、幫它們更衣、打扮；畢竟她還是個小孩子，還像以前一樣愛護她的寵物呀！這六個洋娃娃個個都有殘缺，個個都不怎麼漂亮，甚至在貝絲收容它們以前，這些洋娃娃個個都無家可歸，因爲，當兩位姊姊年紀大到不愛玩小玩偶以後，她們就只能把玩偶交到貝絲手中；舊的或醜陋的東西，艾美是絕對不肯要的。而貝絲卻因此更加細心地呵護它們，還爲這些脆弱的娃娃設立了一家醫院。她從不用針去扎它們用綿絮做成的身體，也捨不得對它們說一句嚴厲的語言，更不曾有一絲一毫的疏忽，來傷害那些曾被冷淡的小心靈，她只是用她那從不褪色的情感，去照料、關心它們，餵它們吃，給它們穿。

曾經，一個原本屬於喬的洋娃娃，在歷經摧殘之後，被主人從原來可怕的貧民院裡丟到垃圾袋裡面。它早已被折磨得斷手缺腳、面目全非了。還好貝絲拯救了它，把它帶回自己的避難所。

她看到它的頭頂蓋已經不知去向，便用一個潔淨的小睡帽繫在它頭上，又發現它的手腳也沒了，於是又拿張小毯子裹住它的身體，來掩飾它殘缺的四肢，還把她最好的床位分配給這位痼疾纏身的小病患。我想，要是有人曉得她對那小洋娃娃這般濫用愛心，只怕除了大笑之外，也不免在內心深處深受感動吧！她為那個娃娃送來幾朵小花，唸書給它聽，把它藏在自己的大衣下帶出去呼吸新鮮空氣，每天晚上就寢前都不忘為它哼支搖籃曲，親親那骯髒的小臉蛋，輕柔地告訴它：「可憐的小寶貝，晚安。」

貝絲畢竟只是位平凡的小姑娘，不是小天使。她跟別人一樣，也有自己的煩惱。正如喬所說的，她經常：「暗自飲泣。」因為她沒辦法去上音樂課，又沒有好鋼琴可彈。她非常非常喜愛音樂，又很賣力地在練習，並且耐心地在那彈起來鏗鏗鏘鏘的舊琴上練彈，讓人覺得好像該有個人（並非暗指馬琪嬸嬸）來給她一點幫助才對！然而，事實上並沒有，也沒人看見當貝絲一個人在家時，常對著泛黃的琴鍵偷偷抹去淚水。她像隻小雲雀般邊彈邊唱，只要媽咪或姊妹們需要，她就一定不厭其煩地為她們彈奏，而且日復一日，滿懷希望地告訴自己：「只要我肯用心，就會有彈得很好的一天。」

世上有許許多多像貝絲這樣的小女孩，害羞而安靜，沒人需要她時，便靜靜坐在角落裡，欣然地為他人而活。可惜人們總要等到爐臺上的蟋蟀不再啁啾，光明、歡愉的精靈消失，留下遍地陰影與岑寂，才明白它們的奉獻犧牲。

要是有人問起艾美，她生命中最大的苦惱是什麼？她準會馬上回答：「我的鼻子。」在她還是個小嬰兒的時候，曾被喬失手掉到煤斗裡，艾美堅持表示，就是這一失手害她的鼻子、永遠被撞醜了。她的鼻子並不像可憐的碧琪那樣又大又紅，而是扁扁塌塌的，就算再怎麼捻、怎麼挾，也沒辦法讓它變得高貴優雅。除了她自己，誰也不在意那鼻子長得如何，更何況，它一直很盡力在長好哇！問題是艾美對於自己沒有一只希臘鼻耿耿於懷，動不動就要畫滿好幾張英挺的鼻子，來自我安慰一番。

這位姊妹們口中的「小拉斐爾」❷，對繪畫顯然極有天分。每當她臨摹花卉、構思小仙子圖案，或者畫幾幅稀奇古怪的樣張當故事插圖時，總是其樂無比。她的老師們常抱怨，她的石板不是用來作算術，而是畫滿了動物。至於地圖上的空白頁，也被她拿來臨摹地圖。有時運氣不好被抽查課本、簿子，一翻開來全畫滿了各式各樣令人噴飯的畫面。她對功課全力以赴，品行又端正，從未被人申誡、處分。她脾氣不錯，又擁有不費吹灰之力便足以討人喜愛的愉快本領，在同學中很得人緣。她那優雅的舉止和些許故作姿態的性格廣受讚賞，其他的成就也一樣。因爲除了繪畫之外，她還能彈奏十二支歌曲、會編織，而且讀法文時也能有三分之二以上不拼錯字。她常含憂帶怨地說：「當爸爸有錢的時候，我們如何如何。」聽起來好感人。而她的長篇言論，在其他女孩心目中更是「非常了不得」呢！

由於大家都很寵愛小艾美，她的個性顯得非常驕縱，小小的虛榮心與自私心態也就跟著不停地滋長了。然而，有件事卻大大潑了她虛榮心的冷水：她必須穿堂姊的衣服。瞧！琺珞的媽媽品味不太夠，因此艾美就得痛苦萬分地穿著不怎麼漂亮的衣服、以及和服裝不相配的圍裙，又沒有

❷ Raphael Santi（Sanzio）：義大利畫家及建築家。

藍帽子、只能戴紅的。雖然那些衣物都很不錯，做工精細又沒什麼破損，但在艾美挑剔的眼光中，它們卻根本不合格。尤其是今年冬天要穿上暗紫底色配黃斑點、沒有滾邊的服裝上學，更叫她忍不住淚眼汪汪地對瑪格說：

「我唯一的安慰就是母親不像瑪莉亞・帕克的媽媽一樣，只要她一調皮就把她的衣袍摺一摺起來。天哪，那眞是太可怕了！因爲有時她實在太壞了，袍子就會被摺到膝蓋以上，連學校都沒辦法上了。每當我一想到這種懲罰，就會覺得我的塌鼻子，和有著黃色流星雨的紫衣服，還算可以忍受了！」

瑪格是艾美的知己兼監護人；而性格迥異的喬和貝絲卻很奇怪地特別合得來，因此喬便成了溫柔的貝絲的知己兼監護人了。那害羞的孩子只把自己的想法說給喬一個人聽；同時在不知不覺中，貝絲比家裡面的任何人對這位高大、粗魯的姊姊造成更大的潛移默化。兩位大姊姊彼此非常敬重、依賴，但她倆卻各自將一位小妹攬過來帶，並以自己的方法督促她們——她們戲稱這是在「扮演母親」——並發揮小婦人們的母性本能，把兩位小妹妹當成被遺棄的洋娃娃般照顧。

「有誰想說些什麼嗎？今天眞是刻板的一天，我好想找點兒娛樂唷！」傍晚，四姊妹圍坐著做針線活時，瑪格首先發難。

「我今天跟馬琪嬸嬸過招，而且還贏了，我這就說給妳們聽。」喬最愛講故事了。「我在唸那本永遠唸不完的文集時，又像往常一樣越唸越小聲，好讓她早早睡著。這樣一來，我便可以拿本好書拚命地讀，直到她醒來爲止。沒想到唸著唸著，我自己竟然昏昏欲睡。馬琪嬸嬸都還沒開始打盹，我便打了一個大哈欠。她看了問我嘴巴張那麼大，是不是想要把整本書一口吞下去。」

「『但願我能一口把它吞下去，永遠別再看到它就好了。』我盡可能壓抑粗魯的口氣。」

「接著她便長篇大論地數落起我的罪狀，還叫我坐下來，趁她「小憩」時好好反省反省。反正她絕對不會太快醒來，所以我一看到她的便帽像頭重腳輕的大理花般歪向一旁時，就急急從口袋裡抽出一本**《小鎮牧師》**（Vicar of Wakefield），一隻眼睛瞅著她，一隻眼盯著書本看，才剛看大夥兒跌到水裡那段便忘形地失聲大笑起來。嬸嬸被笑聲吵醒，還好，小睡過後她的脾氣總是比較好，於是就要我唸一點給她聽，看看是什麼輕浮的作品，遠較那本又有價值又有啓發性的文集更深得我心。於是，我便竭心盡力地唸得生動逼眞，而她也很喜歡那故事，但嘴裡卻只表示：『我不明白它整本書在說什麼。孩子，繞回去，從頭開始唸。』」

「於是我從頭唸起，使出渾身解數把普林洛斯一家的事蹟說得活潑有趣。甚至有一次還使足了壞心眼，故意在一處引人入勝的地方打住，溫馴地對她說：『恐怕您聽煩了呢，夫人，要不要我停下來？』」

「她拾起剛自她手中掉下的編織工具，從眼鏡後狠狠地瞪我一眼，以她慣用的簡短語句告訴我：『小姐，休得莽撞，唸完這一章。』」

「她承認自己喜歡它了嗎？」

「噢，老天，沒有！不過她卻讓那本文集坐冷板凳去了。等我下午跑回去拿我的手套時，她還在那裡聚精會神地閱讀牧師故事，連我在甬道上跳躍、歡笑、慶幸這好時光的到來，她都沒聽到。若是她肯的話，她的生活會有多愉快啊！雖然她很有錢，但我並不會很羨慕她。因爲，我想畢竟有錢人跟窮人的煩惱也差不多一樣多。」

「這倒讓我想起來，」瑪格表示：「我也有一件事要告訴大家。它並不像喬的故事那樣有趣，但在回家途中，我卻一直在思索這件事。今天在金家時，我發現他們一家人都惶惶不安，其中一個孩子告訴我，他們的大哥做了件可怕的事，被爸爸趕出家門。我聽到金太太在哭，金先生拉高嗓門在講話，葛麗絲和愛倫走過我身邊時，忙把頭扭到一旁，免得被我看到她們哭紅的雙眼。我當然不至於向他們打探什麼，但心裡卻爲他們感到難過，也好慶幸自己沒有會做壞事、使家人蒙羞的放蕩兄弟。」

「我覺得所有壞男孩可能做的事，都還比不上在學在蒙羞更令人難**看**（堪）哩！」艾美搖著頭，一副閱歷豐富的模樣。「今天蘇西．柏金斯戴了枚好迷人的紅瑪瑙戒指去上學。我好想好想要那戒指，恨不得把自己變成她呢！咯，結果她畫了張戴維斯先生的畫像，不但長了個醜八怪的鼻子，還是個大駝背，嘴巴裡冒出幾個泡泡，寫著：『小姐們，我太瞭解妳們啦！』大家看了都直笑。突然，我們的行爲**眞的**落入了他的眼睛裡，他就命令蘇西把石板拿過去。她嚇**癡**（呆）了，卻還是拿起石板走過去。噢，妳們猜他怎麼做？他扯著她的耳朵——耳朵耶，想想那有多恐怖哇——把她拖到背書臺，要她罰站半個鐘頭還要舉高石板讓大家看。」

「同學們看到那幅畫不會想笑嗎？」喬早已聽得嘎嘎亂笑了。

「笑？沒人敢笑！大家安靜得像老鼠似的，連動都不敢動，蘇西一直掉眼淚，一定的。這時我不再羨慕她了，因爲我知道，在經過那種事後，就算幾百萬個瑪瑙戒指，也無法讓我快樂起來了；我絕對不可能忘掉這種奇恥大辱的。」說完艾美又繼續工作，心裡很是得意自己能領悟一種美德，並能夠完整無訛地說出「奇恥大辱」這樣的成語來。

「早上我看到一件我很喜歡的事，本來想在用餐時說出來的，可惜我忘了。」貝絲邊說，邊把喬的針線盒收拾得井然有序。「今早我去幫漢娜買牡蠣時，羅倫斯先生正好在魚鋪子裡；不過他並沒有看到我。因為我一直站在大桶子後面，而他又忙著跟魚販庫特先生談話。這時有位婦人拿著個桶子和一支拖把走進來，問庫特先生能不能讓她做些清潔工作，換點兒魚給孩子做飯吃；因為她大半天都還沒掙到什麼錢。庫特先生正忙得團團轉，就很粗暴地喊了聲：『不行』；於是她帶著一臉難過神情，好像很餓的模樣、拖著腳步打算走開。羅倫斯先生忙用他的手杖頭鉤起一條大魚拿給她，那婦人驚喜交集，趕緊把那條魚摟在胸口，一遍又一遍地向他道謝。他告訴她：『快回去把魚煮了』，於是她匆匆忙忙地離開了。噢，她是多麼高興呵！他人眞好，不是嗎？唔，她摟著那尾滑不溜丟的大魚時，看起來是多麼有趣哇！但願羅倫斯先生日後榮昇天國。」

姊妹們聽了不禁大笑，又要求母親也講個故事給她們聽。她想了想，語重心長地告訴女兒們：「今天我趁空坐下來，裁剪藍色法蘭絨夾克的布料時，心中很是掛念妳們的父親，還想著萬一他出了什麼事，我們不知會有多無助、多孤單。我明知再擔心也是多餘，偏偏還是煩惱個不停，直到一位老人家拿著單子來要幾套衣服才轉移思緒。他坐在我身旁，神情很是憔悴、焦慮而落寞，於是我便和他攀談起來。

『你有兒子在軍中嗎？』我看到他拿的單子並不是給我的，所以就問他。

『是的，夫人。我有四個兒子從軍，只是兩個戰死，一個被俘，現在我要去看另一個，他病得很重，住在華盛頓醫院裡。』他平靜地回答。

『先生，你對自己的國家很有貢獻呢！』這時我對他已經不是可憐，而是敬重了。

『夫人，我不過是略盡本分而已！要是我還能有點用處的話，我會親自上戰場；既然我已經沒用了，我就奉獻出兒子來；慷慨地奉獻出來。』

他的口氣是那麼欣悅，神情是那麼眞誠，看起來又是那麼樂意奉獻一切，讓我覺得自己好慚愧。他奉獻出四個兒子而無怨無尤，我只奉獻出一名男子卻日夜惦記。我的女兒們都在家中安慰我，而他最後一個兒子卻在千里之外，說不定正等著對他道別了！想到自己的福氣，我覺得自己好富足、好快樂，因此我幫他收拾了一份很好的行李，又給了他些錢，並衷心感謝他給我上的這一課。」

「再說一個故事，媽媽——說一個像這樣有寓意的。如果這些故事是眞實的，又不會太流於說教，我很願意日後仔細回味思索。」沉默片刻後，喬提出要求。

馬琪夫人微微一笑，馬上開始講第二個故事；因爲多年以來她早已習慣爲這一小群聽衆說故事，也知道怎樣講最合她們的胃口。

「從前有四位小姑娘，她們豐衣足食、飲食不缺，擁有許多安慰和樂趣，有好心的朋友和摯愛她們的雙親，她們卻還不滿足。」（說到這裡，四位聽衆彼此互相偷偷交換個眼色，開始勤勉地縫起東西來。）「這幾位姑娘急著想當好女孩，而且完成了許多優異的成果。可惜並沒有能好好維持這些好成績，還不時說什麼：『但願我們擁有這個，』或者『希望我們能做那個』等等的，壓根兒忘了自己已經擁有了好多，還有很多愉快的事她們其實都能做。於是她們請教一位老婦人，什麼樣的咒語才可以使她們快樂。那老婦人說：『當妳們感到不滿的時候，仔細想想自己的福氣，然後心存感激。』」這時喬急忙抬起頭來，彷彿想說些什麼。不過她發現故事還沒結束，於是就又改變心意了。

「這四位姑娘本來就很聰穎，是以決定聽取她的忠告，並很快便驚訝地發現原來自己是多麼富裕啊！其中一位發覺，有錢不見得能讓豪門富戶免於羞恥和憂傷；第二位明白了，雖然自己很窮，但卻擁有年輕、健康和愉快的精神，遠比一位暴躁、孱弱、無法舒適過生活的老貴婦快樂多了；第三位姑娘本來不喜歡幫忙做飯，後來卻覺得必須靠討飯過生活的人還更苦呢；第四位姑娘也明白了，即使是瑪瑙戒指也比不上品德良好的價值。於是她們一致同意停止抱怨，好好享受手中的幸福，並努力使自己能夠受之無愧地擁有這些福氣，深恐不能積福，反而讓幸福全被奪走；我相信，她們永遠不會後悔或失望自己聽取老婦人的忠告的。」

「哦，媽咪，您故意巧妙地把我們的故事調頭說給我們聽，這不是傳奇故事而是訓誡呢！」瑪格嚷著。

「我喜歡這類的訓誡，它跟父親常告訴我們的很相似。」貝絲若有所思地說著，直接把針插在喬的針墊上。

「我本來就不像她們三個那麼愛抱怨，以後還會更加小心謹慎；因爲蘇西丟了臉的事，已經給我警惕了。」

「我們需要這些訓示，並且要永誌不忘。要是我們忘了，請您務必像《黑奴籲天錄》❸裡的柯羅那樣提醒我們：『想想上天給你們的恩賜，孩子！想想上天給你們的恩賜。』」喬雖然跟姊妹一樣眞心聽取訓誨，但天性使然，還是忍不住要從中製造一點樂趣才甘心。

---

❸ Uncle Tom's Cabin：另譯爲「湯姆叔叔的小屋」。作者爲Harriet Beecher Stowe。

5 睦鄰

「喬，這會兒妳到底想做什麼呀？」一個風雪天的下午，瑪格看見妹妹腳穿橡皮長靴、身披舊大袍、頭戴兜帽，一手拿著雪鏟、一手拿著掃帚穿過甬道，連忙問她。

「出去運動運動。」喬眼中閃著淘氣的光芒。

「我看今早那兩趟長途散步也該夠啦，外面又陰又冷，我建議妳還是留在家裡，學我一樣靠在火爐邊把全身烘得乾爽溫暖的好。」瑪格打了個哆嗦。

「我不聽勸，也沒辦法整天乖乖坐著不動！再說我又不是貓，才不要靠在火爐邊打盹呢！我喜歡探險；我這就要去闖蕩闖蕩。」

瑪格回到爐邊一面烘腳，一面看**《劫後英雄傳》**❶，喬則活力充沛地開始鏟起小徑來。由於積雪很薄，喬索性沿著花園周圍掃出一條小路，好讓貝絲可以在太陽出來時，帶著她的病娃娃出來散步透氣。隔著花園，便是和馬琪家毗鄰的羅倫斯先生府邸。她們這兩棟房子都位於市郊，但是附近的小樹林、草坪、大花園和寧靜的街道，卻令人感覺頗具鄉村風味。一道矮籬分隔了兩家的房地。矮籬的一邊是幢棕色的老房子，在夏日裡爬滿四壁的藤蔓和繞屋的花兒凋謝後，那房子

❶ Ivanhoe.：Sir Walter Scott（1771-1832）

看起來相當簡陋、寒磣。另一邊是幢氣派堂皇的石材巨邸，由宏偉的車房、精心保養的土地到溫室花房，和富麗的窗帘間，隱約可見的迷人物品，在在顯示這該是座舒適的華屋。然而這大屋卻透露出一份孤獨、沒有生氣的感覺。因爲它的草坪上沒有孩子嬉戲，窗口也沒有帶笑的慈愛臉龐，而且整座大屋除了那位老紳士和他的孫兒外，也很少有人進出其間。

在喬靈活的幻想空間中，這幢華屋彷若某種魔宮，充滿了無人享受的光輝與樂趣。好久以來，她就渴盼享受並掌握屋中隱藏的光耀，還有認識那位「羅倫斯家的男孩」。看他的樣子，好像很樂意跟她們相識，只是不曉得該如何開始。在舞會之後，她內心的期望比從前更殷切了，甚至還計畫了好幾種和他交朋友的辦法；但他最近卻沒再露過面。就在喬開始懷疑他已經離開這裡的時候，有一天卻不經意地瞥見樓上的窗口有張棕色的臉龐，切切地俯瞰她們家的花園，嚮往地看著貝絲和艾美滾雪球玩。

〈那男孩苦苦盼望交誼和娛樂哩！〉她默想：〈他的爺爺不曉得什麼對他才有幫助，只曉得把他一個人關在家裡。他需要一群快活的男孩當玩伴，或者跟年輕、活潑的人多交往。我眞的好想過去告訴那位老先生哩！〉

這個念頭讓生性大膽、愛冒險的喬感到很愉快；她那些古里古怪的行爲常把瑪格嚇得幾乎昏倒，而「過去」那邊的計畫她更是時刻不忘，而就在那個下雪的午後，喬終於決心放手一試。她看到羅倫斯先生駕車出門出了，便跑出屋外挖出一條通往籬笆的小徑，然後停下來仔細打量四周。一切都很平靜——樓上的窗口垂著窗帘、不見半個僕人，除了樓上窗外露出一個頂著黑髮、斜倚在一隻瘦手上的人頭外，一個人都看不到。

〈可憐的男孩，〉喬想著：〈他在那裡！在這個陰沉的日子裡，一個孤單單守在那邊，多可惜哇！我來丟個雪球上去，好教他探頭張望，再親切地跟他打個招呼。〉

於是，她抓了把鬆軟的雪團往上扔，那個人頭立刻朝這邊扭過來，原來懶洋洋的神情頓時一掃而空，兩隻大眼一亮，嘴角也勾起笑容。喬點頭大笑，揮舞著掃把大喊：

「你好嗎？是不是生病了？」

羅禮打開窗戶，用烏鴉般沙啞地聲音喊：

「謝謝妳，好多了。我患了重感冒，在屋裡悶了整整一個禮拜啦！」

「啊，眞可憐。你都做些什麼排遣時間呢？」

「什麼也沒有，這上面就像墳墓般單調乏味。」

「沒看看書嗎？」

「不多。他們不讓我看？」

「難道沒人唸給你聽？」

「爺爺偶爾會唸，只是我的書他沒興趣，而我又討厭整天麻煩布魯克。」

「那麼，總有人過來探望你吧？」

「沒有一個是我想看到的。男孩子總是吵吵鬧鬧，我的頭都快爆炸了。」

「難道沒有肯爲你唸書、又讓你欣賞的好姑娘嗎？女孩子家不是總是比較安靜又喜歡充當看護的耶！」

「我一個也不認識。」

「你認識我們呀！」喬說完大笑，然後又打住。

「沒錯！妳願意過來嗎？拜託。」羅禮叫。

「我既不安靜又不溫雅，不過只要媽媽允許，我還是很願意過去的。我這就去問她。快關上窗子，像個好男孩一樣等我來。」

喬說完揹起掃帚走進屋裡，心想不知她們聽了之後會怎麼說哩。羅禮想到馬上會有個伴，興奮得不得了，到處忙東忙西、收拾準備；因爲，正如馬琪夫人說的，他是位「小紳士」，一定要梳好他那一頭捲髮，戴上潔淨的領飾，努力整理七、八個僕人都沒收拾整齊的房間。沒多久他便聽到一聲響亮的門鈴聲，接著又是一個果決的聲音求見：「羅禮先生。」一名滿臉訝異的僕人隨即跑上來，通報有位小姐來訪。

「沒錯，是喬小姐，請她上來。」羅禮說完，走到自己小客廳的門口去迎接訪客。喬上來看起來相當愉快、親切，一手捧著個罩著蓋子的盤子，一手抱著貝絲的三隻小貓，神情輕鬆自在。

「我來啦；帶著全家的付託喲！」她輕快地表示：「媽媽要我代致問候，要是我能爲你做點什麼，她會很高興。瑪格要我帶些涼飴來；那是她精心調製的；貝絲認爲她的貓能爲你帶來鼓勵和安慰。我知道你一定會覺得很可笑，可是她是那麼熱心地想幫一點忙，我也不能拒絕。」

沒想到貝絲這份滑稽的好意倒眞的幫了大忙；因爲羅禮看了貓一直大笑，不知不覺去除了自己的羞澀，一下子變得活潑起來了。

「看起來眞漂亮，我都捨不得吃了。」喬掀開蓋著盤子的蓋子後，羅禮喜悅地笑著說。那盤涼飴旁繞著一圈綠葉紅花圍起來的花環，那鮮紅的花朵正是艾美非常珍愛的天竺葵。

「其實沒什麼，只是大家想表示一下對你的好意罷了！交代女傭擱到一旁當茶點吃：這東西很清淡，你吃吃無妨。再說它挺柔軟，吃進嘴裡它會自然滑下去，不至於傷到你疼痛的喉嚨。噢，這房間好宜人啊！」

「要是好好收拾的話倒是眞的；可惜女傭們個個懶惰，而我又不知道要怎樣才能教她們多留意。不過這件事很令我煩心就是了。」

「我可以在兩分鐘內幫你整理妥當；因爲只消把壁爐拂拭乾淨；像這樣—東西擺在爐架上、放整齊；這樣——書擺這兒，瓶子擱那邊，還有你的沙發調向背光方向，枕頭拍鬆讓它膨軟一些。喏，瞧，這不就全好啦？」

的確如此，因爲在談笑之間，喬已經把所有東西各自歸位，整個房間看起來氣象一新。羅禮佩服地默默望著她，當喬招呼他坐到沙發上時，他心滿意足地吁口氣，十分感激地表示：

「妳眞是太好了！沒錯，這房間就是該這樣收拾。現在請妳上座，讓我做點什麼來娛樂我的佳賓。」

「不，本來是我要來逗你開心的才對。要不要我唸書給你聽？」喬熱切地望向附近幾本誘人的書本。

「謝謝妳！那些書我都看過了。如果不介意，我還是比較想跟妳談談天。」羅禮回答。

「我不介意。只要讓我開了頭，談一整天都行；貝絲老說我一開口就不曉得停哩！」

「貝絲就是膚色粉嫩粉嫩，平常都留在家裡，偶爾提個小籃子出門那位嗎？」羅禮興致勃勃地問。

「是的，她就是貝絲。她是我的小姑娘，挺乖巧的呢！」

「長得很漂亮的是瑪格，捲髮的叫艾美，對吧？」

「你是怎麼知道的？」

羅禮紅了臉，不過他還是坦白地答道：「唔，妳知道，我常聽到妳們彼此叫喚。而且每次我一個人在上頭，總會情不自禁地往妳們家望，妳們似乎天天都很快樂。很抱歉我太莽撞無禮；只是有時妳們忘了放下供著花的那個窗口的窗帘，而在燈光映照之下，望著妳們屋裡的火光，還有四位姊妹與母親圍坐在桌旁的情景，感覺就像注視著一幅畫；妳母親坐的位置正好對著這個方向，在花朵的掩映下，她的臉看起來是那麼柔美，我忍不住要盯著她看。妳知道，我根本沒有母親。」羅禮走到爐邊撥撥爐中柴薪，藉以掩飾嘴角不由自主的抽搐。

他眼中那孤單、渴望的神情，深深觸動了喬熱誠的心。從小接受單純教養的她，腦中完全沒有絲毫亂七八糟的念頭。儘管年已十五，卻還有如孩子一般清純、率真。看到羅禮又病又孤單，不禁覺得她在家庭溫馨、快樂方面是那麼富裕，她自然樂意把這些快樂、溫馨跟他共同分享。她的神色極其和善，尖銳的嗓音也變得出奇溫和：

「從此以後你可以隨心所欲地盡情觀看，我們將永遠不再放下那窗帘。只是，我很盼望你能過來看看我們，而不止是在這邊凝望。媽媽是那麼十全十美，一定會對你很有幫助。而如果我央求貝絲的話，她一定肯唱歌給你聽，艾美會跳舞；瑪格和我來表演好玩的舞臺劇，保證你會看得笑彎了腰，跟大家一塊兒度過歡樂時光。你爺爺應該會答應吧！」

「我想要是由令堂來跟他提，應該會的。他面冷心善，而且很多事他都讓我隨自己的意思做，只是怕我會成了討厭鬼，打擾到陌生人罷了！」

「我們不是陌生人，我們是鄰居哇！再說你也用不著擔心自己會變成討厭鬼；我們都希望認識你，而且好久以來我就在做這個嘗試了。咯，我們雖然才搬到這裡不久，但是除了你們以外，所有鄰居我們都認識了。」

「妳知道，爺爺他生活在自己的書堆裡，外頭發生了什麼事他都不太在意。至於我的家庭教師布魯克先生，唔，他又不住在這裡，再說我也沒什麼熟人可以來往，所以只好待在家裡，盡可能適應這種生活嘍！」

「眞糟糕。你應該多努力一下，哪裡有人邀你，你就去，到時候你就會交到很多朋友，還有很多愉快的地方可去了。不要怕羞，只要多出去走走，情況自然會改善的。」

羅禮又脹紅了臉，不過那並不是因爲人家說他太內向，而是因爲喬這麼好心好意地替他設想，令人不由得打心裡接受她直言無諱的好意。他默默注視著爐火，喬則滿心歡喜地四下張望。

「妳喜歡妳的學校嗎？」沒多久，男孩改變了話題。

「我沒上學，我已經是位在職人員了——我是說，在職女子。我的工作是服侍我嬸婆；她也是位可愛的暴躁老人哩！」

羅禮張著嘴想再發問，卻及時想到太愛打探別人的事務是不禮貌的行爲，於是又急促地閉上了嘴。喬很欣賞他的好教養，而且也不在乎拿馬琪嬸嬸來當笑料談，於是開始繪影繪聲地描述起這位生性焦躁的老夫人、和她的胖獅子狗、講西班牙話的鸚鵡、還有令自己瘋狂著迷的藏書室來。當她講到有位莊嚴的老先生跑去向馬琪嬸嬸求婚，沒想到胖狗狗阿波竟咬著他的假髮、把它扯下來，讓他懊惱萬分時，羅禮笑得前仰後合、眼淚都掉下來了，一名女傭也急忙探頭進來看看到底是怎麼一回事。

「噢！那眞教我受益無窮，請再說下去。」少年羅禮伸長了脖子，高興得紅光滿面。

喬眼見自己的招數奏效，情緒大受鼓舞，於是接著滔滔不絕地說出她們所有的計畫、所扮演的故事，她們對父親的期盼和擔心，還有四姊妹生活的小小天地中，種種引人入勝的事情。接下來兩人開始探討圖書方面的問題。很令喬高興的是，她發現羅禮跟她一樣愛看書，甚至唸過的書恐怕比她還多了。

「妳要是眞的那麼愛看書，乾脆下來瞧瞧我們的。不用怕，我爺爺不在家。」羅禮說著站了起來。

「我天不怕、地不怕。」喬揚起頭回答。

「我就知道！」男孩高聲叫著，萬分欣羨地注視著她。只是在他私心底下，還是認爲如果她是在老人家情緒暴躁時和他碰面的話，一定不免會稍稍有些畏懼吧！

這整座大屋的氣氛都是暖烘烘的，羅禮領著喬一個隔間走過一個隔間，要是她看到什麼惹人著迷的東西，便任由她停下來看個夠；就這樣，兩人終於走到藏書室。喬一看到這片書海，立刻雀躍萬分，拼命鼓掌，她一心花怒放起來，總會忘情地手舞足蹈。這間藏書室裡一排排都是書籍，此外還有幾件畫像和塑像，以及裝滿硬幣、奇珍的小櫃子，大搖椅，和稀奇古怪的桌子，青銅器，還有，最棒的是有座用精巧磁磚鋪砌的開放式大壁爐。

「多華麗呵！」喬讚嘆著坐入鬆軟的天鵝絨椅座裡觀望四周，大有此生無憾的意味，鄭重表示：「錫爾多．羅倫斯，你該是全世上最快樂的男孩了。」

「人不能光靠書本過活啊！」羅禮搖搖頭，走到對面的一張桌子旁。他還來不及多說明什麼，門外便傳來一陣鈴聲。喬飛快站起身來，機警地大叫：「我的老天，是你爺爺！」

「哦，那又如何？妳不是天不怕、地不怕的嗎？」男孩故意裝出一臉邪惡模樣。

「我想我是有點兒怕他，只是不曉得原因何在；媽咪說過我來沒關係，再說我也不覺得這對你有什麼危害啊！」喬強自鎮定，只是兩眼還是直盯著門看。

「事實上妳已經讓我的病情減輕了不少，而且非常開心。我只擔心妳厭倦跟我談天了；妳的話是那麼令人愉快，我眞的是不願中斷。」羅禮感激地說。

「少爺，醫師來看你了。」女傭朝他招招手。

「妳是否介意我先離開一下？我不去見他恐怕不行。」羅禮表示。

「別掛意！我在這裡簡直如魚得水。」喬回答。

羅禮離開後，喬便一個人留在房裡自得其樂。就在她站在一幅老主人的精美畫像前時，房門再度被打開了。她頭也不回便果斷地告訴來人：「現在我確信自己用不著怕他了。因爲雖然他的嘴形冷峻、神情也彷彿內心蘊藏著一股駭人的意志一般，卻有著一雙慈祥的眼睛。他長得沒有我的祖父那樣俊朗，但我還是很喜歡他。」

「謝謝妳，小姐。」她背後傳來一個粗暴的聲音，回頭一看竟是老羅倫斯先生，讓她一陣心慌意亂。

可憐的喬，想到自己剛剛說的話，心臟開始不安地加速劇跳，臉也紅得像著了火一樣，恨不得趕緊奪門而出算了。但很快地，她便想到那是懦夫的行爲，要是她就這麼跑了，姊妹們一定會笑她的；於是她堅定地站在原地，然後盡可能避免跟老人家起摩擦。再仔細多看一眼那老人家，她發現在他濃密的灰眉毛下，那一對眞實的眼睛要比畫上還更慈祥；而他眼中隱隱閃過的光芒，更令她的恐懼減少了一大半。在可怕的岑寂之後，老人家獰然再度發言，聲音比方才更加粗暴：「喂，這麼說妳不怕我囉？」

「不很害怕，先生。」

「妳覺得我比不上妳爺爺俊朗？」

「不太比得上，先生。」

「而且我有一股駭人的意志，是嗎？」

「我只是說我那麼認爲。」

「雖然如此，妳還是喜歡我？」

「是的，我喜歡你，先生。」

這個回答讓老先生很高興；他笑了笑，和喬握手，又伸出一隻手指托住她的下巴，扳起她的臉愼重地細細端詳一番再放手，頷首表示：「妳遺傳了令祖的精神，只是沒遺傳到他的長相。親愛的，他的確是位玉樹臨風的男士，然而更重要的是，他也是位勇敢、正直的人，我以能與他交朋友爲傲。」

「謝謝您，先生。」這番話喬聽得很受用。情緒也完全放鬆下來啦！

「嘿，妳對我家的小男孩做了什麼啦？」這個問題問得可凌厲啦！

「我只不過想敦親睦鄰罷了，先生。」接下來，喬又把這次拜訪的原委交代得清清楚楚。

「妳認爲他必須開朗一點，是不是？」

「是的，先生。他似乎略顯孤獨，年輕人也許會對他有些幫助。我們只是女孩子家，但若是能幫上忙的話，我們很樂意效命，因爲我們對您所贈送的聖誕大禮難以忘懷。」喬熱切地表白。

「嘖、嘖、嘖！這全是那孩子做的。那可憐的婦人情形如何？」

「很有改善，先生。」接著喬像機關槍似地霹靂咱啦敘述韓穆爾一家的狀況。在這戶可憐的人家裡，她母親所付出的心力要比對境況稍好的家庭多。

「正如她父親般樂於行善，告訴妳母親，找個好天氣，我會登門拜訪。茶點的鈴響了，基於這男孩的緣故，我們很早用茶點。下來好好地睦鄰吧！」

「若您希望我參加，自然樂意從命，先生。」

「要是不希望，我就不會邀妳啦！」說著羅倫斯先生一派老式禮儀風範，優雅地伸出手臂來讓她挽著。

〈瑪格聽了不曉得會怎麼說呢？〉喬邊走心中邊思忖。一想到回家後向家人們敘述此事的情景，兩眼不禁閃著熠熠光芒。這時羅禮從樓上跑下來，看到喬挽著他那令人望而生畏的祖父，頓時驚詫萬狀。

「嘿！瞧，這小伙子著了什麼魔啊？」老人家說。

「我不曉得您回來啦，先生。」羅禮表示；而喬卻對他投以得意洋洋地一瞥。

「看你乒乒乓乓下樓的樣子，就知道此話不虛。先生，過來喝茶，還有表現你的紳士風度。」羅倫斯先生疼愛地輕輕摸了摸男孩的頭髮，然後繼續往前走。羅禮在兩人後頭做出各式各樣滑稽的動作，害得喬都快爆笑起來了。

老人家連著喝完他的四杯茶，卻總共說不到幾句話，只是默默注視這一對沒多久便像老朋友般吱吱喳喳、聊個不停的年輕人。他孫子所有的變化，也全落入了他的眼中。此刻他的孫兒臉上有了血色、神情既愉快又生動，態度變得活活潑潑，笑聲裡也透露出他發自內心的歡暢。

「她說的沒錯，這少年郎**的確**很孤獨，我倒要看看這些小姑娘們能為他帶來什麼幫助。」羅倫斯先生眼裡瞧著、耳裡聽著，心中也默默思量著。他喜歡喬；因為她那稀奇、率直的行徑很投他所好，而且她似乎也有過像小孫子的體驗般，非常瞭解這個男孩。

要是羅倫斯祖孫當眞有如喬早先形容的那樣「古板乏味」的話，她就根本不可能與他們相處下去，因為那種人總會讓她感到忸怩不安；但一發現他們是那麼自在眞率，她便完全流露出自己的本性來，這也同時令她在祖孫倆心中留下良好的印象。當祖孫倆站起來後，她立刻向兩人告辭，但羅禮表示還有別的東西要給她看，然後帶她到已經特地為她點了燈的溫室去。在喬眼中，這座溫室花房簡直有若人間仙境。她來來回回走了好幾條步道，欣賞著四周的花海，享受輕柔的燈光、芬芳潮溼的空氣，還有身遭逶垂的藤蔓與樹木。在這同時，她的新朋友也剪下許許多多最動人的花朵、紮了起來，帶著喬很樂於看到的快樂神情，告訴她：「請代我將這些花送給妳的母親，告訴她我非常喜歡她送我的良藥。」

回到屋裡，她們發現羅倫斯先生站在大客廳的火爐前，但喬的注意力卻全被矗立在一旁的豪華大鋼琴給吸引住了。
「你彈琴嗎？」她彬彬有禮地扭頭望著羅禮。
「偶爾。」他謙遜地回答。
「請你現在彈彈吧，我很想聽一聽，回去好告訴貝絲。」
「妳不先來一段嗎？」
「我不會彈，太笨了學不來。不過我很熱愛音樂。」
於是，喬邊聆賞羅禮的演奏，邊把整張臉埋進茶梅、向日花叢中吸了吸。她對「羅倫斯家的男孩」的敬重之心增添了不少；因爲他不但琴彈得非常優美，而且沒有絲毫矯揉造作。她很希望貝絲能聽到他彈琴，嘴裡卻沒說出來，只是不停地讚美他，害他窘得不得了，幸虧有他的祖父來替他解圍：「夠啦，夠啦，小姑娘，灌太多米湯對他可沒什麼好處哇！他的音樂才華是不錯，但我希望他在更重要的事情上也有同樣的成績。要走了嗎？好吧，我很感激妳，也盼望妳能再度光臨。代我向令堂致意。再見，喬大夫。」
他親切地和她握握手，但神情似乎略帶不快。當兩位年輕人走到玄關後，喬問羅禮，她是不是說錯了什麼。
他搖搖頭：「不是的。問題出在我；他不喜歡聽到我彈琴。」
「爲什麼？」
「我改天再告訴妳吧。我不能出門，只好讓約翰護送妳回家嘍！」
「不用啦！我又不是千金大小姐，再說不過兩步路就到了嘛！好好照料自己，好嗎？」

「嗯。不過我希望——妳會再來吧？」
「如果你答應痊癒之後過來探望我們的話。」
「我會的。」
「晚安，羅禮！」
「晚安，喬，晚安！」
在聽完一整個下午的奇遇記後，家中每個人都好想親身去拜訪一下那個家庭。因爲，她們發現在那座巨宅的各個不同區域，都各有不同的地方吸引著她們，馬琪夫人希望能跟那位還記得自己父親的老人家談談父親的事蹟，瑪格渴望到溫室花園中散散步，貝絲好想摸摸那架大鋼琴；而艾美則迫不及待想見識見識那些精美的畫像跟雕塑。
「媽，爲什麼羅倫斯先生不喜歡讓羅禮彈琴？」喬生性好問。
「我不太清楚。不過我想大概是因爲他的兒子吧！羅禮的父親娶了一位義大利音樂家，這件事讓個性高傲異常的老先生非常不愉快。那位義大利小姐善良、迷人又有成就，可惜他就是不喜歡她，而且自他兒子結婚後就再也不肯見他了。這對夫妻在羅禮小時便雙雙亡故，之後，老先生才將孫兒帶回家鄉來。我猜想這個在義大利出生的小男孩，身體大概不怎麼硬朗，老人家生怕失去他，才會這麼小心翼翼。羅禮喜愛音樂是天性；因爲他像他母親。我敢說，他祖父一定很害怕他日後會成爲音樂家。總之，羅禮的琴藝，會讓他想起那個自己不喜歡的女子，然後就像喬常說的『發火』啦！」
「天哪，多麼曲折離奇呵！」瑪格嚷著。

「多蠢呵！」喬表示：「要是他想當音樂家就讓他當，他討厭上大學就別逼他去，省得他痛苦一生嘛！」

「我想，那就是他爲何會有那麼瀟灑的黑眼睛，以及風度翩翩的原因了，義大利人天生都很優雅動人。」瑪格說。

「妳怎麼曉得他的眼睛、風度如何？妳根本就沒和他交談過嘛！」相對於有點感情用事的瑪格，喬完全都沒有這種傾向。

「我在舞會裡見過他，而妳的敘述也顯示他很懂得如何表現合宜舉止，而他爲母親送他的良藥致謝的那一段話，也說得妙極了。」

「我想他指的該是涼飴吧！」

「妳眞笨哪，孩子。他指的當然是妳。」

「眞的嗎？」喬瞪大眼睛，彷彿壓根兒沒想到過。

「眞沒見過這種女孩，人家稱讚妳，而妳竟然會不知道。」瑪格擺出了一副對這種事很懂的架式。

「我覺得這完全是無稽之談，此外也請妳不要再說這種令人掃興的話。羅禮是個好男孩，我很喜歡他，並且不希望那幾句簡單的問候，被扯上有關感情的胡言亂語。我們只是因爲他沒有母親，所以才要好好對待他，而他也可以過來拜訪我們，是不是，媽咪？」

「是的，喬，我們很歡迎妳那位小朋友。同時我也希望瑪格記住，孩子只要還能當個孩子，就應該讓他們維持自己的天眞爛漫。」

「我雖然連十三歲都還不到，可是我才不會自稱是個小孩子呢！」艾美表示：「貝絲，妳說是不是？」

「我在思索我們的「天路歷程」，」貝絲根本沒聽到她們剛才談論些什麼：「想我們要如何從**「沮喪淵藪」**脫身，靠著堅心向善走過**「險惡關」**，努力登上陡峭山頭；也許隔壁那幢充滿美好事物的屋子，將會是我們的**「美麗殿堂」**。」❷

「那麼，我們首先得要從那些**「獅子」**的眼前通過哩！」喬似乎相當喜歡這個遠景。

---

❷ 皆是《天路歷程》一書中，朝聖者所經過的地方。

6 貝絲發現美好殿堂

事實證明，那幢大屋的確是座美麗殿堂，只是大家都得花點工夫才進得去，而貝絲更覺得要通過那些獅子非常困難。老羅倫斯先生就是其中最大的那頭猛獅。但當他來家拜訪，對每位姑娘說了些有趣或親切的話、和她們的母親追懷往事之後，除了膽小的貝絲外，大家都不再那麼害怕他了。第二頭獅子則是她們貧、而羅禮富，因爲這一點，使得她們不好意思接受她們無以爲報的好意。但過了一陣子以後，她們卻發現羅禮將她們視爲大恩人。對於馬琪夫人慈藹的接待、姊妹們愉快的交誼、還有他在她們這簡樸的家中所感到的舒適、安慰，他眞的覺得做牛做馬都難以報答得了。於是，很快地她們便忘了自己的矜持，不再思量誰受誰的恩多恩少，彼此不停地交遞他們的善意。

那段時間，他們的友誼就像春草般快速滋長，各式各樣愉快的事也都在這種情況下發生。馬琪一家都很喜歡羅禮，而羅禮也曾私下告訴他的家庭老師：「馬琪家的女孩們眞的非常棒。」懷著年輕人快活的熱情，她們帶著這男孩走入她們的生活圈，給了他莫大的助益，而他也在與這些心思單純的姑娘們純眞的交誼中，發覺到某種非常令人著迷的因素。從未對母親和姊妹有過任何瞭解的他，很快地便感受到她們帶給他的影響。而她們辛勤、有活力的生活方式，更令他對自己懶散的生活態度感到非常羞愧。如今他發現了這麼有意思的人們，不禁對書本感到厭倦，甚至老是曠課跑到馬琪家去，他的家教布魯克先生，不得已只好做了份非常不滿的報告，告到老東家那裡去。

「算了，讓他度個假，功課以後再補好了。」老人家指示。「隔壁家那位好女士說他攻讀過勤，需要一點年輕人的交往、運動來調劑。我想她說得沒錯，再說我一向對這小傢伙太過嬌生慣養，不像他爺爺，倒像他的奶奶嘍！只要他高興，隨他做什麼去吧！在那個小尼姑庵裡他反正作不了怪的，況且馬琪夫人對他的幫助也遠比我們能做的多得多啊！」

顯然，他們共同度過許多美好時光！比方演戲和素描，比方坐雪橇和溜冰大會，又比方在老客廳中的許多個愉快黃昏，還有不時在大屋中舉行的快樂小聚會。瑪格可以隨時憑她高興到花房去，並且盡情沉醉於花叢中；喬不時跑到那間新發現的藏書室，狼吞虎嚥地飽覽群籍，並發出種種評論，聽得老先生捧腹大笑；艾美愜意地描摹畫作、欣賞美麗作品；而羅禮更喜不自勝地扮演起「東道主」角色。

只有貝絲——雖然她很渴望摸摸那鋼琴，卻無法鼓足勇氣踏進那座瑪格口中的「極樂宮」。她曾經隨喬來過一次，可是那位老人家不了解她的心靈是那麼脆弱，所以目光灼灼地盯著她看，嚇得她慌忙逃回家去，宣稱就算是爲了那心愛的鋼琴，她也絕不肯再到那邊去了。她告訴母親，說她嚇得「腳都軟了」。任憑家人們再怎麼連哄帶騙，她就是無法克服內心的恐懼。直到有一天，羅倫斯先生不知打哪兒聽來事實眞相，才親自以行動來彌補這件事。在一次短暫的拜訪中，他技巧地把話題引導到音樂上去，然後漸漸談起他所見過的幾位偉大歌唱家、聽過的一流風琴演奏、以及幾則好迷人的樂壇軼事，聽得躲在遙遠角落的貝絲，好像被什麼引力吸住了一樣，一步一步不由自主地靠上前來。走到他的椅背處之後，她停下腳步凝神傾聽，對這些不凡的言談興奮得兩隻大眼張得圓滾滾的，臉頰上也泛起了紅暈。這次羅倫斯先生可把她當成小蒼蠅一樣，小心翼翼地不敢瞄她一眼，只當作什麼都沒注意到，接下去談論羅禮的功課和教師；這時，他忽然像腦中湊巧閃過什麼念頭似的，對馬琪夫人表示：

「那孩子現在不太留心音樂了，這一點我很慶幸，因爲他以前實在是過度沉迷。問題是，那架鋼琴卻苦於無人使用。不知道令嬡之中，有沒有哪位願意過去偶爾彈彈，免得它走音了呢？夫人？」

貝絲往前跨一步，緊緊握住雙手，深怕這令人難以抗拒的誘惑，會令她情不自禁地拍起手來，而想到能在那美輪美奐的大鋼琴上練習彈琴，更教她幾乎要窒息了。馬琪夫人還來不及答覆什麼，羅倫斯先生又神情奇特地微一頷首，微笑著接下去說：

「她們不用向任何人說明來意，隨時都可以進去；因爲我一整天都關在房子另一頭的書房裡，羅禮時常不在家，而僕人們在九點過後也都不再靠近那間客廳了。」

說完這話他便站起身來，彷彿要告辭了。而貝絲聽完這最後一段讓人求之不得的安排，卻下定決心要表明自己的意願。羅倫斯先生又告訴馬琪夫人：「請把我的話轉告諸位小姐，而如果她們不願意來的話也沒有關係。」這時，一隻小手悄然滑入他的掌心中，他發現貝絲滿臉感激地仰望著他，誠摯中帶著羞怯表示：

「噢，先生，她們願意，非常非常願意！」

「妳就是那個喜愛音樂的小女孩？」他的語氣中絲毫不帶詫異，只是極其和藹地俯視著她的臉龐，道聲：「嗨！」

「我叫貝絲，我熱愛音樂。要是能確定不會有人聽見我的琴聲——還有被我吵到的話，我很願意過去。」她深怕自己說話太無禮，一方面用心修飾，另一方面又被自己的大膽的行徑，驚得搖搖顫顫。

「親愛的，保證一個人都沒有。那房子有大半天都是空著的，因此妳只管過來，盡情大聲地彈，我將會感激不盡的。」

「真是太謝謝您了，先生！」

貝絲看著他和善的神情，臉上紅得像朵嬌嫩的玫瑰；但這次她已不再是因害怕而臉紅，甚至還緊緊握住他的大手，因爲她對老先生這份珍貴禮物的感激，已經是言語難以形容了。老人家輕柔地爲地拂開額頭的劉海，然後彎下身來親吻她，輕聲細氣地對她說：

「我也曾有過一位小姑娘，她有著像妳一樣的眼睛。親愛的，願上帝保祐妳！再會了，夫人。」說完倉促地舉步離去。

貝絲在母親跟前欣喜若狂了好一陣子，然後衝上樓去把這天大的好消息，分送給她的病娃娃家人們，因爲她的姊妹們都還沒回家呢！那天傍晚她一直無限歡喜地哼著歌，甚至半夜裡還在睡夢中把艾美的臉當琴彈，把艾美都吵醒了，害得一家人都拿她當笑話。第二天，貝絲眼看老人和少年都出門後，三番兩次在兩棟房屋逡巡，終於進入那幢華屋內，像隻老鼠般無聲無息地走進那擺著她心中珍寶的大廳。鋼琴上正好擺著幾本漂亮又簡易的樂譜——當然，那應該是湊巧的吧？——貝絲幾度顫抖地伸出十指，又停下來左顧右盼一番，最後終於與那座大樂器接觸，然後隨即把她的恐懼、她自己和所有的事情全拋到腦後，心中湧起難以言喻的喜悅，因爲這架鋼琴的琴聲讓她覺得好像聽到摯友的聲音一般。

她一直彈到漢娜來帶她回家吃飯才暫停；只是回家後她卻一點食慾也沒有，只能帶著饜足的笑容陪坐在一旁。

從此以後，那個披著棕色斗篷的小人兒，幾乎每天都要悄悄溜過矮籬一趟，而寬闊的大廳裡也常被一縷來無影、去無蹤的人影所盤據。她從來不知道羅倫斯先生時常打開書房門，聆賞他喜愛的古老旋律，她也從未看到羅禮守在甬道口警告僕人不許靠近，她甚至從沒懷疑過，原來那些擺在琴架上的練習本和新歌譜是特地爲她而準備的，而每當老先生安詳自在地告訴她一些音樂典故，她也只想到他是那麼好心，才會告訴她這麼多對她非常有益的事。於是她便開開心心地徜徉在音樂天地中，同時發現這莫大的恩賜，幾乎與她長期以來的期望不謀而合。也許那是因爲她對這份福氣是那麼感激，所以另一份更大的福氣才會相繼而來吧！總之，這兩者她都受之無愧。

「媽媽，我想爲羅倫斯先生做雙便鞋。他對我這麼好，我必須向他致謝，卻又只懂得這個辦法。請問可以嗎？」幾個禮拜後，貝絲請教母親。

「親愛的，當然可以。妳這麼做他一定會很開心，再說這也是一個相當合適的答謝方式。姊妹們會幫妳的忙，料子的錢我也會幫妳出。」馬琪夫人對於能答應貝絲的請求感到特別歡喜，因爲這孩子實在太難得爲自己要求什麼了。

在和瑪格及喬多次愼重討論之後，她們終於選好樣式、買好材料，開始動手做鞋子。她們採用深紫色爲底、一簇莊嚴中不失愉悅的三色菫爲花樣❶，組合成十分優雅而美麗的鞋面。貝絲起早趕晚地縫製，偶爾遇到困難的部分再去請教母親或姊姊。她眞是位靈巧的小針線婦，就在大家對這件事興致還沒冷卻的當兒，那雙鞋已經做好了。接下來她寫了張非常簡短的紙條，在羅禮的幫忙之下，在某天早晨趁老先生還沒起床之前，偷偷把它們擱到書桌上去。

這一波興奮過後，貝絲開始等待著羅倫斯先生會有什麼反應。一整天過去了，轉眼第二天又過了一大半，貝絲連一絲答謝的訊號都沒等到，不禁開始懸著一顆心，深怕自己已經冒犯了這位性情奇特的老朋友。第二天下午她出門辦事，順便讓可憐的喬安娜——她的病娃娃也隨她出去做每天的例行運動。就在回家途中越過街道後，她看到二個；不，是四個腦袋瓜子擠在客廳窗口，爭相探出頭來。大家一看到她，立刻朝著她招手，還開心地聲聲叫嚷：

「老先生派人送信來了！快，快進來唸信！」

「噢，貝絲，他送妳——」艾美指手畫腳地嚷到一半，喬卻砰地一聲扳下窗戶，不讓她把話說完。貝絲懸著一顆心，加緊腳步往屋裡跑。才到大門口，姊妹們就抓住她，以勝利遊行的姿態把她抬到客廳裡，然後全迫不及待地指著一個東西說：「看那邊！看那邊！」貝絲一看驚喜交加，連臉都白了。因爲那裡竟然矗立著一座箱櫃型小鋼琴，光可鑑人的琴蓋上，還擱著一紙告示牌般的信箋，是給「伊莉莎白・馬琪小姐」的。

「給我？」貝絲輕呼一聲抱住喬，感覺四周好像天旋地轉；這衝擊實在太不可思議了！

---

❶三色菫：一名貓兒臉、小丑花、如意花，花形逗趣討喜。

「是的，我的心肝寶貝，全是給妳的！他眞是盛情可感，是不是？妳說，他不是世上最難得的老人嗎？鑰匙附在信中，我們沒打開，不過大家卻都急著想知道他說些什麼呢！」喬摟著妹妹，把信箋交給她。

「妳來讀！我沒辦法；我覺得我——我頭暈目眩！噢，它實在太迷人啦！」貝絲說著把頭埋進喬的圍裙裡，心緒翻攪得好厲害！

喬一打開信紙立刻咧嘴大笑，因爲首先映入她眼簾的幾個字竟是：

馬琪小姐：

親愛的女士——

「聽起來好美呵！但願將來也有人這樣寫信給我就好了！」艾美覺得這種古式的稱呼非常高雅。喬接著唸道：

在這一生中，我擁有過無數的便鞋，但沒有一雙像您所饋贈的這般合腳舒適。三色菫是我心愛的花朵，而鞋上這一朵又一朵的三色菫將會永遠提醒我記起那溫柔的贈予者。我希望能立刻報答這份情，而我知道，妳一定願意允許我這個「老先生」送妳一份，原本屬於他失去的小孫女所留下的物品。謹寄予我衷心的感激與最深的祝福。

您銘感五內的朋友與卑微的僕人詹姆士．羅倫斯

「唔，貝絲，我敢說這眞是一件値得引以爲傲的光榮呢！羅禮告訴我說，羅倫斯先生以前好疼愛那位已過世的孩子，又小心翼翼地保存住她的每一件小東西。想想看，他竟把她的鋼琴送給了妳哩！那是源於妳那雙湛藍的大眼和對音樂的熱愛。」喬努力撫慰全身顫慄，神色比早先更加興奮的貝絲。

「瞧這精巧美觀的蠟燭托架、高貴優雅的綠絲緞，中間隆起一朵金黃色的玫瑰，還有美麗的譜架和凳子，全都一應俱全了。」瑪格掀開琴罩，展現它美麗的風華。

「『妳卑微的僕人，詹姆士・羅倫斯。』噢，他竟用這樣的自稱寫信給妳。我要告訴所有的女伴們，她們一定會覺得好了不起喲！」艾美對那紙信箋印象深刻。

「彈彈看，小蜜蜂；讓大家聽聽這架寶貝小鋼琴的音色。」

於是，貝絲依言彈了一下，大夥兒都宣稱從來沒聽過音質這麼棒的鋼琴。很顯然，這架鋼琴才剛調過音不久，並且整理得樣樣齊備。然而我認爲儘管這架鋼琴是那麼完美，它眞正的魅力，卻是呈現在貝絲愛憐地觸動黑白琴鍵、踩著光亮的踏板上時，她那比起幾張湊在身邊的快樂臉龐更快樂的臉。

「妳得過去謝謝人家喲！」喬半開玩笑地說；其實她壓根兒沒想到那孩子當眞會去。

「是的，我也這麼想。我想還是現在就過去，免得仔細考慮後又害怕起來。」說著貝絲便從容不迫地走下花園、穿過矮籬、走入羅倫斯家的大門，把家中的人們看得目瞪口呆。

「哇！我發誓這絕對是我一生中所看到最稀奇的事。這架小鋼琴把她攪昏了頭啦！照正常情況，她是絕不會當眞走了進去的呀！」漢娜注視著她的背影高喊，而三姊妹卻早被這奇蹟給震懾得啞口無言了。

要是她們看到貝絲接下去做了什麼，一定會更加驚訝。請各位務必置信，她當真一進羅家便不容自己有思考的機會，快步走到書房口敲門。而當房裡響起一聲粗嘎的：「進來！」後，她也眞的毫不遲疑推開房門，直接朝羅倫斯先生走去，反倒把羅倫斯先生嚇一大跳。她伸出手來，以稍帶一絲絲輕顫的聲音說明來意：「先生，我是來向您道謝的，因爲——」接著她就說不下去了。因爲他看起來是那麼和善，讓她把要說的話都忘光了，只惦記著他曾失去自己深愛的小女孩。於是她雙手摟住他的脖子，並給他一記親吻。

這一吻帶給老人家的驚訝程度，就算一陣強風突然把屋頂捲走了也比不上，然而他很喜歡——噢，天哪，是的，他的確愛之若狂——這紮紮實實的一吻令他那麼感動、那麼喜悅，剎那間他的乖戾全被它一掃而空；他把她抱在膝上，滿面皺紋的老臉，貼著她玫瑰般嬌嫩的面頰，感覺彷彿又得回了他失去的小孫女一般。從那一刻起，貝絲對他再也不會心存畏懼。她只是坐在他的膝頭，彷彿把他當做從小就認識的長輩般，閒話家常地逗他歡心；因爲愛驅除了她心中的恐懼，而感激也足以征服老人高傲的心態。在她要回家時，他陪她走到自家的前院門口，懇切地與她握手，又觸帽爲禮，這才一派英挺莊嚴地邁步往回走，好像自己又回到以往那鬥志高昂的瀟灑老紳士風采。

窗口邊的姊妹們看到這一段道別的過程，喬開始得意地手舞足蹈起來，艾美驚訝得差點跌出窗外，而瑪格更高舉雙手大叫：「噢，我眞的相信天地就要顚倒啦！」

7 艾美的屈辱谷

「那男孩眞是個不折不扣的西克羅布❶，不是嗎？」一天，艾美看著羅禮揚起馬鞭，踢踢躂躂地策馬走過，不禁有感而發。

「他明明有兩隻眼睛，妳竟敢這麼說！更何況，他的眼睛還好看得很呢！」喬容不得別人對她這位朋友有任何輕蔑的批評。

「我又沒說他眼睛怎樣。再說我也不明白，我讚美他的騎術時，妳爲何這麼光火？」

「噢，我的老天爺！這小呆瓜指的是辛托爾❷，卻說成獨眼西克羅布了。」喬失聲大笑。

「妳犯不著這麼放肆，這也不過是戴維斯先生說的『冷僻文字運用的小**怪誤**（乖誤）』罷了！」艾美運用她的拉丁文來封喬的嘴。「唉，但願我能有羅禮花在那匹馬上的一小部分錢就好嘍！」艾美像是在自言自語，卻又希望兩個姊姊也能聽到。

「爲什麼？」瑪格和氣地問；因爲喬早已被艾美的第二次誤用文字笑得岔了氣。

「我太需要這筆錢了。我欠了好多債，可是在這個月內，我已經不可能再得到一點點的零用

❶ 希臘神話中的獨眼巨人。

❷ 希臘神話中人首馬身的怪物，亦是天文學上的人馬座，或稱射手座。

錢了？」

「欠債？艾美，這究竟是怎麼回事？」瑪格一臉嚴肅地問。

「嘔，我至少欠了一打醃漬萊姆，而且非得等到我有錢時才能還掉。妳知道，媽咪是不許我在店裡賒帳的。」

「妳把整件事的來龍去脈說清楚。萊姆是現在流行的玩意嗎？我們以前流行的是把橡皮擦的碎屑揉成小球呀！」瑪格故作正經，而艾美的神情也顯得很鄭重、很在意。

「唔，妳知道，女孩子們常常買萊姆來，而除非妳想被人瞧不起，否則就必須跟著做。現在什麼東西都比不上萊姆了，因爲上課時大家都把它們藏在桌子底下吸吮，下課後又利用它們來交換鉛筆、串珠指環，或者紙娃娃等等的。要是一個女孩喜歡另一個女孩，就會給她一顆萊姆；要是她生她的氣，就會故意在對方面前吃給她看，卻連吸也不給她吸一口。她們輪流請客，我已經吃過好多回了，應當回請才不會名聲掃地的，但我卻還沒請過人家呢！」

「妳要多少錢才能清償債務，同時挽回自己的信譽？」瑪格問完，取出自己的錢包來。

「兩毛五已經綽綽有餘了，還可以留一些下來請妳。妳喜歡吃萊姆嗎？」

「不怎麼喜歡，我那一份給妳好了。錢在這裡，儘量省得點兒用。喏，畢竟數目不多。」

「噢，謝謝妳！身邊有點兒錢是多麼棒哇！我會舉辦一場萊姆盛宴，因爲這個禮拜我連一口都還沒嘗過呢！我覺得既然還不起人家，最好還是別接受別人請客，可是心裡卻苦苦地想要吃上一個呢！」

第二天，艾美很晚才到學校，但出於一股情有可原的驕傲，在收進抽屜之前，她竟抗拒不了向人展示那個棕色溼紙包的衝動。接下來這幾分鐘裡，同學們紛紛傳遞消息，說艾美．馬琪帶了二十四個萊姆（她在路上吃掉了一個），要請遍她那「一票」朋友，接下來她的朋友們都排山倒海般地開始向她猛獻慇懃。凱蒂．布朗當面邀她參加她的下一個舞會；瑪麗．金斯萊堅持要把手錶借她戴到下課；而最愛譏誚他的大小姐珍妮．史諾，原本老是到處挖苦艾美，拿她沒有萊姆做文章，這時也忙著籠絡她，還表示願意提供她好幾題非常困難的算術答案。然而艾美卻忘不了她曾拐著彎兒批評過她：「有些人的鼻子扁雖扁，卻還聞得到別人的萊姆香，個性雖然驕傲，卻肯低聲下氣地跟人討萊姆吃哪！」於是，她立刻用冷酷的訊號粉碎了「那個姓史諾的女孩」的希望。「妳用不著突然變得這麼客氣，因爲妳一口也得不到。」

那天早上，正好有位傑出人士到校參觀，艾美幾幅漂亮的地圖畫大受讚揚。這份榮譽雖然讓馬琪小姑娘擺足一副用功的小神氣鬼架式，卻也使得史諾大小姐的嫉恨心一發不可收拾。驕傲導致覆敗，而心存報復的史諾更扭轉局勢，贏得令人痛心疾首的成功。就在那位傑出人士發表過千篇一律的致詞，向師生告退之後不久，珍妮假裝要問一個重要的問題，跑到講台去向老師戴維斯先生告密，說艾美．馬琪把醃萊姆藏在書桌裡。

喏，戴維斯先生曾經宣布過醃萊姆學校裡是違禁品，還鄭重誓言要對第一個被發現犯規的人嚴格懲罰。這名從不輕易改變規矩的男子，在經過長期的雷厲風行之後，已經成功地把口香糖全面趕出校園，還曾把沒收來的紙報、小說付之一炬，廢止私相傳遞的郵站，禁絕扮鬼臉、取綽號、畫漫畫諷刺別人，使出渾身解數把五十個叛逆的小姑娘管理得規規矩矩。人家說教小男生對老師的耐性是一大考驗，可是天曉得，教女孩子才更有過之而無不及呢；尤其是對那種脾氣暴虐、神經緊繃，而教學才華又比不上布林伯先生的老師更是如此。

戴維斯先生對希臘文學、拉丁文學、代數以及其他各門學問都懂得不少，所以大家都說他是位好老師；至於教學態度、情緒、道德或者身教，人們反而都不認為有什麼特別重要的。珍妮知道，艾美撞在這個節骨眼兒上受處罰，是再倒楣不過的了。因為今早戴維斯先生顯然是喝了過濃的咖啡，而那對他而言，簡直就是陣助長神經痛的東風，這時他的學生再怎麼認眞乖巧他也不可能滿意的。也因此，有個女學生還用了一句不怎麼文雅的話來形容這個情形：「他跟巫婆一樣神經質，跟大熊一樣粗暴。」一聽到「萊姆」這個字眼兒，他整個人就像引信著了火，蠟黃臉紅得像火柿子，惡狠狠地猛捶講桌一記，嚇得珍妮趕緊一溜煙跑回座位去。

「小姐們，請注意！」

隨著這聲嚴厲的號令，底下嚶嚶嗡嗡的交頭接耳立刻戛然而止，五十對灰、棕、藍、黑的眼珠子，都乖乖地盯著他那嚇人的臉。

「馬琪小姐，請到講桌前來。」

艾美外表鎮定地站起來，內心卻隱潛伏著一陣恐慌；因為她已經意識到準是「萊姆的事」惹禍啦！

「請把妳桌子裡的萊姆一併帶上來。」她還沒走出座位，戴維斯先生又發出一道出人意表的命令。「不要全部拿去。」坐她隔壁的一位小姑娘，沉著萬分地低聲告訴她。

艾美急忙先抖下六、七個，再把其他的拿去放在戴維斯先生跟前，心裡認為任何一個稍為具有人性的人，只要一聞到萊姆可口的芳香，一定會大發惻隱之心的。可惜，戴維斯先生偏偏正好對這淹漬汁的味道深惡痛絕，而厭惡更增添了他的怒氣。

「全部拿過來了嗎？」

「還有幾個。」艾美結結巴巴地說。

「馬上去把剩下的全部拿過來。」

她絕望地朝自己的座位瞄了一眼，乖乖回去拿來。

「妳確定沒別的了？」

「我從不撒謊的，先生。」

「據我所知也是。現在每一次一手兩個，全部丟到窗外去。」

在最後的一絲希望溜走、所有的盛宴從她們渴盼的嘴巴前被掠奪走之際。教室內學生們不由自主地同時發出一聲嘆息。艾美又羞又氣，面紅耳赤地來來回回走了六次，每次註定有四個——噢，四個那麼肥美多汁的萊姆——從她不情願的雙手中飛掠而去。就在此時，一陣來自街上的喊叫聲，讓女孩們心中的怒火燃燒到了極點。因爲那陣喊叫告訴了她們，原該是屬於她們的盛宴，如今卻白白奉送到跟她們誓不兩立的愛爾蘭小鬼嘴裡。這——實在太過分了；女孩們全部向無情的戴維斯投以憤怒及控訴的眼光，其中一位激動的萊姆迷更是淚水奪眶而出。

就在艾美擲完最後一趟萊姆往回走時，戴維斯先生倨傲地「哼——」了一聲，然後開始聲色俱厲地訓起話來：

「小姐們，妳們記得上個禮拜我跟妳們說過什麼。我很遺憾發生了這件事，但我絕不容許有人違背我的規定，也絕不會自食其言，馬琪小姐，伸出妳的手來。」

艾美心中一驚，忙把兩隻手藏在背後，嚇得說不出話來，只能用哀懇的眼神望著他，乞求改判較輕的懲罰。她是「老戴」——當然，這是別人對他的稱呼——相當喜愛的一個學生，而我個人深信，若不是有位憤怒難當的小姑娘忍不住噓一聲的話，他一定會改變做法的。就是這麼小小的一聲「噓——」惹火了這位善怒的先生，同時也決定了這個待罪羔羊的命運。

「伸手，馬琪小姐！」這是她無言的請求換來的唯一答案：自尊心特別強的艾美，既不肯哭、也不願出言哀求，乾脆咬著牙、揚起頭，毫不畏縮地忍受完那幾記抽在她小手上的鞭子。雖然她沒被打多少下，打得也不重，然而那對她已經沒有差別了。因為那是她生平第一次挨打，而在她心目中，那深深的屈辱卻彷彿他已將她澈底地打垮了。

「現在到講台上，站到下課為止。」戴維斯先生決定既然已經罰了，就乾脆罰個徹底。

那眞是太可怕了，這個時候即使是叫她回到座位看看朋友的同情的臉色，單是看著幾個敵人痛快的神情，都已經夠糟糕了；而要她帶著新受的恥辱去面對全校的同學，那簡直是不可能。這時候她眞想乾脆重重坐在現在站的地方，痛痛快快哭個肝腸寸斷。她忍屈受辱地站在那兒，一面為做錯事而難過，一面想著要不是珍妮．史諾煽風點火，也許自己不用受這個侮辱。她面如死灰、動也不動地站在那兒，兩眼望向那如今感覺像是一片茫茫臉海的課堂上方，定定盯住火爐上的煙囪。而底下的女孩們，看著眼前這魅影般無聲無息站在那兒的小姑娘，也都沒有辦法定下心來上課。

底下這十五分鐘裡，這位驕傲而敏感的小姑娘，經歷了她永生難忘的恥辱和痛苦。在別的人看來，這也許只是件可笑或微不足道的瑣事，但對她而言卻是段難堪的經驗。因為在十二年的成長生涯中，家人對她唯一的教導方式便是愛，這種打擊她從未遇見過。她想到：「回家後我必須說出這件事來，而她們聽了一定會對我好失望啊！」這念頭像尖針一般扎著她，讓她把手上的痛和心中的傷都忘了。

那十五分鐘似乎變得跟一個鐘頭一樣長，但總算也有結束的時候，她從來都沒像今天那樣，對那隨之而來的「下課！」聲如此歡迎過。戴維斯先生帶著幾分不安，神色困窘地對她說：「妳可以走了，馬琪小姐。」

艾美臨走時譴責的一瞥，令他久久難以釋懷。如此一聲不吭地筆直走進外室，抓起自己的東西，一如她暗自感情用事地想著的那般，「永遠」地離開了這個地方。進家門時，她心情非常黯淡。不久之後，姊姊們和母親回來後，一家人立刻憤慨地舉行了一場會議。馬琪夫人雖然沒開過幾次口，卻顯得心事重重，同時用最溫柔的態度來安慰傷心的小女兒，瑪格用甘油和淚水浸潤那受辱的小手；貝絲覺得像這樣的悲傷，就連她心愛的小貓咪們，也發揮不了撫慰的作用了，喬怒氣塡膺地聲言要將戴維斯先生抓起來，漢娜則對著那個想像中的「惡棍」飽以老拳，還使勁地搗著晚餐要吃的馬鈴薯，彷彿把那些馬鈴薯當成了他似的。

除了艾美的幾位女伴外，沒有人注意到她的逃學；但這些眼尖的小千金們卻發現戴維斯先生，下午脾氣竟然異常溫和，但同時也異常神經質。就在快要放學之前，喬一臉冷酷地大踏步走進教室，將一封母親所寫的信函拿到講臺，然後收拾好艾美留在座位上的東西離去。臨出門前，還刻意在門口的墊子上仔細踩去靴子底下沾的泥，彷彿是要抖掉這地方所有的塵沙才肯走一樣。

「是的，妳可以暫時休學一段時間，但我希望妳要每天和貝絲一塊兒自習一些課業。」當晚馬琪夫人告訴艾美：「我不贊成體罰；尤其是對女孩子。同時我也不喜歡戴維斯先生的教學態度，更不認為妳交往的那些姑娘們對妳能有什麼助益。因此我會在取得妳父親的建議後，再決定將妳送到哪裡去上學。」

「太好了！但願那些女孩子們都走光光，就可以砸掉他的學校了。想到那些可愛的萊姆，真快把人氣瘋了。」艾美長吁短歎，儼然一副受難者姿態。

「我並不惋惜妳失去那些萊姆。因為是妳自己犯了規，本來就該受處罰。」馬琪夫人嚴厲的回答，讓一心希望博取大家同情的艾美小姑娘大失所望。

「妳說妳很高興我在全校面前受辱？」艾美大叫。

「原本我是絕不可能同意用這種方式來糾正錯誤的，」做母親的回答：「但現在我倒有點懷疑，這樣做也許眞的比用溫和些的方法對妳更有效呢！親愛的，妳變得愈來愈自以為是，現在也該是妳矯正心態的時候了。妳很有一些小天才。眞正的天賦和長處並不會因為沒有人注意就有什麼大礙。縱使眞的沒人注意，自己能夠明白自己的長處並妥善加以運用，也就很能夠使人滿意了。再說，無論什麼了不得的能力，也比不上謙虛更討人喜愛哩！」

「就是呀！」正在一旁和喬下棋的羅禮大叫：「我曾經認識一個女孩，她在音樂方面有非常傑出的才華卻不自知，而且從沒想到自己獨處時，所譜出的小曲子有多麼悅耳動聽，甚至就算有人告訴她，她也不相信。」

「眞希望我能認識那位姑娘，也許她會對我有所幫助呢；我實在愚鈍極了！」站在他身邊的貝絲熱切地說。

「妳認識她，而且她比任何人對妳的幫助都大。」羅禮的黑眼珠裡閃著好淘氣的神情，愉快地注視著她回答，說得貝絲一下子滿面飛紅，把臉埋進沙發椅墊裡，又爲這出乎意料的揭露而喜不自勝。

喬因爲羅禮讚美了她的小貝絲，故意讓他下贏那盤棋。而貝絲在聽了那段好評之後，卻任憑大家怎麼勸、怎麼哄也不好意思爲大家彈琴了。所以羅禮便特別活潑逗趣地爲大家解頤，愉快地唱著歌兒卯足了勁演出。在馬琪一家面前，很少表現出個性中陰鬱的一面。等他走後，整個晚上都在沉思、好像在忙著學會什麼新觀念的艾美，忽然提出了一個問題：「羅禮算是個一優秀的男孩嗎？」

「是的，他受過優秀的教育，又很有才華，只要不被寵壞的話，日後一定會成爲一個優異的男子。」

「而且他也不自負，是不是？」艾美問。

「他一點也不自負，這也正是爲何會這麼有人緣，大家都這麼喜歡他的原因。」

「我明白了。高貴而有成就是件很棒的事，卻不該因此而趾高氣揚，到處賣弄。」艾美若有所思地說。

「這些事情就算只是謙虛的運用，也永遠可以自一個人的言行舉止間看得出來，用不著特別向人展示。」馬琪夫人說明。

「就像一個人犯不著沒事找事把自己所有的帽子、禮服、緞帶，全一口氣往身上戴。只要適可而止，別人就可以看出妳有這些東西一樣。」喬的補充說明，換來了一陣哄堂大笑。

8 喬大戰亞坡倫

「小姐們，妳們要上哪兒去？」一個禮拜六下午，艾美走進兩位大姊姊的房間，發現她們正神祕兮兮地準備出門，惹得她好奇心大發。

「妳別管，小女孩子家不該這麼愛問問題。」喬機警地答覆。

唔，人在年紀輕的時候，最嘔人的莫過於別人對你說了前面那句話；至於被下令：「閃到一旁去，親愛的。」則更加令人難堪。艾美被喬輕侮的回答激出了一肚子氣，下定決心，就算死纏一整個鐘頭也要磨出她倆的祕密來。於是她開始把目標轉向從來不會堅持拒絕她的瑪格，甘言軟語地撒嬌說：「告訴我嘛！我想妳們應該可以讓我也跟著去才對。因爲貝絲正在忙著彈她的鋼琴，我又沒別的事可做，好寂寞喲！」

「親愛的，妳不在受邀之列，我不能帶妳去……」瑪格話說到一半，喬已經不耐煩地打了岔：「喂，瑪格，別說了，否則一定又要弄到不可收拾。艾美，妳不能去，也別像個小娃娃似的爲這事哭哭啼啼。」

「妳們不知要跟羅禮去哪裡；我曉得。昨晚你們在沙發上嘰嘰咕咕，有說有笑，等我一進來就不講了。妳們是不是要跟他出去？」「沒錯，我們正是要跟他出去。現在快安靜點，別再囉嗦啦！」艾美住了嘴，改用眼睛偵伺；她看見瑪格拿了把扇子放進口袋裡。「我知道了！我知道了！妳們要到戲院去看**《七個城堡》**！」她大聲嚷著，又堅決地表明：「我**要**去；媽媽說過我可以看這齣戲，而且我已經有零用錢了，妳們不早一點告訴我，眞是太卑鄙了！」

「妳乖一點，先聽我說。」瑪格心平氣和地對她說：「媽媽不希望妳這個禮拜去看，因爲妳的眼睛還沒完全好，這部神話電影的燈光，會讓妳的眼睛受不了。下個禮拜，妳就可以和貝絲、漢娜一塊兒去看，高高興興地欣賞這齣戲了呀！」

「我才不要，我喜歡跟妳們還有羅禮一起去。拜託讓我去嘛！我感冒這麼久，關在家裡關得快悶死了，好想找點娛樂。眞的，瑪格！我去了一定乖乖聽話。」艾美裝得一臉可憐兮兮地央求著。

「還是帶她去吧！我想如果幫她多加幾件衣物，媽媽一定不會介意的。」瑪格說。

「**她**去的話，**我**就不去，而如果我不去，羅禮心裡一定不太高興，再說他只邀我們，如果連艾美都帶去，也太沒有禮貌了。我就不相信她會喜歡杵在沒人歡迎她的地方。」喬固守立場，因爲她不喜歡在希望好好自得其樂的時候，還得費神去看顧一個好動的小孩。

她的口氣和態度可把艾美惹火了，這小姑娘開始穿上靴子，一面還氣虎虎地說：「我**要**去；瑪格說我可以去；要是我自己出錢，就跟羅禮不相干了。」

喬在匆忙之中刺到手指，口氣更暴躁了，責罵艾美說：「我們的座位是預先訂好的，妳沒辦法跟我們一起坐，又不能讓妳一個人坐在別的地方，這一來羅禮就會把座位讓給妳，結果大家都掃興，要不然他就得另外再幫妳安排個座位，而人家又沒邀妳，這麼做實在太不像樣了。妳根本就不該去，還是待在家裡算啦！」

穿好了一隻靴子的艾美聽了，坐在地板上開始嚎啕大哭，瑪格趕緊好言相勸。這時羅禮在底下大聲喊她們，兩個姊姊連忙匆匆下樓，任由小妹大哭大鬧去；這位小姑娘偶爾也會把她那些小大人情狀忘得一乾二淨，表現得像個被寵壞了的小孩一樣。就在那一行人剛要出發時，她又扶著欄杆、用恫嚇的口氣大叫：「喬．馬琪，妳會爲這件事後悔的，等著瞧好了！」

「胡說八道！」喬砰地一聲關上了門。

鑽石湖的七城堡果然拍得璀璨輝煌、美妙神奇，三個人看得目醉神馳。只是，在滑稽的紅小鬼、亮晶晶的森林小精靈、華麗的王子、公主之外，喬的喜悅裡卻帶著幾許難過：仙子皇后那一頭金黃色的捲髮，不時讓她想起家中的艾美。換幕的時候，喬一面揣度她的小妹妹會做些什麼來讓她爲這件事「後悔」，一面暗自好笑。她和艾美從小到大，也不知道起過多少次小衝突，因爲兩個人都是急性子，火爆脾氣，稍微激一激就要大動肝火。

艾美喜歡譏誚喬，喬愛惹火艾美，大半時候總會爆發一場爭執，事後兩人再來爲此羞愧不已。喬雖然是姊姊，卻沒有半點兒自制力，而且時常爲控制不住常替自己帶來困擾的暴烈脾氣而難過。她的怒氣總是來得疾，去得也快，而且每次低聲下氣地認完錯後，總會眞心地懺悔，努力改善自己的性子。她的姊妹們常說，她們倒寧可把喬激得大發雌威，因爲她只要怒火飄漲過後，一定會變得像個小天使一樣。

可憐的喬，費盡了心力想當個和善的姑娘，可惜潛伏在她胸中的大敵卻隨時蓄勢待發、準備燃起怒火，摧毀她的努力。想要降服它，可得花上好幾年的努力呢！

回到家時，她們發現艾美正在客廳裡看書。在她們進門時，她眼也不抬一下，問也不問一聲，裝得一副委屈答答的樣子。要不是貝絲問起，而她們又描述得津津有味的話，艾美說不定都要暫時壓抑她的怒氣，好奇地打聽起那齣戲的內容了。喬上樓去收妥自己最好的帽子前，先仔細瞧瞧五斗櫃。因為上次她們吵架時，艾美就是把喬最上面一格抽屜整個打翻在地。不過，在匆匆掃瞄過自己的各個櫃子、箱子、袋子後，喬發現一切都沒有異樣，心裡還直以為艾美已經原諒、並忘記自己的錯誤了。

然而喬錯了，因為第二天她便有了個令她勃然大怒的發現。薄暮時分，瑪格、貝絲、艾美全坐在房裡，喬激動地衝了進來，上氣不接下氣地追問：「有沒有人拿了我的書？」

瑪格和貝絲馬上一臉詫異地回答：「沒有。」艾美悶不吭聲地撥弄爐中的火。喬看到她紅了臉，立刻箭步衝上前去。

「艾美，是妳拿的！」

「沒有，我沒有。」

「那麼，妳知道它在哪裡！」

「不，我不知道！」

「妳撒謊！」喬抓著她的肩膀，惡狠狠的表情就算膽量比艾美強十倍的孩子看了也會怕。

「才沒有。我沒拿它，也不知道它在哪裡，更不在乎它在哪裡。」

「妳一定知道些什麼。快告訴我，否則我逼也要逼妳說出來。」喬說著猛撼她的肩膀。

「隨妳怎麼罵好啦，反正妳永遠也休想再看到妳那本愚蠢的破書啦！」艾美也惱了。

「為什麼？」

「我把它燒了。」

「什麼！我那麼喜歡，那麼努力，想在父親回家前完成的那本小書？妳眞的把它燒了？」喬臉色慘白、眼中怒焰熊熊、兩手神經質地牢牢攫著艾美的雙肩。

「沒錯，我燒了！我告訴過妳，要妳爲昨天的粗暴付出代價，我做到了，所以——」

艾美沒再說下去，因爲喬的騰騰怒氣已經懾伏了她。喬死命地搖撼艾美，搖得她兩排牙齒格格碰撞。她氣急敗壞地大吼：

「妳這邪惡——邪惡的女孩！我再也沒辦法重寫了；我一輩子也不會原諒妳的。」

瑪格趕緊飛身過來解救艾美，貝絲也連忙上前撫慰喬的情緒。然而喬實在氣瘋了；她重重摑了么妹一耳光便衝出房間，跑到頂樓的舊沙發上，繼續發洩她未完的怒氣。

底下的風暴很快就平息了。因爲馬琪夫人回家了；她聽完整件事的始末，很快地讓艾美理解到她不該那樣對待她姊姊。喬那本書在她心中是一大驕傲，而全家人也都將它視爲文學萌芽的重大試金石。雖然只是六、七篇虛構的故事，但喬持之以恆地創作，把全副精神都放在上頭，希望能寫出好到足以付梓的作品來。她才剛小心翼翼地把稿子謄好，將舊手稿銷毀，因此艾美這把火等於把她好幾年來的心血結晶燒成了一堆灰燼。在別人看來，這一點損失也許不算什麼。但對喬來說，它卻不啻於是場彌天大禍，她覺得對自己而言，那將是永遠也無法彌補了。貝絲像哀悼一隻死去的小貓般，替喬痛惜不已，瑪格也不肯替自己寵愛的小么妹辯護，馬琪夫人臉色更是嚴肅而憂傷，而此刻最爲懊悔的卻莫過於艾美本人了。她覺得除非自己能求得喬的寬恕，否則大家一定都不會再愛她了。

茶點鈴響後，喬帶著冷酷的表情出現了。她那冷若嚴霜的表情，嚇得艾美好不容易才鼓足了全部的勇氣，溫馴地對她說：

「喬，請原諒我，我非常非常抱歉。」

「我一輩子都不會原諒妳。」喬強硬地應了一句後，就再也不理睬艾美了。

包括馬琪夫人在內，大家對這件令人痛心疾首的事都不再提起——因為經驗告訴她們，在喬心情這麼惡劣的時候，對她說什麼都是白費唇舌。最聰明的辦法便是等等看有沒有什麼小事件，或者喬自己寬宏大量的天性來撫平她的惱恨、消弭兩人間的間隙。那一晚實在不是個愉快的晚上。因為，儘管她們仍一如往常般邊做女紅，邊聽母親朗讀布里默、史考特、艾琪華茨❶等人的作品，卻總覺得缺少了些什麼，而恬適的家庭和平也遭受到了干擾。尤其是到了唱歌的時候，貝絲除了木然按琴鍵外就再也沒辦法快樂地歌詠、彈奏，而喬更像尊大石頭似地連口都不開，艾美心情低落，就只剩下瑪格和母親單獨演唱了。然而，儘管她們很努力地想唱出像雲雀般愉快的曲調，笛子般清越的嗓音，似乎不再像平時那樣和諧，反而顯得荒腔走板。

在馬琪夫人對喬親吻、道晚安的同時，她附耳叮嚀女兒：「親愛的，別讓美好生活因妳的怒氣而毀滅，要互助互諒，讓明天一切重頭開始。」

喬真想把頭埋在母親的胸口大哭一場，讓淚水洗去她所有的憤怒與悲傷；但流淚是弱者的表現，而內心深深的傷害更令她一時無法完全原諒艾美。於是她用力眨眨眼、忍住淚水，故意以粗

---

❶瑪麗亞．艾琪華茨（Maria Edgeworth），一七六七年生，一八四九年卒，英國小說家。

暴的口吻讓靜立在一旁的艾美也聽個明白：「她的行爲太卑劣了，根本不值得原諒。」說完立刻飛奔上樓睡覺。這一夜，姊妹們之間連一句愉快或知心的交談都沒有。

艾美在求和被拒後非常不高興。她開始希望自己不曾那麼低聲下氣；又覺得自己眞是太委屈了；甚至還開始憤憤不平地將自己委屈求全的美德自我膨脹。第二天，喬依然一臉陰霾，整天都不順心。那天早上天候嚴寒，偏偏她又把自己那片寶貴的捲酥掉到水溝裡去了。馬琪嬸嬸鬧了大半天情緒，瑪格又老是一臉憂愁，待會兒貝絲更絕對會皺著一張憂心忡忡的小苦瓜臉回來，偏偏艾美還不停批評有些人成天談論要成爲一個完美的人，別人爲他們樹立優良典範時，他們卻連試都不肯試。

〈每個人都這麼討厭，乾脆找羅禮溜冰去。他永遠都那麼親切愉快，而且一定能讓我心情好起來。〉喬想了想，立刻出門去。

艾美聽到冰鞋的碰撞聲，焦急地探頭大叫：

「唉！她答應過下次帶我去的，因爲這是我們最後一次溜冰的機會了。不過若要叫這個暴躁鬼帶我去，一定連門都沒有。」

「不許這麼說。這次妳實在太過分，要她原諒妳燒掉她珍貴的小本子，未免太困難了。不過我想現在她會了，只要妳找對時機試試看，我猜她應該會原諒妳的。」瑪格交代：「跟著他們出去；在喬和羅禮玩到心情愉快以前，什麼話也別說。等她心情好起來了，再找個風平浪靜的時刻親暱一下，或者做點什麼親近的表示，我敢說她一定又會誠心誠意地和妳友愛如初了。」

「我這就去試試。」這個建議正合艾美的意。她匆匆忙忙做好準備，隨即追著剛消失在山丘上的羅禮和喬的背影跑過去。

由家裡跑到河邊並不遠，然而在艾美追上喬和羅禮前，他倆卻已準備好要開始溜冰了。喬看到她朝這邊跑來，立刻背轉過身去。而羅禮正小心翼翼地沿著河岸滑行，試探著因爲氣候轉暖而有部分消融的冰層結構，根本沒有看見艾美也跟來了。

「我先到第一個河灣看看冰是不是夠厚，咱們再開始比賽。」艾美聽到羅禮對喬喊完，然後便像一個穿著鑲皮大衣、戴著鑲皮帽的俄羅斯青年般地疾射而去。

喬聽著艾美跑步後的喘氣聲、頓腳聲、邊穿鞋邊呵手的呵氣聲，不但連頭都沒回一下，還曲曲折折地沿著河灣慢慢往下溜，心裡對她妹妹的窘況隱隱懷著一股酸澀、不歡的滿足感。正如平時沒有立刻消除的邪惡念頭和情緒一般，喬心中積壓的怒氣，已經強烈到足以主宰整個人思想行動的程度。就在羅禮繞過河彎時，他回頭大叫：

「沿著岸邊滑，河心不安全。」

喬是聽到了，但正七手八腳奮力站起來的艾美，卻一個字也沒聽見。喬回頭瞄一眼，潛伏在心中的小惡魔卻陰險地告訴她：〈不管她有沒有聽到，讓她自己去留神好了！〉

羅禮的身影已經消失在河灣，喬才剛溜到臨轉彎的地方，而遠遠落在後頭的艾美則正朝冰面比較光滑的河心溜去。喬心中泛起異樣的感覺呆站了片刻，剛下定決心繼續往前滑時，河面上卻出了事。她轉過身去，只見冰層碎然破裂，艾美雙手亂舞，整個人往下掉。飛濺的冰花加上一聲驚叫，嚇得喬呆在當場。她想叫羅禮，卻發不出聲音來，想衝上前去救援，兩隻腳卻像軟癱了一樣；刹那之間，她只能驚惶失措地呆立在原地，眼睜睜看著那藍色的小披風，在黑沉沉的水面載浮載沉。這時羅禮自她身旁飛掠而過，並大叫：

「找根竿子來，快！快！」

事後，她完全不記得自己是怎麼做的；底下那幾分鐘內，她盲然遵從鎮定若素的羅禮指揮，盡一切所能地參與營救。羅禮躺在冰層上，用他的手臂和雪杖鉤住艾美，直到喬從籬笆中抽來一段竹杆，兩人才合力把雖然沒受什麼傷，卻嚇得魂飛魄散的小艾美救出險境。

「現在，快，我們得盡快把她送回家去；趁我脫掉這雙累贅的溜冰鞋時，快把我們的衣物裹在她身上。」羅禮邊叫邊用自己的外套裹住艾美，然後用力扯斷那些礙手礙腳的鞋帶。

他們渾身溼漉漉，一路叫喊、哭嚷，顫抖著把艾美送回家中。在一陣混亂之後，裹著層層毛毯、靠在熱烘烘的爐前取暖的艾美終於睡著了。在忙亂之際，喬一直臉色慘白、神情狂亂地東奔西忙，幾乎連一聲都不吭。她全身的披掛已掉了一大半，衣服也扯破了，兩手被冰雪、竹竿和奮不顧身的救援工作挫傷了好幾處，並留下多處瘀血。等艾美舒舒服服地睡熟了以後，整座屋子裡頓時安靜了下來。馬琪夫人坐在床邊，把喬叫到身前，開始爲她裹傷。

「您確定她眞的沒有危險嗎？」喬懊悔地望著那個差點永遠被薄冰帶走的金髮小人兒，輕聲問母親。

「親愛的，我保證她沒有危險。我想她不僅沒受傷，甚至也沒傷風。你們很聰明，懂得把她蓋住保暖、趕緊送回家。」母親欣然回答。

「那都是羅禮的功勞，我什麼也沒做。媽媽，要是她不幸死了，那全是我的錯啊！」她流著痛悔的淚水，頹然坐在床畔，源源本本地說出整件事的始末，譴責自己的鐵石心腸，又爲自己倖免於因此而受到終身無可彌補的懲罰，哽咽地道出內心的感激。

「都是我這可怕的壞脾氣，我努力想改正；每次我以爲自己已經做到了，可是沒多久卻又會爆發比以往更不可收拾的狀況。噢，媽，我該怎麼辦？我該怎麼辦？」可憐的喬絕望地哭泣。

「親愛的，只要多留心、多祈禱，永遠不要厭倦於嘗試，不要認爲克服妳的缺點是不可能的。」馬琪夫人把她那亂蓬蓬的小腦袋攬在肩坎，柔和地親吻她那淚溼的臉頰。喬心頭一熱，哭得更厲害了。

「您不明白，您想像不到那有多可怕！在我使性子的時候，彷彿什麼事都做得出來；我變得好野蠻，甚至在可能傷害人的情況下還竊喜於心。我好怕自己哪天會做出什麼駭人的事、毀了自己的一生，並且惹得人人怨恨。噢，媽媽，幫助我，請您幫助我！」

「我會的，孩子，我會的。不要哭得這麼傷心；妳只要記住這一天，然後痛下決心，永遠不再爆發像今天這樣的事情。喬，親愛的，天底下每個人都有自己的火氣，有的人性子甚至比妳烈得多，這通常都要我們花上一輩子的時間去克服。妳以爲自己是天底下脾氣最壞的人，但我以前又何嘗不是像妳一樣呢？」

「您？媽媽？咦，您從不動怒的呀！」喬驚訝得暫時忘卻痛悔。

「四十年來我一直在努力治癒這個毛病，卻也只能做到成功地控制住脾氣發作而已。喬，我這輩子幾乎天天都在生氣，只是我已經學會不將它表現出來，同時也還盼望能修養到完全不動怒的程度，縱然還要再磨上我四十年的工夫也甘心。」

對於喬而言，眼前這張謙遜、包容的臉，遠比最睿智的演說、最嚴厲的指責，更能帶給她一番省思。母親的同病相憐與知心剖白，很快地為她帶來安慰。而得知母親也曾和她擁有相同的缺點並努力修正，也讓她覺得更容易下定決心去戒除本身的毛病——縱使四十年的留心與祈禱，對一個十五歲的小女孩可說是一段相當漫長的歷程。

「媽媽，有時候馬琪嬸嬸責罵您，或者有人煩您，您會咬著嘴唇退出房外，那就是在生氣嗎？」喬覺得自己和母親之間比以前更接近、更貼心了。

「是的，我學會了攔住一時情急、即將衝口而出的語言，萬一覺得自己還是按捺不住，便會暫時抽身退避，擺脫因為意志不堅而犯下大錯的可能。」馬琪夫人歎口氣、微微一笑，替喬梳順凌亂的髮絲紮了起來。

「您是怎麼學會沉著以對的？這一點正是我的困擾所在——因為我往往在自己都還弄不清自己在做什麼以前，就說出一大堆苛刻的話，而且愈說愈不堪，最後總會刺傷別人，說出可怕的話。媽咪，親愛的，請告訴我您是如何做到的。」

「從前我的好母親幫助我——」

「就像您幫助我們一樣！」喬半途插嘴，並獻上感激的一吻。

「然而，我卻在比妳稍大一點兒的時候失去了她，接下來好幾年間都必須孤軍奮戰，因為我實在太驕傲了，絕對不肯向任何人坦承自己的缺點。喬，我曾歷經艱苦的奮鬥，也曾因自己的努力，似乎總不見成效而流下無數心酸的淚水。後來我遇見了妳的父親，我好快樂，也因此而發覺要變溫順並不困難。然而漸漸地，我身邊有了四個小女兒，而我們的境遇又變得貧困，於是往日的困擾再度回到我身上，因為我並不是天生就有耐性，而看著自己的小孩缺少任何東西，眞是讓我心煩極了。」

「可憐的媽媽！那麼是什麼幫助了您呢？」

「是妳的父親，喬。他從未失去耐性——從不猜疑或抱怨——而是永遠愉快地期盼、工作並等待，令人羞於在他面前表現出一副焦躁或憤怒的模樣。他幫助我、安慰我，讓我明白自己必須盡到各種美德，以便爲我的小女兒們，樹立一個可供效法的好榜樣。而爲妳們努力克服自己的缺點，遠比爲自己而做容易得多；在我嚴詞厲色時，妳們一個驚詫或意外的表情，遠比任何語言更教我深深自責；而自己孩子的親愛、尊敬和信賴，則是我努力成爲女兒們典範的最佳回報。」

「噢，媽媽，要是我也能有您的一半好，我就心滿意足了。」喬聽了母親的話感動萬分。

「親愛的，我希望妳會比我好得多。但妳必須好好看管妳那父親口中的『心腹大患』，否則就算它沒有毀掉妳的人生，也會釀成悲劇。妳已經有了一個警惕；牢記這警惕，並在它爲妳帶來比今天更大的憂傷、悔恨前，全心全力地控制住妳的雷公脾氣。」

「我會盡力，媽媽，我眞的會盡力。可是您必須幫助我、提醒我、別讓我衝動、發脾氣。以前我有時會看見父親把他的手指比在嘴巴前，非常和善卻嚴肅地注視著您，這時您總是抿著嘴退到一旁去；那就是他在提醒您嗎？」喬輕柔地問。

「是的。我要求他用這個辦法幫助我，而他從未疏忽過，總是用這麼一個小小的手勢和親切的表情，及時擋回我即將衝口而出的尖刻語言。」

喬瞧見母親說話時嘴角顫抖、淚眼盈眶，擔心自己太多話了，急忙輕聲地問：「我是不是不應該觀察你們，並提起這件事？我不是有意要冒犯您，只是覺得能說出所有對您的想法感覺很舒坦、安全又快樂。」

「我的喬，妳可以對妳的母親訴說每一件事情。因爲能夠感受到自己的女兒們信賴我、瞭解我有多麼愛她們，不僅是我最大的快樂，也是無上的驕傲。」

「我原以爲是我惹您傷感了。」

「沒有，親愛的！只是提起父親，不免讓我想起自己多麼思念他，對他負有多大的責任，還有該要如何竭心盡力地留意、並努力維護他的小女兒們的安全與幸福。」

「然而媽媽，當初您還是要他放心地走，而且在他離開時並沒有哭泣，甚至到現在都沒有抱怨過一句，或者表現出一點需要幫助的樣子！」喬十分不解。

「我把自己最寶貴的奉獻給我熱愛的國家，把淚水留到他離去後再流。我們倆不過是在盡自己的義務，而且等一切結束後，我們必定會更加快樂幸福，又何必抱怨什麼呢？如果說我看起似乎不需要什麼幫助，那也是因爲我擁有一個甚至比父親還要好的朋友在安慰我、支持我。我的孩子，妳生命中的困擾與考驗已經開始降臨，而且或許會一波接一波，但只要在妳運用自己俗世的力量與惻隱之心時，也能學著去感受天父賜與妳的力量和愛，那麼妳便能克服難關，通過試煉。妳愈是相信並愛祂，愈能感受到祂的存在，愈不需要仰賴人類的力氣和智慧。祂的愛和關懷永不倦怠或更改，也永遠沒有人能從妳身邊奪走，並將成爲妳一生幸福、安寧與力量的泉源。衷心地相信這一點，並帶著妳所有小小的關愛、希望、罪過與憂傷皈依上帝，如同妳帶著它們尋求母親的支柱般坦率而信賴。」

喬唯一的回答便是緊緊抱住母親，在心底默默以有生以來最虔誠的態度暗自禱告；因爲在那段悲傷而又快樂的時光中，她不僅體會了懺悔與絕望的心酸，更領悟到自我節制、克制的甘甜；而在母親的牽引之下，她被領到那位以一種比任何一位父親更強烈，比所有母親更溫柔的愛，來歡迎每一個小孩的朋友面前。

睡夢中的艾美鼾聲微微，翻了翻身。喬像是迫不及待想彌補過失般，帶著她從未有過的表情抬頭朝她看。

「是我讓陽光、歡笑因我的怒氣而覆滅，我不肯原諒她的錯誤，而今天若不是羅禮的話，恐怕一切都要追悔莫及了！我怎會如此邪惡啊？」喬俯身輕撫著艾美散落在枕頭上的溼頭髮，半揚起聲量說著。

艾美彷如聽到了她的話似的，張開眼睛，帶著一抹直透喬心坎兒內的微笑伸出雙臂。她們倆什麼也沒說，只是緊緊相互擁抱在一起。在懇切的一吻之中，一切過失都已被寬恕、被遺忘了！

9 瑪格前往浮華世界

「那幾個孩子趕巧在這個時候出痲疹，我眞是太幸運了。」一個四月天裡，瑪格一面說，一面在姊妹環繞中收拾「出遠門」的行李。

「而安妮．墨菲也很棒，沒有忘記自己所許下的承諾。整整兩個禮拜的遊樂，想必會非常美妙。」喬的兩隻長手臂忙著摺瑪格的裙子，看起來像個團團轉的風車一樣。

貝絲也湊上一句：「我最高興的是天氣這麼宜人。」她整整齊齊地把領巾和髮帶收進自己最好的匣子裡，這匣子是她特地借給姊姊應付大場面的。

「眞希望我也可以擁有一段美好時光，把這些漂漂亮亮的東西全部穿戴上。」艾美含著滿嘴別針，巧妙地爲姊姊的服裝補上墊肩、內襯。

「我好希望妳們都能去，但那是不可能的，我只好把此行的種種經歷記在心底，等回家後再說給妳們聽。妳們這麼好心把東西借給我，又幫我整理行囊，我至少必須做到這一點。」瑪格說著，瞄了瞄在她們看來已經幾近完美的簡單行裝。

「媽媽從那個寶貝箱子裡拿了什麼東西給妳？」艾美問。

馬琪夫人在一個杉木箱子裡，收著幾樣過去輝煌時日裡留下的紀念品，在遇有適當時機時送給女兒們做爲禮物。這次開啓那只箱子時，艾美正好不在場。

「一雙絲襪，一條迷人的飾帶、還有那把美麗的鏤花扇子。我很想要那件藍紫色絲緞，可是已經來不及修改，只好帶自己那襲薄紗的了。」

「妳那襲薄紗裡套上我的新棉布襯裙會很好看，再配上那條飾帶就更漂亮了。要是我沒打碎我的珊瑚手環該有多好，妳就可以戴著它去做客了。」喬雖然樂善好施，可惜她的東西卻多半早已被糟蹋得不堪使用了。

「那個寶貝箱子裡有件非常動人的古典珍珠首飾，不過媽媽說對一名年輕的女子而言，鮮花才是最美麗的裝飾品，而羅禮也答應要送我所有我需要的花朵。」瑪格回答。「現在，讓我瞧瞧，那是我的灰色新散步裝——貝絲，把裝飾羽毛捲好收進帽子裡——接下來是我禮拜天和小聚會時穿的綾羅——春天穿這個看起來實在太暗了，對不對？那件藍紫色絲緞就完美多了；噢，天哪！」

「沒關係啦！妳有那件薄紗禮服可以參加大型宴會，再說妳穿起白色衣服來，總是像天使般迷人呢！」艾美滿心歡喜地望著那幾樣精美的衣物遐想。

「它又不是低領的，裙襬也不夠拖曳，不過反正也沒別的選擇了。我那件藍色的家常服看上去倒挺不錯，不但修改過而且剛新滾了鑲邊，就連自己都覺得像得到了一件新衣服一樣。我的絲質短外套早已過了時，圓軟帽又不能跟莎莉的相比；我不想多說什麼，可是對於那把雨傘我真的失望極了。我告訴母親要黑面白柄的，可是她忘了，買了把綠面乳黃柄的回來。那把傘很精巧耐用，因此我不該抱怨什麼。只是我知道一旦跟安妮那把絲綢金傘面的擺在一起，我一定會覺得很不好意思。」瑪格唉聲歎氣、悶悶不樂地打量那把小傘。

「那就換掉呀！」喬建議。

「我還不至於那麼愚昧。再說媽咪爲了幫我張羅東西已經煞費苦心，我不願意傷她的心。這不過是我一個無聊的觀念，我不會任由它來駕馭我。我的絲襪和兩雙新手套已經夠教人安慰了，更何況喬——妳還那麼體己地把妳那雙借給了我，有了這兩雙新手套，加上那雙清洗後還不錯的舊手套，我已經覺得很闊綽、甚至很高貴了。」瑪格神采奕奕地瞄了瞄手套匣。

「安妮·墨菲的睡帽上有藍蝴蝶結和粉紅蝴蝶結，妳也幫我的縫上好不好？」她看見貝絲捧著漢娜洗得雪白的細棉布衣上來，連忙問喬。

「不，我不縫，因爲花俏的帽子跟沒有滾邊的樸素衣服不相配；窮人家不該打扮得花枝招展的。」喬堅決表示。

「我懷疑在我**有生之年**，是不是有那個福氣可以擁有滾著眞蕾絲邊的衣服和有蝴蝶結的帽子？」瑪格不耐煩地說。

「前幾天妳才說只要能到墨菲家去，妳就會快樂得不得了呢！」貝絲委婉地提醒她。

「沒錯！唔，我很快樂，也不會因此自尋煩惱。只是人好像都是得到的愈多，期盼的也就愈多，不是嗎？咯，瞧，現在已經一切就緒，只剩下要留待媽媽來打包的舞衣還沒收進去了。」瑪格的視線由半滿的行李箱溜到那襲修改、熨燙過許多次的純白薄紗裙裝——也就是她所謂的「舞衣」——心情再度振奮起來，講起話也顯得志得意滿。

第二天，天氣晴朗，瑪格正式告別家人，前往享受她爲期兩週的新奇有趣假期。在擔心瑪格麗特回來後，會比眼前對生活更加不滿的情況下，馬琪夫人對這趟遠行答應得非常勉強。只是眼見女兒苦苦要求，莎莉又答應好好照顧她，再加上歷經整個冬天煩人的工作，能夠享受一點小小的情趣似乎足以令人其樂無比，做母親的也只好退讓一步，讓女兒前往初嘗她的時髦生活了。

墨菲一家人**確實**非常新潮，單純的瑪格一開始，眞教這華麗的大宅和氣派的主人們給唬住了。還好他們雖然過得窮極奢華，爲人倒是非常親切，很快就讓他們的客人輕鬆下來了。不知怎地，瑪格總覺得他們並不是什麼特別有涵養或特別聰敏的人，縱然再怎麼修飾裝扮，也掩藏不了他們平庸的本質。享受奢華的飲食、乘著華麗馬車出遊、每天穿上自己最好的禮服、除了盡情享樂外什麼也不做，這種日子不但愜意而且正合她的口味。

沒有多久，她便開始摹倣起周遭衆人的言談舉止，擺擺小架子、故作姿態，滿嘴法國片語，捲起她的秀髮，打扮起自己的外貌，竭盡所能地談論流行風潮。她愈是看多了安妮．墨菲的漂亮東西愈是艷羨，愈巴不得自己是個富家千金。現在她愈想到自己的家愈覺得它實在太寒磣、愈覺得工作辛苦難當，甚至感覺自己雖然擁有新手套、眞絲長襪，卻仍舊是個飽受委屈、一無所有的可憐姑娘。

然而，由於交遊廣闊的安妮十分精於待客之道，白天拉著兩位年輕姑娘散步、購物、拜訪朋友、坐馬車兜風，晚上上戲院、到劇場、或者在家嬉戲作樂，她已經忙得沒有多少時間去自怨自艾了。安妮的幾個姊姊都是漂亮的大千金，其中一位已經訂了婚，瑪格覺得這非常浪漫有趣。墨菲先生與瑪格的父親相識，是位笑口常開的胖老先生。墨菲夫人也是位性情開朗的胖老太太，她跟女兒安妮一樣，非常喜愛瑪格。他們一家對她都呵護有加，而這位衆人口中的「小雛菊」也很快就樂得陶陶然了。

等到「小聚會」那晚，瑪格發覺自己那件綾布衣裳根本派不上用場。因爲別了女孩們全穿上了薄紗衣裳，個個看起來搖曳生姿，於是她乾脆搬出那套跟莎莉鮮艷的新裝一比更顯得老舊、寒磣、鬆垮的薄紗。瑪格看到姑娘們瞄瞄莎莉的衣服再瞥瞥自己的，整張臉開始燙得像火燒。因爲她雖然秉性溫柔，卻也自負得很。對於她的服裝，大家雖沒說什麼，不過莎莉卻主動要幫她整理髮型，安妮也忙著幫她繫飾帶，而她那位已訂婚的姊姊貝兒，則對她的雪白臂膀讚不絕口；然而在瑪格看來，她們的好意只是出自於可憐她的貧困。她一個人站在那邊看別的女孩笑鬧、私語、像輕俏的蝴蝶般飛來飛去，感覺心情好沉重。就在她萬分難受、心酸的當兒，女傭捧著一盒鮮花走進來。她還來不及說什麼，安妮已經打開盒蓋，望著滿盒漂亮的玫瑰、石楠和羊齒又嚷又叫。

「這當然是給貝兒的；喬治時常會送些花給她，只不過這次的實在太絢麗了！」安妮深深呼吸一口花香嚷著。

「那人說是送給馬琪小姐的，另外還附了張紙條。」女傭說著把紙條交給瑪格。

「眞有意思！會是誰送的呢？沒聽說過妳有情侶啊！」幾個女孩全好奇又詫異地圍著瑪格七嘴八舌地大叫。

「紙條是家母捎來的，花是羅禮送的！」瑪格簡單地回答，不過心裡還是很感激他並沒有忘了她。

「噢，眞的！」在瑪格將紙條收入口袋的同時，安妮帶著令人費解的表情說。

瑪格將那紙條視爲對抗嫉妒、虛榮、虛僞的驕傲等等的護身將。因爲這短短的幾個關愛字眼對她的心情大有裨益，而嬌艷的花朵也帶給她不少鼓舞。

她幾乎完全恢復原來快樂的心情，爲自己別上些許石楠和玫瑰，然後很快地將剩下來那許多漂亮的花裝扮在女伴們的胸口、頭髮或裙子上，大大方方地把花跟衆人分享，安妮的大姊克蕾拉看了不禁告訴她「從沒見過這麼惹人憐愛的小姑娘哩！」配上了她的小獻禮，幾位姑娘看起來更迷人了。而這項親善行動更終結了她消沉的心緒，等到其他姑娘們都跑到墨菲夫人面前去展示她們的俏模樣後，她對著鏡子，看到的是一張眼神開朗、愉快的臉龐。在她波波的髮浪簪上羊齒，衣服繫上玫瑰之後，她終於不再覺得自己的裝扮太寒酸了。

那一晚，她舞跳得很盡興，玩得也非常愉快，不但所有人都對她非常親切，而且她還三度獲得佳評。一次是安妮要她唱歌，有人稱讚她嗓音如黃鶯出谷。其次是林肯少校向人打探「那位有著漂亮眼睛的清新少女」是誰，另外便是墨菲先生堅持要與她共舞，「因爲——」他優雅地形容：「她的舞步很有朝氣，不會拖泥帶水。」因此在無意中聽到一段令她非常困擾的話以前，這一晚她大體上玩得很快樂

當時，她正好坐在花房裡，等著她的舞伴爲她端冰水來，卻聽到隔著繁花圍成的花牆外傳來一聲問話：

「他年紀多大？」

「應該在十六、七歲左右吧！」另一個聲音回答。

「這早晚會是那幾個女孩之一的大事，不是嘍？莎莉說他們現在可親密得很，況且那老先生也挺溺愛她們的呢！」

「我敢說馬琪太太早就成竹在胸，只等時機一到就會盡快付諸實行，倒是那女孩顯然還沒想

到這回事哪！」墨菲夫人說。

「她好像知道了，也提過她媽媽允許他們交往，而且那些嬌艷的花送來時，她的臉都紅了。可憐的小東西，要是她能打扮得時髦點兒，準會迷死人的。妳想要是我們主動說要借套禮服，讓她參加禮拜四的晚會，她會生氣嗎？」

「她是很高傲。不過我看她總共也就只有那麼件粗陋的薄紗裝可穿，應該是不會介意才對。說不定她今晚就會把它扯得稀爛，到時候倒可以成爲借她件像樣服裝的好藉口呢！」

「大家不妨等著瞧，我就藉口對她表示敬重，然後把小羅倫斯邀請過來，接下去……我們就有好戲看了。」

這時，瑪格的舞伴回來了，看到她面紅耳赤、一臉怒容。沒錯，她是很高傲，而她的高傲此刻正好派上了用場。因爲高傲，她掩飾住了對剛剛那番話的羞怒與困擾；因爲高傲、清純而信賴他人的她，才會去推敲友人們那些閒言閒語的含義。她很想忘掉那些閒言閒語，可是心底卻總是不停地迴響起：「馬琪太太成竹在胸……」「她媽媽的允許……」還有「粗陋的薄紗……」的聲音，煩攪得她幾乎要哭著衝回家去，說出她的困擾、並聽取忠告。

然而，她畢竟不能夠當眞衝回家去，只好盡力強顏歡笑、故作興奮。她不但做到，而且表現相當成功，根本沒有人想像得到那全是假裝的。舞會結束後，她很高興自己終於可以一個人，靜靜躺在床上細想、懷疑、生氣。想到頭痛，想到淚水斑斑、兩頰滾燙。

那些愚蠢卻毫無惡意的談話，不但爲瑪格開啓了一個新世界，也擾亂了她直到如今一直像兒童般快樂生活著的平靜天地。這些無意中聽見的蠢話破壞了她與羅禮間純眞的友誼；她對母親的信心，已因以己度人的墨菲夫人口中那些世故的計畫而小有動搖；至於滿足於穿著適合貧家女的樸素服裝這個明智的決定，也因爲那些將服裝簡陋視爲全天下最大的災難，對她濫施憐憫的姑娘，而削弱了她的堅定立場。

可憐的瑪格一夜輾轉難眠，半是對那些朋友們心存怨懟，半是爲自己不坦率地說出自己的感受、釐清所有事實而自慚，折騰得隔天眼皮沉重，心情鬱悶。

那天早上，大家都顯得懶洋洋了，直到過了中午，幾位姑娘們才勉強打足精神來繼續編織她們的毛線衫。那天午後，瑪格很快地發現她的朋友們態度變得不太一樣；她們對她更加禮遇，她的一言一語，她們都聽得津津有味，而且個個都以饒富興致的眼神瞧著她。她雖然不明白到底是怎麼一回事，心中卻是驚喜交加，直到最後貝兒小姐擱筆望著她，用虛情假意的聲調告訴她：

「小雛菊，親愛的，我已經派人送了份邀請函給妳的朋友羅倫斯先生，一方面是我們都想認識他，一方面也是表示大家對妳的尊重。」

瑪格這才臉色大變。不過她忽然動了個調皮的念頭，想作弄一下這幾個姑娘，於是故作正經地對她們說：「妳們眞是太好心了，可惜就怕他不會來呢！」

「爲什麼呢？chérie（小姐）？」貝兒小姐習慣在話裡夾帶幾句法語以示新潮。

「他年紀太大了。」

「好孩子，妳在說什麼呀？我倒想知道他究竟多大年紀哩！」克蕾拉小姐嚷著說。

「我想差不多快七十了。」瑪格藉著數針目來掩飾眼中的得意。

「妳這狡猾的小東西！我們指的當然是那個年輕的嘍！」貝兒小姐笑嚷著表示。

「他們家沒青年啊！羅禮還只不過是個小男生嘛！」瑪格眼見幾個姑娘聽了她如此形容她們臆測中的男友，彼此交換著古怪的神情，也不禁感到好笑。

「他跟妳年紀差不多嘛！」南說。

「跟我妹妹喬相近，我八月就滿十七了！」瑪格揚起頭反駁。

「他送花給妳，眞是風雅極了，不是嗎？」安妮故作純潔天眞狀。

「對啊，他常送花給我們家每一個人，因爲他們家到處栽滿了花，而我們一家又都喜愛花朵。喏，家母和老羅倫斯先生是老朋友了，因此我們這些孩子玩在一起也是很自然的事囉！」瑪格一心只盼她們別再多說了。

「顯然小雛菊還沒成熟開放呢！」克蕾拉小姐向貝兒頷首示意。

「她還是一派天眞浪漫哩！」貝兒小姐聳聳肩回答。

「我要出門爲女兒們辦些瑣事，兩位小姐有沒有什麼需要我順便效勞的。」墨菲夫人步履蹣跚，活像一頭裡著絲綢、蕾絲的大象。

「不用了，謝謝您，夫人，」莎莉回答：「我已經帶了新的粉紅色緞子晚禮服，以便參加禮拜四的晚會，什麼都不缺了。」

「我也不用——」瑪格話說到一半陡然住口，因爲她突然想到自己的確缺了幾樣沒辦法張羅到的東西。

「妳要穿什麼呢？」莎莉問。

「要是能把那套白色的舊衣裳修補好，就還是穿它吧；昨晚我把它給扯得破破爛爛了。」瑪格試圖說得輕鬆自在，可是感覺還是非常難堪。

「妳何不通知家裡另送一套來呢？」莎莉實在不懂得察言觀色。

「我沒別的了。」瑪格好不容易才硬擠出這麼一句話來，可惜莎莉仍然不明白，甚至還沒心沒機地驚叫：「只有那一套？多奇怪啊！」

貝兒沒等莎莉說完，趕緊對她搖搖頭，親切地打岔：

「一點兒也不古怪，她又不常出門，要那麼一大堆晚禮服做什麼？小雛菊，就算妳有一整打禮服也用不著派人傳話回家呀！我正好有件好討巧的藍色緞子禮服，長大了沒法穿就一直閒置沒用，妳來穿穿那套服裝讓我開心一下，好不好，親愛的？」

「我很感謝妳的好心，不過如果大家不介意我穿那套舊的話，我也不介意再穿一次。對像我這樣一個少女而言，那套衣服已經夠好的啦！」瑪格表示。

「那麼就算爲了逗我開開心，讓我幫妳好好打扮一番吧！我真的好想幫妳裝扮一番，而且只要稍經修飾，妳一定會是位不折不扣的小美人。然後我們再像仙杜麗拉❶和她的神仙教母蒞臨舞會一樣，突然讓他們眼前一亮。」貝兒連哄帶騙地勸說著。

瑪格拒絕不了這麼親切的提議，加上她又渴則能夠看看自己在經過修飾打扮會是怎樣一位「小美人」，因此便將先前對墨菲一家的不快全都忘了，欣然地接受了貝兒的好意。

到了禮拜四傍晚，貝兒把自己和女傭關在房裡，兩人合力將瑪格巧扮成一位豪門千金。她們

❶童話中的灰姑娘。

削薄了她的頭髮，幫她燙了起來，又在她手臂和脖子上撲了些香粉，又用珊瑚紅的唇膏把她的嘴唇搽得紅紅的。要不是瑪格不依的話，女傭赫登絲還打算再幫她塗上些許胭脂呢！她們為她換上一襲天藍色的晚禮服，呎吋緊得她快透不過氣來，領口又開得非常低，端裝的瑪格一攬鏡自照，登時羞紅了臉。接下來一套純銀的精巧飾品全上了她的身：手鐲、項鍊、胸針、甚至耳環都一應俱全。因為赫登絲巧妙地用了些許粉紅緞帶幫她繫上了這對耳飾，誰也看不出原來是用緞帶綁上的。胸口的一束茶梅和一條褶帶，烘托出她漂亮雪白的雙肩，而一雙藍色緞子面的高跟鞋，更滿足了她心中最後最後的冀望。加上一條蕾絲手帕、一把羽扇、和一束銀柄的花束後，瑪格的裝扮終於大功告成，而貝兒小姐則像個剛得到一個新洋娃娃的小女孩一樣，又快樂又滿足地上下打量著她的俏模樣。

「馬琪小姐漂亮又動人，不是嗎？」赫登絲大獻慇勤，拍著手用法語嚷嚷。

「快過來讓大家看看。」貝兒小姐領著她到其他姑娘們等著看成果的房間去。

於是，瑪格拖著窸窣作響的長裙，環珮叮噹，髮絲搖顫地跟了過去，一顆心怦坪地跳得好不厲害。她覺得自己的「好戲」終於還是快登場了，因為鏡子已經毫無保留地告訴她，她果真是位「小美人」。她的朋友們熱情地一遍又一遍重複著這個討人喜愛的形容詞，底下那幾分鐘內，她就像寓言故事裡的小烏鴉一樣，站在那裡欣賞著渾身上下借來的羽毛，同時聆聽其他小姐們像群喜鵲般在一旁吱吱喳喳。

「趁我裝扮的時候，南，妳來教教她如何操縱她的裙子和那雙法國高跟鞋，否則她會被自己絆倒的。克蕾拉，去拿妳的銀蝴蝶來別在她的頭髮上。還有，妳們誰也不許弄亂我巧手裝扮下的迷人作品。」貝兒說著匆匆離去。看來，對於這場成功她非常得意。

舞會鈴響，墨菲夫人派人來催促小姐們快快下樓。瑪格告訴莎莉：「我不敢下去，我覺得好古怪、好生硬，而且袒胸露背的。」

「妳看起來的確完全不一樣了，但樣子卻非常漂亮。我向妳保證，貝兒品味很高，她把妳打扮得好似法國姑娘一樣，我跟妳一比簡直要無地自容了。隨意拎著妳的花，用不著小心翼翼捧著，還有千萬別絆到。」莎莉邊回答，邊強迫自己不要太在乎瑪格比自己漂亮。

瑪格審慎地記取她的警告，安全地走下樓梯，朝墨菲一家和少數幾位早到的賓客聚集的大客廳走去。她很快地發現了高貴服裝的魅力，不但能吸引好些人的目光，同時又能博取他人的敬意。幾個以前從沒注意過她的大小姐們，一下子全擁過來刻意籠絡她。好些在上次舞會只是對著她注視的年輕人，這會兒不再只是行注目禮，還央求主人爲他們介紹，並對她說盡了各式各樣愚蠢卻中聽的話，還有幾位坐在沙發上對舞會中其他好大肆批評的老女士，也都興致勃勃地詢問起她是誰來。她聽墨菲太太對其中一位表示：

「小雛菊．馬琪——父親是軍中上校——唔，來自一個時運不濟的上流家庭，跟羅倫斯家交情親密，十足的小可人兒一個，我們家奈德正瘋狂地爲她著迷哩！」

「天！」那老夫人趕緊戴上眼鏡，再次細細端詳不動聲色、假裝沒聽到墨菲夫人這善意謊言的瑪格一番。

古怪的感覺雖然還沒有消失，但她卻假想自己正是此刻所假扮的名門閨秀，因此雖然服裝緊得讓她腰疼，腳下一直留意南所指導的步伐，又擔心耳環會被甩脫開來，或者遺失、打破，還好一切都進行得很順利。正當她輕搖羅扇，衝著一名試想在她面前表現機智的青年所講的無聊笑話嬌笑時，突然間失去了笑容，露出一臉惶惑。因爲，就在廳裡的另一頭，她瞧見了羅禮。他正滿面驚詫地盯著她，甚至她覺得他的神色中頗有不以爲然的意味。因爲雖然他對她行禮微笑，但坦率的目光中卻有某種令她滿面羞紅，恨不得自己穿著原來那套舊衣裳參加的神色在。而更令她困惑的是，她瞥見貝兒用手肘輕碰安妮，兩人的眼波在她與模樣相當羞澀、稚氣的羅禮間流轉。

「這些蠢東西，竟想灌輸我那些念頭。我才不在乎，也不會任由它改變我一絲絲的。」於是，她拖著窸窸窣窣的長裙朝她的好友走去，和他握手。

「很高興見到你，我原本擔心你不肯來呢！」瑪格擺出她最成熟的姿態。

「喬希望我來，回去告訴她妳看起來如何，所以我就來啦！」羅禮雖然對她成熟的語氣報以淡淡笑容，卻瞧都沒瞧她。

「那麼你會怎麼告訴她呢？」瑪格非常好奇他對她的觀感，但也首次感到和他相處竟然會窘迫不安。

「我會告訴她我認不出妳來，因爲妳看起來好成熟、完全不像原來的妳，把我嚇呆啦！」他慌亂地摸索著他的手套鈕子。

「你太可笑啦！幾位姑娘們不過把我打扮起來湊湊趣，我也相當喜歡，如此而已！就算喬看到了我，難道不會對我凝目注視嗎？」瑪格一心一意要讓他說出是不是自己比平時更具風采了。

「嗯，我想她會的。」羅禮凝重地回答。

「你不喜歡我這樣嗎？」瑪格問。

「不，我不喜歡。」羅禮毫不隱諱。

「爲什麼？」瑪格焦急地追問。他帶著比他的回答更令人下不了台的神情，瞄瞄她捲蓬蓬的頭髮、裸露的雙肩、修飾繁複的晚禮服，平日的文質彬彬全都蕩然無存。

「我不喜歡誇飾炫耀。」

這話竟然出自於一個比自己年輕的少年之口，眞是太過分了，瑪格惱羞成怒地說了一聲：「我沒見過像你這麼魯莽的孩子。」然後掉頭就走。

緊身的晚禮服加上紛亂的情緒，迫使她臉上湧現兩片異樣的紅雲。她走到一扇安靜的窗口透透氣，涼一涼滾燙的雙頰。這時她瞧見林肯少校打她身邊走過，沒多久便聽見他在對她母親說：「她們在蒙蔽那小女孩，本來我希望您能見見她的，沒想到她們卻澈底破壞了她的原貌；今晚她充其量不過是個洋娃娃罷了！」

「噢，天哪！」瑪格低呼：「要是我理智點、穿著我舊衣服下來，就不用討人嫌，也用不著覺得這麼羞愧不安了。」

她把額頭貼在冰涼的窗板上，藉著窗帘半遮住自己的身影，全然不理會她最喜愛的華爾滋已響起，直到有人拍拍她，這才轉過身來，看到——羅禮。他必恭必敬地對她行了個禮，伸出手來，後悔地對她說：「請原諒我的莽撞無禮，與我共舞一曲。」

「就怕跟我跳舞會讓你討厭得很呢！」瑪格想假裝還在生他的氣，只是裝得一點都不像。

「絕不會的，我很希望能跟妳跳舞。來嘛！我會很有風度的。我是不喜歡妳的禮服，不過我認爲妳的確——美艷絕倫。」他揮動雙手，彷彿言語尚不足以表達他的讚賞。

瑪格微微一笑、態度和緩多了，趁兩人站在那兒等拍子的時候，輕聲囑咐他：「小心別被我的裙子絆倒了，這眞是個折騰人的東西，偏偏我這笨瓜要穿它。」

「把裙裾繞到脖子上固定起來就不會再礙事了。」羅禮說著低頭注視那雙小藍靴，顯然對這雙鞋子頗爲讚許。

於是，兩人開始踩著輕快優雅的步伐翩翩起舞。由於在家中曾共同練習過，他倆的舞步配合得非常完美，當兩人一圈又一圈愉快地旋舞時，這對活潑的年輕人，頓時成爲舞池中令人賞心悅目的一對。而經過剛剛的小彆扭之後，兩人也感覺比從前更友愛了。

沒有多久，瑪格已經快要窒息了。雖然她絕不肯承認原因何在，不過羅禮猜也猜得到，於是便站在一旁替她搧風。這時瑪格問他：「羅禮，我想請你幫個忙，可以嗎？」

「才不！」羅禮乾脆俐落地回答。

「回家請別告訴她們我今晚的打扮，這種玩笑她們不會明白，再說媽媽也會因此而擔心。」〈那麼妳又何必要這樣裝扮呢？〉瑪格從羅禮毫無掩飾的神情中看出他的疑問，連忙加上補充：「這些我自會告訴她們，同時向母親『招供』我有多愚蠢。但我寧可親口說明，所以請你別說，好嗎？」

「我向妳保證絕不告訴她們，只是她們問起時我該怎麼回答好呢？」

「只要說我看起來很漂亮、玩得很愉快就好了！」

「前面一句話，我可以視爲由衷之言，但後面那句呢？妳看起來一點都不像玩得很愉快，不是嗎？」在羅禮狐疑的目光下，瑪格輕聲回答：「不；現在我一點也不愉快。別以爲我眞的那麼惹人厭。我只是想要些許樂趣，可是我發現，這樣的樂趣根本不值一試，我已經漸漸感到厭煩了。」

「奈德．墨菲來了；他想做什麼呢？」

羅禮雙眉一糾，似乎很不樂意今晚的少東過來湊一腳。

「他聲言要和我共跳三支舞，大概就是爲此而來的吧。眞是煩人！」瑪格一副沒精打采的模樣，逗得羅禮忍俊不住。

直到晚餐時刻以前，他都沒再和她交談過一句話，只是冷眼旁觀，看著她和他心目中的「一對傻子」——奈德與他的朋友費雪——一塊兒喝香檳。因爲他覺得自己對瑪格有著兄弟般的義務，如有需要，他必將擔負起保衛者的責任與他倆大戰一場。趁著奈德回頭爲瑪格添酒，費雪彎腰幫她拾起扇子時，湊過身去對她附耳低語：「妳若是喝多了，明天準會頭痛欲裂，換了我就不會這樣。瑪格，妳知道令堂不喜歡妳喝太多香檳的。」

「今晚我不是瑪格，是個什麼瘋狂事都做的『洋娃娃』。明天我將拋開我的『浮誇炫耀』，重新當個百分之百的好姑娘。」她帶著幾分傷感放聲一笑。

「那麼，但願此刻就是明天吧！」羅禮看著她的改變，悶悶不樂地喃喃低語著走開。

瑪格跟其他姑娘們一樣，跳跳舞、賣弄責弄風情，吱吱閒聊、咯咯嬌笑；晚飯後她腳步凌亂地大跳繁複的德國舞，曳地的長裙差點兒把舞伴絆翻，還跟著人輕狂地嘻笑怒罵，讓在一旁留意著她、準備好好規勸她一番的羅禮看得駭異又憤慨。只是瑪格一直刻意避開他，不讓他有機會對她說教。直到他過來道別時，她才強忍著開始隱隱作痛的頭疼，強笑著叮囑一聲：「記住！」

「誓死不說！」羅禮誇大其詞地向她擔保後離去。

這一段小小插曲激起了安妮無限的好奇，只是瑪格早已累得無心閒談，逕自就寢去了。她覺得自己彷彿是參加了一場化妝舞會，並沒有像預期中玩得那般暢快。第二天她對什麼事都提不起興趣，到了禮拜六，她結束爲期兩個禮拜的休閒生涯打道回府，感覺自己已經「紙醉金迷」得夠久了。

禮拜天晚上，瑪格與母親、喬一塊兒坐在家中，恬適地四下環顧，說：「能夠平平靜靜的、不用整天留意應對進退，感覺眞愉快，家雖然不華麗，卻是個最美好的地方。」

「親愛的，我好高興聽到妳這麼說。因爲原本我很害怕妳在經歷過華靡的生活後，會覺得家中生活枯燥乏味呢！」做母親的回答。那一天裡，她已經好幾次對瑪格投以焦慮的眼神。因爲母親們的眼睛，總是很快便會發現孩子們神情的任何變化。

瑪格已經快活地敘述過她此行的際遇，並一次又一次地表明這段日子過得有多麼令人著迷。然而，在她心頭卻依然沉沉地壓著一塊石頭，等兩位妹妹回房就寢之後，她就顯得非常緘默，神色憂愁，若有所思地凝視著爐火。當鐘聲噹噹噹敲過九響後，喬提議大家各自就寢。這時瑪格突然離開自己的座位，坐到貝絲的小板凳上，兩手肘放在母親膝上，湊過身去勇敢地表示：「媽咪，我想要『告解』。」

「我想也是，親愛的，是怎麼一回事呢？」

「我該迴避嗎？」喬謹愼地詢問。

「當然不用。我不是一向什麼事都告訴妳的嗎？這件事我沒臉在孩子們面前說，不過我希望妳們瞭解我在墨菲家所做的每一件可怕事情。」

「我們洗耳恭聽。」馬琪夫人的笑容中略帶焦急。

「我告訴過大家她們為我梳妝打扮，卻沒說出她們幫我撲粉、束腰、燙了滿頭捲髮，把我裝束得像個時髦樣板。羅禮認為我很不端莊，雖然他沒說出口，但我看得出來，另外還有人說我是個『洋娃娃』。我知道這是件蠢事，可是她們對我好言吹捧，又說我是個美女，還有許多諸如此類毫無意義的話，所以我就任由她們拿我尋開心了！」

「就只有這樣嗎？」喬問；而馬琪夫人卻只是靜地注視著她美麗的女兒那俯首含羞的模樣，想不出有任何為這點兒小小愚行責備她的必要。

「不！我還喝了香檳、嘻笑叫鬧、甚至想要賣弄風情……總之，我實在惡劣透了。」瑪格自責地說。

「我想，應該還不止這些吧！」馬琪夫人輕撫著瑪格柔嫩的臉頰。瑪格臉上陡然泛起紅暈，緩緩地回答：「是的。雖然是件可笑至極的事，但我希望說出來，因為我討厭人家認為、或者說我和羅禮之間存在那樣的關係。」

於是，她把在墨菲家所聽到的種種流言全部和盤托出。在她說話之間，喬看見母親一直緊抿著脣，似乎很不高興有人把那些念頭灌輸到瑪格純真的心靈中。

「哼，簡直荒唐至極！」喬憤憤地嚷著：「妳為何不當場衝出去，把話跟她們說清楚。」

「我不能夠，當時我窘極了。最初我只是不由自主地聽著，後來我好生氣，好羞慚，根本沒想到應該掉頭就走。」

「妳等著瞧，我去找安妮．墨菲，讓妳瞧瞧這種荒謬的事該怎麼解決，竟然敢說什麼『成竹在胸』，還有什麼對羅禮好是因爲他有錢，將來好讓他娶我們！要是我告訴羅禮，人家是怎麼說我們這些清寒子弟的，恐怕他也要氣得大吼大叫吧？」喬一想到後面這個念頭，倒像是個笑話一般，忍不住大笑起來。

「要是妳告訴羅禮，我到死都不會原諒妳的！她絕對不能說啊，對不對，媽媽？」瑪格又急又愁。

「不能，那種沒有知識的謠言絕不能再傳揚出去，同時妳們也得盡快把它忘掉。」馬琪夫人鄭重交代。「我不該如此糊塗，讓妳跟那些這麼不——這麼不厚道、又世故、又缺乏教養、對於年輕人充滿了鄙俗思想的人共同生活。瑪格，對於這趟拜訪可能對妳造成的傷害，我的悔恨眞是言語難以形容。」

「請別抱憾，我不會讓它傷害到我的。我會忘掉所有壞的一面，只記取那些好的。因爲我的確享受了一段非常愉快的時光，同時十分感謝您讓我前往。媽媽，從此後我不會再多愁善感或者心懷不滿。我知道自己是個蠢少女，以後我將留在妳身邊，直到自己能夠照顧自己。只是被讚美或愛慕的感覺眞的非常美好，我不得不承認我喜歡。」瑪格對於坦承這種感受，好像還是有點不好意思。

「只要這種喜歡不演變成一種癖好，引導妳去做愚蠢或不害躁的事，其實這樣的心態十分正常，也沒有任何害處。瑪格，妳要學著去認識、去珍視那些值得擁有的讚美。更要在美貌之外，憑藉嫻淑質樸的德行去贏得讚賞。」

瑪格麗特坐著沉思了一會兒，喬則背著雙手、既關懷又有些茫然無措地站在她身後。因爲看見瑪格紅著臉、談論愛慕、情人這一類的事，實在是一種神奇的經驗。同時喬也感覺到，在這短短的兩個禮拜中姊姊已經有了驚人的成長，並飄往一個她無法追隨的世界。

「媽媽，妳是不是像墨菲夫人說的那樣，胸中有什麼『計畫』呢？」瑪格怯怯地問。

「是的，親愛的，我有好多計畫，每個母親都會有好多計畫，不過我想我的計畫跟墨菲太太應該不太一樣。我這就告訴妳其中的一部分，因爲對於這個非常嚴肅的問題，現在也該是可以藉由溝通來矯正妳那羅曼蒂克的小腦袋、小心靈的時候了。瑪格，妳雖年輕，但卻也該是能夠瞭解我的年紀了。而對於像妳這樣的少女而言，這種事由母親來和妳談談正是最恰當不過的了。喬，也許很快地妳也將步入這個階段，因此妳也該注意聽聽我的『計畫』。同時，如果我的計畫很好的話，妳們就幫助我實現吧！」

喬坐在椅子一邊的扶手上，神情彷彿認定她們正要參與某件莊嚴的大事一般。馬琪夫人各握住兩姊妹的一隻手，切切地注視著她倆年輕的臉龐，以嚴肅而愉快的口氣告訴她們：

「我盼望我的女兒們美麗、傑出而善良，能夠受人讚賞、熱愛與尊敬、在上帝認爲適當的時候，賜予一些小憂慮、小悲傷來試煉她們，引導她們成爲有用、樂觀的女子。能夠被一名優秀的男子愛上並擇爲伴侶，是一個女人生命中最甜美的事，我誠摯地盼望自己的女兒們能體會到這種美妙的經驗。瑪格，考慮這些是很正常的事，期盼並等待它的到來也是理所當然，只不過先做好準備才是聰明的辦法。如此一來，等快樂的時機到來，妳才會感覺自己已經有爲喜悅付出或者珍惜它的準備。心愛的女兒，我對妳們是有野心，但並不是要妳們在這世上汲汲營取什麼——好比只爲對方有錢而嫁給富翁，或者擁有一幢因爲缺乏愛而不成一個家的華屋。金錢是必需而珍貴的東西——而且在運用得當的時候，它也是件高貴物品——但我絕不願妳們把錢視爲首要之物，或者把它當作努力奮鬥的唯一犒賞。只要妳們快樂、被疼愛、安心滿足，我寧可妳們當窮人家太太，也不要妳們戴上后冠卻失去自尊和安寧。」

「貝兒說，窮人家的女孩除非自己爭取，否則機會不會從天而降的。」

「那麼我們就當老處女嘛！」喬堅決地說。

「沒錯，喬！當快樂的老處女，總比當不快樂的妻子或不文不雅的女孩好。」馬琪夫人斷然表示。「瑪格，別愁，眞心的愛人鮮少被貧困嚇走。我認識的那些極好、極受敬重的女子當中，有好幾位都是出身貧寒，卻非常值得他人愛戀，就算她們想當老處女都當不成呢！這些事且待時間去證驗；妳們只須使這個家庭快快樂樂，以便日後若是嫁入夫家，能夠在自己家中當個稱職的女主人，若是沒有婚嫁，也能心滿意足地住在家中。女兒們，切記：媽媽永遠準備當妳們的知己。父親永遠是妳們的朋友；而我們倆也都深信並期盼我們的女兒們，不管結婚或是獨身，都將會安於我們的生活、以我們的生活爲傲。」

「會的，媽咪，我們會的！」

兩姊妹齊聲懇切地大叫，然後在母親的晚安聲中回房就寢。

10 匹克威克俱樂部與郵站

春天來了，帶來全新的休閒方式。日漸增長的白天，也賦予馬琪一家更長的午後工作與遊戲時光。花園必須加以整理，姊妹們各自分得四分之一塊園地，隨她們任意處置。漢娜常說：「我只消看看樣子，就曉得哪塊地屬於哪個人了。」她說得沒錯，因爲幾位姑娘們的喜好有如她們的個性般，各不相同。

瑪格那塊地上種了玫瑰、向日葵、蔓生長春花、和一棵小橘子樹。喬的花床每年都不同，因爲她年年都在嘗試新的經驗，今年她種的是向日葵。高大、有朝氣的向日葵，種子正好可以用來餵小鳥、小雞。

貝絲的花圃依舊是香花處處——香豌豆、木犀草、石竹、飛燕草、三色堇、青蒿，還有給小鳥享用的蘩縷，以及讓小貓嚼的貓薄荷。艾美那一區裡設計了個小涼亭——相當小而簡單，不過看起來非常漂亮——涼亭上處處懸垂著金銀花、牽牛花的小喇叭和鐘狀花，而高大的白百合、纖細的玉羊齒和許多亮麗如畫的花朵，也都將陸續在此開放。

晴天，她們蒔花、散步、到小河划船、蒐尋漂亮的野花草，雨天就留在家中作室內消遣——或新或舊，但多少都帶著些創意。

這些消遣之一叫「P·C」；由於近來流行結社，姊妹們認爲她們也該有一個，加上四姊妹都欣賞狄更斯，於是便自命爲「匹克威克俱樂部」❶。

一年來，除了少數幾次中斷外，她們每個禮拜六晚上在閣樓上聚會，儀式如下：在一張桌子前，擺著三張橫排的椅子，桌上點著盞油燈，另有四條白色識別帶，每條識別帶上各用不同顏色寫著大大的「P．C」標記，另外還有一份叫「匹克威克卷宗」的週刊。這份週刊由四姊妹集結心力編輯，由沉迷於油墨、紙筆的喬擔任主編。

七點鐘，四名成員步入集會廳，頭上綁好識別帶、鄭重落座。瑪格年紀最大，扮演山穆爾．匹克威克的角色；精通文學的喬擔任奧古斯都．史諾德格瑞斯；豐盈、粉嫩的貝絲是崔西．湯普曼的化身；而老想著要做自己力所未逮之事的艾美，則成了納撒尼爾．溫克爾。

主席匹克威克負責宣讀集滿了創意故事、詩作、地方新聞、有趣廣告、以及她們用來好心提醒彼此錯誤、缺失……等等的週刊。有一次，匹克威克先生戴起一副沒有鏡片的眼鏡，敲著桌子、冷冷地哼了一聲，惡狠狠地瞪著歪在椅背上的史諾德格瑞斯，直到他坐端正了，這才開始唸——

匹克威克卷宗　詩作　五月二十日

〈週年頌〉

❶ 匹克威克爲狄更斯名著Pickwick Papers（匹克威克外傳）中主角之名，被視爲善良樸實的象徵。

今夜，我們再度齊聚，
以識別帶和嚴肅的典禮，
慶祝我們的五十二期刊物，
在匹克威克大廳裡。

我們全都身強體健，
無人脫隊缺場；
我們再次看到每張熟悉的臉，
緊握每個友善的手掌；

我們的匹克威克永遠謹守崗位，
受到大家的愛戴，
鼻上架副眼鏡，他宣讀
我們紮紮實實的週刊。
縱然他罹患傷風，
我們仍樂於聽他講述，
因為儘管沙啞尖銳，
睿智語言仍由他口中吐露。

六呎史諾德格瑞斯高高來到，
帶著優雅的風範，
對會友們淺淺地微笑，
在他那活潑的棕臉上。

詩人之火點亮他的眼眸，
他努力開創自己的命運。
眉宇間流露英氣勃勃，
鼻尖上沾染著墨痕。

接著我們文靜的湯普曼來了，
如此粉嫩、豐盈而嬌柔，
聽著俏皮話兒他笑不可遏，
自他的座位上跌落。

端莊穩重的小溫克爾也在場，
每根頭髮都是整整齊齊。
他是言行舉止的典範，
可惜討厭將臉清洗。

一年已過，我們依然齊聚，
玩鬧、歡笑並閱覽，
文學小徑上的跫音，
引領我們走向康莊道。

願我們的刊物昌盛長久，
我們的俱樂部永不破滅，
願年年的祝福傾注於
卓越愉快的匹克威克俱樂部。

——奧・史諾德格瑞斯

〈假面姻緣〉

——一則威尼斯故事

平底船一艘艘湧上大理石臺階，卸下船上迷人的旅客，爲華麗的愛德倫伯爵府邸塡滿一屋顯赫的人群。武士與淑女，僮僕與侍從，僧侶和女花僮？全混雜在人群中愉快地跳舞。一場豪華的化妝舞會，就在滿屋甜美的人聲、華麗的樂聲中進行。

「殿下見著愛薇拉小姐了嗎？」英挺的遊唱詩人問那飄然而來，與他相偎傍的小仙后。

「是的。雖然她是那麼悲傷，卻仍十分迷人，不是嗎？她的禮服也經過精挑細選，因爲在一個禮拜之內，她就要嫁給自己憎惡萬分的安東尼奧伯爵了。」

「坦白說，我非常嫉妒他。瞧，他一身新郎行頭走過來啦！只是多了一張黑面具。等面具揭去後，我們將會看到他如何凝視那美若天仙的新娘。雖然她倔強的父親將女兒許配給他，但他卻得不到她的芳心。」遊唱詩人回答。

「傳言她愛上了追求她的英國青年藝術家，而那藝術家卻被老伯爵趕走了。」仙后說著與他翩翩起舞。

在狂歡的高潮中，牧師出現了。他將那對年輕人拉入懸掛著紫色天鵝絨的密室，指示他倆跪下。緊接著歡樂的人群碎然寂靜無聲，除了飛濺的噴泉和靜臥在月光下鑾寒響動的小橘園，全場靜悄悄一片，只聽得愛德倫伯爵當眾宣稱：

「各位先生、女士，請原諒敝人藉此謀略請各位爲小女的婚禮見證。神父，我們恭候您進行儀式。」

所有視線全移轉到婚禮主角身上，人群問響起一陣驚訝的竊竊私語，因爲新郎、新娘都沒摘下他們的面具。

人們心中雖然充滿好奇與狐疑，但基於禮數，卻沒有人在神聖的儀式結束前說些什麼。直到婚禮完成，熱切的觀禮人們才圍住伯爵，請求說明。

「若是我能說出個所以然來，自然十分樂意奉告。但我只知道這怪念頭是我那羞怯的愛薇拉想的，而我屈服了。來，我的孩子們，結束這遊戲吧！揭下面具，接受我的祝福。」

然而，這對新人不但沒有屈膝行禮，新郎答話的聲音更令眾人大吃一驚。他摘下面具，露出高貴的臉龐，竟然是新娘的藝術家情人費迪南．德威勒克斯。美麗的愛薇拉滿臉洋溢嬌媚、喜悅，微笑地依偎在他胸口；這時的他，胸前已多了一枚耀眼的英國伯爵動章。

「閣下，您曾嚴厲命令，除非我能擁有像安東尼奧伯爵一般高的頭銜和財富，否則不得追求令嬡。但如今我有足夠的條件可以追求她——因爲當德威勒克斯伯爵以他德威爾的古老姓氏及無邊財富，回報這位窈窕淑女——如今是我的嬌妻——之摯愛時，你的野心是拒絕不了的！」

伯爵站在那兒呆若木雞，費迪南轉身得意地告訴困惑的來賓們：「對於各位——追求愛情的朋友們——我只能祈祝諸位的求愛行動能如我一般，籍著這場假面婚禮贏得如我嬌妻般美好的新娘。」

山．匹克威克

爲何匹克威克俱樂部有如巴貝塔❷，嘈雜凌亂、意見紛紛。

〈一顆南瓜的歷史〉

從前有個農夫，在他的花園裡種下一顆小種子。

過一陣子，種子發芽了、長出藤蔓，結了好多小南瓜。

有一天，南瓜成熟了，他挑出一顆帶到市場去。

一名食品雜貨商買下它，擱在自己的店裡。

就在那天早上，一個帶著棕色帽子、穿著藍洋裝、獅子鼻、圓臉龐的小女孩走進店裡去，替媽媽買下這顆南瓜。

她把南瓜抱回來，切一切，放在大鍋子裡煮；一部分打成糊，加上奶油和鹽巴當晚餐；剩下的加入一品脫牛奶、兩個雞蛋、四匙糖、還有荳蔻和薄脆餅乾，放在深深的盤子裡，烤成均勻、漂亮的棕褐色。第二天就被一個姓馬琪的人家吃光了。

——崔·湯普曼

匹克威克先生，閣下：

---

❷ Tower Babel：古巴比倫之巴貝人所建之塔，建塔者想使塔與天齊，上帝責罰其狂亂，使巴貝人各操不同語言、無一法溝通，巴貝塔因而無法建成。

我要向您陳述一個罪犯的過錯也就是說一個叫溫克爾的人在他的俱樂部農大笑惹麻煩還有有時不在這份好刊物農寫文章但願您會原諒他的壞並容許他寄一則法國寓言因爲他有好多功課腦子裡寫不出東西來將來也沒有頭腦寫我會試著利用關節時間準備一點作品這樣就沒問題了因爲快要上課了我寫得很趕。

敬愛您的　納．溫克爾

（這是篇對以往過錯大方招認的文章，若是我們這位小朋友勤習標點，它就更完美了。）

〈一樁意外〉

本週五，大家被地下室傳來的一聲劇烈撞擊，嚇了一大跳，緊接著又聽到一連串痛苦的哀號。眾人飛也似地狂奔到地窖，發現親愛的主席爲了做家事，在拿木頭時不愼滑倒在地。我們眼前出現的是幅無可救藥的畫面；因爲匹克威克先生滑倒時，整個頭和肩膀都栽進一只水桶裡，高貴的身體打翻了一小桶肥皀水，衣服也扯破了。我們幫他除掉那些桶子，把人扶起來，發現除了幾處瘀血外，他並沒有什麼大礙；更高興的是此刻他的瘀血已漸漸消了。

眾人的傷慟——廣告

我們沉痛地記載大家珍愛的朋友——「小雪球胖胖爪」小姐突然神祕失蹤經過。這隻討人憐愛的小貓咪是所有朋友讚美並熱愛的寵物，因為她的美麗吸引了眾人的目光，高雅的氣質和美德深深扣住人們的心弦，而她的失蹤更令所有的人心痛無比。大夥兒最後一次見到她時，她正坐在大門口朝著肉商的臺車看；我們深怕是哪個惡棍被她的魅力所誘惑。因此將她偷走。幾個禮拜過去，她依然音訊全無；我們放棄了所有希望，在她的籃子上繫了一條黑緞帶，擱在她的餐盤旁，並為她涕泣如雨，彷彿永遠失去了一位親友般。

一位富有同情心的朋友寄來以下佳作——

〈輓歌〉

——追念小雪球胖胖爪

我們悼念失去的小寵物，
並為她悲哀的命運歎息，
因為她永遠不會再靜坐爐旁？
也不再在老舊綠色大門旁嬉戲，
她的嬰孩長眠之地，

就在核桃木底下；
但我們卻無法在她的墳上落淚，
甚至不知她將長眠何處。

她空蕩的床，閒置的球，
再也見不著她了；
輕盈的腳步，愛戀的呼嚕，
也不再響起於客廳門口。

另一隻貓咪正追她的老鼠跑；
一隻臉兒髒髒的貓咪；
但她追逐的本領不如我們的小寶貝？
遊玩時候也沒有她高雅的風采。

她偷偷摸摸地溜過大門口，
就在小雪球平時戲耍的地方，
但她只會向我們疼愛的狗兒唔唔示威，
威風凜凜地追東趕西。

她雖能幹又溫馴，並且努力又稱職，
可惜長相不好看；
親愛的，在我們心中她無法將妳取代，
也不可能敬愛她一如敬愛妳。

——史·奧古斯都

〔廣告〕

• 下禮拜六晚上例行儀式後，抱負遠大的傑出演說家——奧倫西·布魯琪琪將於匹克威克廳發表其著名演說：婦女與其地位。

• 每週定期聚會，本週將於烹飪室指導各位小姐如何烹調食物，由漢娜·布朗女士主持，歡迎熱烈參加。

• 畚箕會謹訂於下週三集會，校閱地點設於俱樂部樓上，所有會員一律著制服、揹掃帚參加。

• 貝絲·邦塞小姐之女的帽店將於下週全新開張，巴黎最新流行款式已運抵，竭誠歡迎訂貨。

• 邦維爾戲院數週內將有新戲上演，該劇凌駕於美國有史以來各劇之上。本齣震撼人心的新戲名爲「希臘奴隸；或名復仇者——君士坦丁。」

〔特別提示〕

如果山穆爾不用那麼多肥皂洗手，早餐就不會經常遲到。奧古斯都不得在街上吹口哨。崔西請勿忘記艾美的餐巾。溫克爾切不可因她的洋裝沒有九個褶襉而懊惱。

〔每週報告〕

瑪格——佳。

喬——差。

貝絲——優異。

艾美——平平。

主席唸完這份刊物後（筆者謹向諸位保證，上文內容係**忠實**抄錄自多年前幾位**虔誠**的姑娘們所寫的一份刊物），全場響起一片喝采聲。

緊接著，史諾德格瑞斯先生提出一項提案。

「主席，各位先生，」他完全依照議會進行的正規用語及禮節：「個人希望本社允許一名新成員加入——他是位值得崇敬、能爲俱樂部帶來無限生氣、對本刊有高度文學貢獻、並將爲本團體增添許多喜悅與優點，如蒙接納必將銘感於心的人士。我提議邀請錫爾多．羅倫斯先生爲本社榮譽社員。妳們答應嗎？」

喬說到最後突然改變聲調，惹得幾位姑娘哈哈大笑。但等她就座後，衆人卻又面面相覷、不發一語。

「這件事我們要訴諸表決，」主席裁示。

「贊成的請說：『好！』」

史諾德格瑞斯率先大聲呼應，緊接著——出乎衆人意料之外的——貝絲也怯怯地響應。

「反對者請說：『不！』」

瑪格和艾美都持反對意見，溫克爾先生甚且高貴優雅地站起來發言：「我們不要男孩子；他們只會惡作劇、笑鬧。這是淑女們的社團，我們希望能維持端莊的形象。」

「我擔心他會嘲笑我們的刊物，甚至以後用來取笑我們。」匹克威克先生心存疑慮，他習慣地拉扯著前髮。

史諾德格瑞斯連忙站起來，誠摯萬分地說明：「先生，我以一名紳士的信譽向您保證，羅禮絕不會做那種事。他喜歡寫作，能爲我們的稿件增添另一種風氣，避免流入濫情，各位難道不明白嗎？我們不能爲他帶來多少好處，而他卻對我們助益良多。我想我們至少可以爲他在這裡提供一個席位，歡迎他時常參加才對。」

湯普曼聽了這番詳述各種好處的勸誘之詞，似乎也下定了決心，猛然站起身來。

「是的，就算我們擔心害怕，還是應該這麼做。我認爲他可以來，甚至他的祖父如果喜歡的話也可以參加。」

貝絲這番勇敢的表白深深震撼了姊妹們。

喬離開座位，走過去和她握手以示贊同。「現在各位，我們重新表決。請各位記住，對象是羅禮，並喊：『好！』」史諾德格瑞斯激動地喊著。

「好！好！好！」三姊妹齊聲大叫。

「太好了！多謝各位！現在請允許我刻不容緩地向各位介紹新成員。」然後，在大家的錯愕聲中，喬打開衣櫃門，羅禮就坐在一個毯袋子上，紅著臉、忍著笑，眼中閃爍光芒。

「妳這流氓！叛徒！喬，妳怎麼可以這樣？」三姊妹連聲大叫，史諾德格瑞斯卻志得意滿地領著他的好友向前走，獻上一把椅子、一條識別帶，三兩下就打理妥當了。

「你們這兩個小無賴的鎮定功夫真令人意外，」匹克威克先生很努力想把眉頭蹙到半天高，可惜結果卻是露出一個和善的笑容。而他們的新社員也是一臉微笑，站起來用他最討人喜愛的態度表示：「主席先生及各位女士——對不起；各位先生——請容許我自我介紹：山姆．韋勒，本社卑微的僕人。」

「太棒了！太棒了！」喬靠在長柄暖爐旁，拿著火鉗猛敲猛打。

「我忠誠的朋友兼及高貴的守護神，」羅禮揮揮手接著表示：「她對我是如此吹捧，以便讓我加入。今晚這卑劣的詭計不能怪罪於她；這計謀是我企劃的，她不過是在冷嘲熱諷之後加以同意而已！」

「喂，算啦，別把罪過全往自己身上攬；畢竟藏在櫃子裡的主意是我提的啊！」史諾德格瑞斯打斷他的話，她對這個玩笑得意得很。

「各位別聽她的。先生，是我使的卑鄙詭計，」這位新社員朝匹克威克先生打了個韋勒式的頷首招呼：「但我以個人的榮譽發誓絕不會再犯，並為這個神聖的社團全力奉獻。」

「好！好！」喬把暖床爐蓋當鑼敲。

「繼續！繼續！」溫克爾和湯普曼也鼓吹，而主席則和悅地朝他行了個禮。

「我只想告訴各位，為了略表個人對於這項名譽的謝忱，並作為促進兩邊友誼的象徵，我已經在花園較低處的矮籬上設立了一個郵站，那是座精緻、大型、門上並配有掛鎖的建築物，對於郵件——以及女性都十分便利。它原本是燕子的舊屋，不過我已經固定好屋門，並開好屋頂，因此它各種東西都能收，同時可以為我們節省不少寶貴的時間。信件、手稿、書本以及小包裹，都可以經由那裡傳遞，同時每位手中都有一把鑰匙，我想應該非常棒了。現在，且容我獻上社團之鑰，並向各位致上十二萬分的感激，然後就坐。」

韋勒先生在桌上擺好一把小鑰匙後退下，眾人都為他鼓掌喝采，暖爐也被又打又敲地發出鏗鏘響，過了好一段時間才恢復秩序。緊接著是一連串的討論，由於大家都竭心盡力，成果自然不同凡響，也因此成了一次異常活潑的聚會，直到大家為新成員高聲歡呼三次才中斷。關於允許山姆．韋勒的加入，從來沒有人後悔過。因為別的社團裡，找都找不到像他這麼忠誠、和氣、有教養的人才呢。他的確為往後的聚會注入新「生氣」，為刊物帶來「另一種風味」，因為他的演說震動聽眾們的心湖、他的文章優異無比，文風或愛國、或古典、或風趣、或戲劇化，但絕不濫情。喬將他的文章視爲如培根、彌爾頓、莎士比亞等大師作品一般珍貴❸，並認爲足以有效地矯正自己作品的缺失。

匹克威治辦公室是一個絕佳的小機構，名聲卓越、成長茁壯，在這小機構發生過的各種奇事，更不亞於眞正的辦公處。悲劇與領巾、詩作與泡菜、種子與長信、音樂與薑餅、橡皮擦、邀請、責罵、小狗……五花八門的事物全在這裡經歷過。羅倫斯家的老先生也很喜歡這種樂趣，常藉著寄來一些奇特的小包裹、神祕的訊息、有趣的電報以自娛；而他那深深被哈娜的魅力而著迷的園丁，也寄來一封勾起喬無限關愛的情書。當祕密揭發之後，大夥兒都爲此開懷大笑，並遐想著此後這些年來，將有多少情書經由這個小小郵站傳遞。

❸ 法蘭西斯・培根：十六、七世紀英國作家、哲學家。
約翰・米爾頓：十七世紀英國詩人。
威廉・莎士比亞：十六、七世紀英國詩人、劇作家。

11 實驗生活

「七月一日！明天金斯一家人都要前往海邊，而我也就解脫了。三個月的假期——我會過得多愜意呵！」一個溫暖的日子裡，瑪格回到家興奮地大叫。這時她看見喬疲憊異常地躺在沙發上，貝絲正在脫下腳上的髒靴子，艾美則忙著擠檸檬汁給全家人飲用提神。

「馬琪嬸嬸今天出門了。這一點，噢，眞教人快活！」喬說：「我內心一直在擔憂她會要我同行；萬一她提出要求，我就會覺得自己應該去，而田莊裡卻偏偏跟教廷墓園一般了無生氣，我寧可不去的好。我們手忙腳亂地送走那個老夫人；每次她一跟我講話，我就擔心得要死。因爲我正迫不及待想送她離開，因此手腳時別俐落、應對也特別柔和，眞怕她會發現自己離開不了我。我一直到她坐進馬車前都還在戰慄，甚至在車子開動後還受到最後一次驚嚇；她探出頭來，對我說：『喬瑟芬，妳要不要——？』後面的話我一個字也沒聽到，因爲當時我急得轉身就跑；拔腿逃跑；直衝到轉角處，覺得安全了才住腳。」

「可憐的老喬！她進屋時的模樣，就像後頭有隻大熊在追她一樣。」貝絲像個小媽媽似的撫抱著姊姊的腳。

「馬琪嬸嬸眞是岡羊栖（Samphire），不是嗎？」艾美運用她含混不清的批評語。

「她指的是吸血鬼（Vampire），不是水草。不過反正也無所謂；天氣這麼暖和，誰還有那個心去計較人家的用語呢？」喬咕咕嚕著。

「妳們這一整個假期要做些什麼呢？」艾美技巧地轉移話題。

「我要睡到日上三竿，什麼事也不做。」窩在搖椅上的瑪格回答：「整個冬天我每天都是一大早強迫自己起床、整天爲別人忙碌，所以現在我打算好好休息個夠、舒暢自己的身心。」

「不，」喬說：「鎮日打盹不合我的胃口。我已經積下好高一堆書了，我要利用這些閃亮的時光，坐在老蘋果樹上看看書，縱然沒有——」

「可別說「雲雀」喲！」艾美爲了她剛剛糾正「吸血鬼」一詞的事，對她反唇相譏。

「我要說的是「夜鶯」般的歌喉，我和羅禮結伴頌讀卻再適合不過了，因爲他正是天生的好玩伴呢！」

「貝絲，這段時間我們別做功課了嘛！學學別的姑娘們的計畫，整天遊玩多好哇！」艾美提議。

「唔，如果媽媽不介意的話，我很願意。我想學幾首新歌，同時這個夏天我的孩子們也需要好好整理一番，他們已經凌亂不堪，而且真的該好好換上夏裝了。」

「媽媽，可以嗎？」瑪格扭頭問坐在大家口中那塊「媽咪的角落」的母親。

「妳們不妨先實驗一個禮拜，再看看喜不喜歡。我看不到禮拜六晚上妳們就會發現，天天只遊玩不工作，跟只工作不遊玩一樣慘！」

「噢，親愛的，絕不會！我敢說那一定愉快極了！」瑪格自信滿滿地說。

「現在我套用我的好友賽莉．淦普的一句話，咱們『乾一杯』以示慶祝。永遠遊戲作樂，不做苦工！」喬高舉輪遞下來的檸檬汁，站起身來大喊。

大家全都一飲而盡，在笑聲中揭開了以下幾天實驗生活的序幕。第二早上，瑪格一直到十點以後才出現在家人眼前，一個人單獨吃的早餐似乎不怎麼有味道，房裡也顯得寂寞又凌亂，因為喬沒在花瓶裡插上鮮花，貝絲也沒灑掃，艾美又把書本丟得滿地都是。除了「媽咪的角落」還像平常一樣以外，屋裡沒有一處是整潔宜人的。瑪格坐在那邊「休息並閱讀」——其實也就是邊打呵欠、邊想像要用自己的薪水去買哪些漂亮的夏裝。喬一早和羅禮兩人到河上玩，下午爬到蘋果樹上邊看書、邊為書中的情節灑下大把淚水。

貝絲一開始忙著把娃娃們和他們所有的配件自居住的大櫃子裡一一蒐尋出來，可是搬不到一半她就厭煩了，便撇下一地凌亂逕自去練琴，為了不用洗碗盤而歡喜。艾美佈置好化妝臺，穿上最好的白上衣，梳順她的捲髮、坐在她的金銀花底下畫畫，希望有人看到、跑來打聽這位年輕藝術家的身分。由於除了一隻好奇的長腳蜘蛛興致勃勃盯上她的畫外，根本沒有人過來，她便出去散散步，結果碰上了一陣大雨，淋得溼答答回家。

午茶時間，姊妹們相互比較這一日來的活動，一致認為雖然這一天似乎過得異常漫長，卻很愉快。瑪格下午逛街時買了一襲「嬌媚的藍色薄紗裝」，等裁掉部分布邊後才發現這件衣服不能水洗，為了這件倒楣事，她還發了一頓小小的脾氣。喬的鼻子曬脫了一塊皮，又因為看書看太久而頭疼欲裂。貝絲因為弄亂了她的櫃子，而且也沒辦法一下子學會三、四支歌曲而煩心。艾美為了弄髒她的外衣而懊惱不已；凱蒂·布朗家的聚會明天就要舉行了，而她現在卻跟弗洛拉·麥克福林賽一樣——沒東西穿了呢！

但這些都只是小事，她們向母親保證實驗進行得非常良好。她微微一笑、不置可否，在漢娜的幫助下，把女兒們疏忽的工作做完、維持家務的順暢。教人詫異的是，「休息與狂歡」的過程，竟然衍生出不少罕見而令人不快的事情。日子似乎變得一天比一天漫長，氣候和氣溫又是變化莫測，每個人心中都有一種忐忑不安的感覺，偏偏撒旦又專愛跟這些遊手好閒的姑娘們惡作劇。

在窮極奢華的心態下，瑪格荒廢了不少女紅，開始覺得終日百無聊賴，又為了想把自己的服裝修改成墨菲家的風格，不小心剪破布、整件衣服都報銷了。喬看書看到兩眼發酸、見到書本就煩，脾氣暴躁到連好脾氣的羅禮都跟她吵了一頓，情緒也低落得恨不得當初跟馬琪嬸嬸一塊兒走了。貝絲進行得倒很不錯，因為她老是忘了現在是**只玩、不工作**的時候，不時回到以前的生活方式；只是周遭的某些氣氛不免感染到她，而她那平靜的心湖也不止一次起了漣漪——有一次甚至心煩意亂到猛搖她心愛的小可憐喬安娜，說她是個「醜八怪」。

艾美的情形是最糟糕的了，因為她排遣時光的方法不多，當姊姊們拋下她，任她自尋娛、自己照顧自己時，她很快便發現原來她這個了不得的小東西還眞是個大包袱呢！她不喜歡洋娃娃，神話故事又顯得太稚氣，成天畫畫對任何人來說都吃不消，茶會也不多，而野餐若是沒有經過妥善籌畫又辦不起來。「要是一個人能擁有一幢精美的房屋、滿屋子高雅的女孩，或者出門去旅行，夏天一定會過得很愉快。然而和三個自私的姑娘、以及一名成熟的男孩待在家中，那眞是會折磨死人啦！」在經過幾天取樂、焦躁、倦怠的日子後，瑪拉普洛普小姐❶抱怨連連。

四姊妹都絕口不肯招認她們厭倦了這個實驗，然而到了星期五晚上，大家心裡都不免暗暗承認自己很慶幸這個禮拜就快過完了。爲了讓女兒們對這個教訓能留下更深刻的印象，秉性幽默的馬琪夫人，決心以某種強化的方式來結束這次的試驗，因此她特地放了漢娜一天假，讓女兒們去充分享受遊戲實驗的效果。

禮拜六早上，大家起床的時候，爐房裡沒有半點兒火，餐廳見不到任何早餐，媽媽也不見蹤影了。

「天可憐見！到底出了什麼事啦？」喬徬徨四顧。

瑪格跑上樓，一下子又回到樓下，看起來像是鬆了一口氣，又顯得相當困惑，甚至還有些羞愧之色。

「媽媽沒什病，只是累極了。她說今天她要安安靜靜在房裡歇息一整天，讓我們自己盡力照顧自己。她眞的好奇怪，一點都不像平時的媽咪；但她說她這一週已經夠辛苦了，所以我們絕不能有怨言，一定要好好照料自己。」

「那簡單；我喜歡這主意，再說我正苦苦盼望能做點什麼——我是說，喏，找點新樂子。」喬急忙補充。

事實上能有點小事做，對大家而言可以說是如釋重負，而且樂意效勞。只是她們很快便明白

---

❶ The Rivals劇中角色，特徵是經常誤用文字，因此被用來做艾美的代稱。

漢娜所謂：「做家務事可不是鬧著玩的！」是什麼意思了。貯藏室裡有許多食物，在貝絲和艾美整理餐桌的同時，瑪格和喬動手做早餐，心裡還直納悶為什麼做僕人的，總是把自己的工作形容得那麼困難。

「雖然媽媽說過她會照顧自己，叫我們不用管她，我還是要端些東西送上去。」負責指揮全場的瑪格站在茶壺後頭，覺得自己很有家庭主婦的架式了。

於是，姊妹們在開動之前，先盛好一盤子的餐點，帶著廚師的心意送上樓去。這一餐的茶，煮得非常苦澀，蛋捲煎得焦黃，小餅乾上還沾著點點小蘇打，不過馬琪夫人還是滿口感謝地收下餐點，等喬出了房門才對著餐盤大笑。

「可憐的小東西，只怕她們今天不會太好過嘍！不過倒還不至於吃什麼大苦頭，再說這對她們會有益處的。」她說完後搬出一些自己事先準備好的可口食品，並同時多少吃掉些許做壞了的早餐，免得傷了女兒們的心——這是媽媽一點貼心的小欺騙。

樓下的姊妹們吃得叫苦連連，首席大廚更為她的失敗懊惱不已！「沒關係，午餐我來掌廚，當妳的僕人。妳只要扮演女主人、發號司令、照料賓客，完全不用動手。」喬說得很有把握，可惜她對廚房裡的事比瑪格還生疏呢！

這項慷慨的提議大受瑪格歡迎。她撤回客廳，三、兩下就收拾好沙發底下的雜物，拉下百葉窗省去抹灰塵的麻煩，把客廳整理得井井有條。和對自己的能力甚具信心的喬，為了彌補上次爭吵，也立即友善地在郵站裡留了張便條，邀請羅禮過來吃中飯。瑪格得知這個慇懃卻嫌草率的行動後，告訴她：「妳在想到邀請賓客之前，最好先想想自己有什麼好菜吧！」

「噢，我們有醃牛肉、還有許多馬鈴薯，另外我再做些蘆筍和一道龍蝦——借用一下漢娜的話，『權充一道佳餚』——此外我們還可以買些萵苣、做盤沙拉。我不知要怎麼做，不過書本上有詳細的作法。我再弄些果凍和草莓當餐後甜點，如果各位希望排場大一點，還可以加一份咖啡。」

「喬，別一下子做這麼多道菜，妳到現在能端上桌的手藝還只有薑餅和蜜汁糖而已呢！午餐的事，我通通不管，而羅禮又是妳自作主張邀來的，妳就好好招待他吧！」

「我只要妳對他和氣些，還有做布丁時幫幫我，萬一我弄得一團亂就給我些建議，可以嗎？」喬聽了瑪格的話，自尊心大受傷害。

「好是好，不過除了做麵包和一些瑣事外，我懂的也不多。妳在動手做之前，最好還是先請教母親一下吧！」瑪格愼重地說。

「這是當然；我又不是傻瓜。」喬聽到瑪格懷疑自己的能力，負氣走開了。

「妳們愛做些什麼都隨妳們，就是別來打擾我。午餐我要出門吃，家裡的事我管不著。」馬琪夫人聽了喬的求教之後表示。「我向來就不喜歡做家務事，今天我要放一天假，看看書、寫寫字、出門訪友，好好享受一下。」

看到終年忙碌的母親，舒舒服服地坐在搖椅上，一早便開始閱讀書籍，喬覺得彷如發生天變一般。因爲就算日月昏蝕、天地無光，或者天搖地動、火山爆發，也不見得比這現象更稀罕啊！

「總之，什麼事都不對勁兒。」她自言自語地下樓去：「貝絲在哭泣，這就表示家裡出了什麼事啦！如果是艾美在作怪，我一定讓她好看！」

喬心裡覺得怔忡不安，急忙跑到客廳裡一看，貝絲正為金絲雀畢普哭得像個淚人兒一樣。畢普僵臥在鳥籠裡，小腳爪可憐兮兮地伸直開來，彷彿在哀求導致它餓死的食物一般。

「都是我的錯——我忘了它——裡頭連一粒飼料、一滴水都不剩了。噢，畢普！噢，畢普！我怎麼可以對你這麼殘忍？」貝絲哭著把那可憐的小東西捧在手上，想要把它弄活過來。

喬細察看它半睜的眼睛，摸摸它的心跳，發現它早已僵冷了，不禁搖搖頭，把自己面紗盒子拿來給它做棺材。

「把它放進爐裡烤一烤，也許它身體一暖就會活過來了。」艾美滿懷希望地說。

「它已經挨餓挨那麼久，現在死了，更不能用火烤它。我要為它做一件壽衣，將它埋在花園裡，以後再也不養鳥了，再也不養了，我的畢普。因為我太壞了，沒有資格養。」貝絲喃喃低語，捧著她的小寶貝坐在地板上。

「葬禮將在下午舉行，我們全都參加。來，小貝絲，快別哭了；雖然這是件傷心事，但這一整個禮拜沒有一件事是對勁的，而畢普在這個實驗中更是受害最深。」喬說著，覺得自己好像攬下了許多責任。

她留下姊妹們安慰貝絲，跑到混亂不堪的廚房，圍上圍裙，埋頭工作。等她積了好高一疊待洗的盤子後，才發現爐火熄了。

「呵，可有得瞧嘍！」喬嘀咕著，砰然打開爐門，在微溫的煤燼堆裡胡攪一通。

重新燃起爐火後，她覺得該趁燒水時上菜市場一趟。步行使她恢復了士氣，並自以為在交易中佔了不少便宜。在買好一條非常小的龍蝦、幾段極老的蘆筍、還有兩盒酸草莓後，她拖著沉甸甸的東西走回家。等她清洗好材料，午餐時間已經到了，火爐也已燒得通紅。漢娜留下了一盤待醱的麵糰，瑪格很早就醒過一次，擺到爐床上做二度發酵，然後就把這件事忘得一乾二淨，在客廳裡招待莎莉．葛蒂納。突然間，廳門倏忽開了，一條全身麵粉、煤灰、紅著臉、蓬頭亂髮的人影衝了進來，兇巴巴地詰問——

「我說，麵糰都已經膨脹到鍋外了，還發得不夠嗎？」

莎莉忍不住笑了起來，瑪格卻只是糊里糊塗地點點頭、把眉毛揚到半天高，她那灰頭土臉的妹妹只得趕緊把那團酸麵糰擺進烤爐裡去。馬琪夫人在四處看看事情的進展、對坐在一旁編蓆子給靜靜躺在面紗盒子那隻小寵物的貝絲，說了幾句安慰的話，然後便出門去了。當那頂灰色的帽子消失在街角時，幾位姑娘們心頭頓然沉沉地壓住一股陌生的無助感。而等幾分鐘後，柯洛克小姐突然出現、說她要來這裡吃中飯時，她們更是個個垂頭喪氣。喏，這位女士是個瘦削又長舌的老處女，尖鼻子、鷹集眼，周遭所有的事物，全逃不過她那雙厲眼和她的大嘴巴。她們都不喜歡她，但母親卻教導她們要對她親切些，只因為她既老又窮、又沒有幾個朋友。所以瑪格只好遞給她一張安樂椅、並盡力款待她，聽她問各種問題、批評所有事件、大談她認識的人們的小插曲。

喬那一天的焦急、經驗與努力眞是言語所難以形容的，而她做出來的午餐，也成了大家永生難忘的大笑話。她不敢再向瑪格請教什麼，只好盡全力孤軍奮戰，這才發現要煮一頓飯不只光靠力氣或心甘情願就夠的。她的蘆筍一煮就是一個鐘頭，結果嫩梢全熬脫了、莖梗反而愈煮愈老。而沙拉的調味又煞費苦心，纏得她什麼事都無法兼顧，直到她好不容易認定自己是做不出能入口的沙拉來時，麵包也已經烤焦啦！龍蝦是她一顯身手的重頭戲，可是等她又敲又撥地弄掉蝦殼、點綴上萵苣葉後，卻幾乎已經看不到蝦子肉。為了怕耽擱煮蘆筍的時間，馬鈴薯必須趕著做，結果也沒煮好。果凍弄得一塌糊塗，而經過精巧「包裝」的草莓，也並不如外表那麼成熟。

〈算了，反正他們要是餓的話，可以吃牛肉、還有麵包夾奶油。只是花一整個早上時間，卻一樣東西也沒弄出來，眞是丟臉死了！〉喬暗暗想著。這一天，她比平時晚了半個鐘頭才敲午餐鈴，然後又熱又累又沮喪地站在那裡，仔細觀察菜送到後，一向溫文爾雅的羅禮，還有準會把今天的笑料到處傳揚的柯洛克小姐會有什麼表情。

眼看一道又一道的菜，在略事淺嘗後就被冷落在餐桌上，艾美笑得前仰後合，瑪格皺起一張苦瓜臉，柯洛克小姐癟著嘴，羅禮面對著滿桌大菜，竭盡所能地用愉快的口氣和大家談笑風生，可憐的喬眞恨不得鑽進桌子底下去。水果是喬的一記強打，因為她已經加了糖調味，又加入一罐奶酪去促進大家的食慾，於是她滾燙的雙頰稍稍和緩下來、深深吸口氣，看著漂亮的玻璃水果盤在餐桌上傳遞。大夥兒見到一顆顆在乳酪海中紅艷欲滴的草莓，都流露出讚歎的神情。柯洛克小姐率先嘗了一口，立刻齜牙咧嘴，急忙喝下好幾口開水。喬發現衆人在草莓入口後都臉色大變，仍舊不肯相信她又出了一次糗，不死心地瞄瞄羅禮，只見他很有男子氣概地一口接一口吃，可是卻時時不由自主地吸吸腮幫子，頭抬都不抬一下。艾美看中了水果盤漂亮的外表，滿舀了一湯匙往嘴巴裡送，登時吞也不是、吐也不是，忙用餐巾掩著臉、倉皇離席。

「噢，怎麼回事？」喬渾身打冷顫。

「妳加的是鹽不是糖，奶酪也發酸了。」瑪格慘兮兮地回答。

喬呻吟一聲癱在座位上，想起剛剛在百忙之中，隨手從餐檯上的兩個盒子之一舀了一些東西往草莓上撒，又忘了要把奶酪收在冰箱裡。她看到羅禮拼命想裝得一臉愉快的模樣，頓時面紅耳赤，差點當場大哭起來；不過轉而想到整件事情滑稽的一面，她不由得失聲大笑，笑到眼淚直流。大家看了她的樣子，也都跟著笑成一團，就連最會找碴的柯洛克小姐也不例外。於是這頓失敗的中餐，就在奶油、麵包、橄欖與笑聲中收場了。

「現在我沒那個心力收拾這些了，大家還是先肅穆地去參加葬禮吧！」等大家用完餐，柯洛克小姐迫不及待地，準備去告訴別的朋友這段新插曲而告辭後，喬作了以上的表示。

爲了貝絲，大家都表現得十分肅穆端凝；羅禮在矮樹欉下的羊齒植物中挖了個小墓穴，在重感情的女主人串串珠淚之中，小畢普被放進墓穴裡，蓋上青苔，立上石碑，碑上掛著紫蘿蘭和蘩縷編成的花環，還寫著喬在忙著做午餐的同時所構思的墓誌銘：

碧普。馬琪長眠於此，
歿於六月七日；
深受愛護與痛惜，
並長留衆人心底。

追思儀式結束後，貝絲哀慟、虛弱地回到房中，卻找不到地方休息，因爲房裡的床都還沒鋪好呢！在拍鬆枕頭、整理東西的過程中，她的哀傷終於被沖淡了不少。瑪格幫著喬收拾盛宴後的殘跡，花掉了大半個下午的工夫，也使兩人疲憊不堪，因此她們一致同意晚餐只要土司加茶就夠了。羅禮帶著艾美駕車出遊，這對姊妹們來說眞可算是大恩大德，因為酸奶酪似乎使她的脾氣也變臭了。下午馬琪夫人回到家中，發現三個女兒正在辛勤地工作。而瞄瞄壁櫥之後，她曉得這次實驗最少已經有部分成功了。

幾位小管家婆還來不及休息，家中又有數位客人來訪，姊妹們又得爲接見客人而手忙腳亂；接下來又得烹茶、跑腿、還有一二件非趕完不可的女紅要忙，直做到黃昏之後、露溼青苔、人車都靜了下來，她們才一個接一個聚集到六月玫瑰含苞逗人的涼臺，長吁短歎地坐下來，也不知是累壞了，還是有什麼苦惱。

「今天眞是太可怕了！」向來領先發言的喬說。

「感覺似乎比平時過得快多了，只是太不順心了。」瑪格表示。「一點都不像是個家。」艾美也有同感。

「沒有了媽咪和小碧普，哪有可能像個家呢？」貝絲嘆著氣，淚水盈眶地瞥一眼空空的鳥籠。

「親愛的，媽媽回來了，而且只要妳想要的話，明天妳就可以再擁有一隻小鳥了。」馬琪夫人走過來，在姊妹群中找個位置坐下，看她的神情，這一假日似乎也不比女兒們過得愉快。

「女兒們，這個實驗做得滿意了嗎，或者還要再試一個禮拜？」馬琪夫人問。這時貝絲已經依偎在她懷中，其他幾個姊妹也像花兒迎向陽光一樣，欣悅地望向她。

「我不要！」喬乾脆俐落地大叫。

「我也不要！」幾位姊妹也大喊。

「喏，這麼說妳們是認為擔負一些責任、多少為別人而活比較好囉，是不是？」

「嬉笑玩鬧、閒散度日太不划算了。」喬大搖其頭。「我厭倦了這種日子，眞希望能夠馬上找點事做。」

「也許妳可以學學家常菜，那可是所有女人都不可或缺的實用才藝喲！」馬琪夫人早已從柯洛克小姐口中聽到喬的糗事，因此意在言外地取笑她一番。

「媽媽，您是不是故意放下所有事情走掉，好看看我們怎麼過？」已經狐疑了一整天的瑪格嚷著。

「沒錯，我希望妳們瞭解人人盡忠職守，大家才能過得舒適。在漢娜和我替妳們把各人的事做掉時，我想妳們雖然不見得很快樂、溫柔，卻也還過得挺好；於是我就想到要讓妳們看看，每個人光只想著自己會有什麼結果，當作一個小小的教訓。難道妳們不覺得幫助別人、心情會比較愉快，每天有職責，休閒的時候會更覺甜美，自制、容忍，家對大家而言會更舒適嗎？」

「覺得，媽媽，我們都這麼覺得！」女兒們嚷著。

「那麼且讓我建議大家，不妨再揹負起妳們的小包袱。因為，雖然有時它們似乎顯得沉重，但對我們卻有助益，而且等我們學會如何去扛這些包袱後，它們就會變輕了。工作有益身心，而且對人人都大有裨益，它使我們遠離爭執與無聊，對健康和精神都有幫助，並且比金錢或趕時髦更能夠給我們獨立、有能力感。」

「我們將會像蜜蜂一般辛勤，並樂於工作，絕不食言！」喬說：「我會把學做家常菜當作假日工作，下次的午餐聚會，我一定會有成功的表現。」

「我會幫爸爸做幾件襯衫，不再讓您一個人辛苦，媽咪。雖然我不喜歡縫紉，但我能做，也要做；這比整天爲自己的事情瞎操心要好多啦，我的東西已經夠多夠漂亮了。」瑪格表示。

「我要每天做功課，不再在音樂和洋娃娃上花過多的時間。我是個小笨蛋，應該多用功些，不能貪玩。」這是貝絲的結論。接著艾美也以姊姊們爲表率，豪邁地表示：「我將學習打釦洞，同時在遣詞用字上多下功夫。」

「很好！現在我對這次實驗的結果非常滿意，並且相信我們無須再重新經歷這種過程。妳們要有正常的工作和遊戲時間，讓每天過得既愉快又充實，藉著妥善支配時間來證明妳們明白它的價值。如此一來妳們才會開開心心，老來也才不會徒自感慨，縱然貧窮，生活也會過得很成功的啊！」

「我們會謹記在心的，媽媽！」女兒們回答，而日後她們也的確做到了。

12 羅倫斯營地

貝絲是郵站裡的女站長，因爲她在家的時間最多，可以全力以赴地負責這項任務，而且她也很喜愛每天打開郵箱的小門，取件、分送信件。七月的某一天，她像個小郵差般抱著滿滿的信件和小包裹，分送到屋裡各處去。

「這是您的鮮花，媽媽！羅禮從來不會忘記送花來。」她說著，把這束鮮花插在「媽媽的角落」那個花瓶裡。這個花瓶中，每天都有鄰家那熱情男孩送來的花可插。

「瑪格‧馬琪小姐，妳有一封信和一隻手套。」貝絲接著把郵件遞給坐在母親身旁，正在縫襯衫袖口的大姊。

「咦，我明明是掉了一雙的，這裡卻只有一隻，」瑪格瞅著那灰色棉布手套問：「妳是不是掉了一隻在花園裡？」

「不，我保證沒有，因爲郵站裡就只有這一隻。」

「我討厭擁有單隻的手套。沒關係，另一隻也許還會找得著。這封信不過是我要的一支德國歌曲的譯文罷了！我想大概是布魯克先生譯的吧，因爲這不是羅禮的筆跡。」

馬琪夫人打量瑪格一眼；身穿格子棉布晨褸，額頭掛著幾綹小劉海的她，模樣兒眞嬌俏。她坐在自己整整齊齊擺著白線團的小工作檯前縫衣裳，看起來好有婦人風範。看到她邊縫邊哼著歌曲，指尖飛快地工作，腦子裡忙著幻想著小姑娘家的綺思，清純得有如她腰帶上的三色堇一般，渾然不知母親正爲她費思量，馬琪夫人露出了滿意的笑容。

「喬大師有兩封信、一本書、一頂滑稽的帽子，這頂帽子蓋住了整個郵站，大部分都露在外頭。」貝絲笑著走進書房裡，把郵件交給正在寫作的喬。

「羅禮這傢伙眞狡猾！我說我想要頂大一點的新潮帽子，因爲每次大熱天裡我總會曬傷臉。他就說：『何必在乎新不新潮？戴頂大帽子、舒舒服服的，不就得啦！』我說要是我有頂大帽子，心裡自然很舒服，所以他就故意送我這一頂，試試我有沒有口是心非啦！我偏要戴上它尋他開心，也讓他明白我是眞的不在乎新不新潮。」喬說著把那老式寬邊帽往一座柏拉圖的半身塑像上一掛，開始看信。

其中一封母親所寫的信，讓她看得臉泛紅霞、淚眼欲滴。因爲信上寫著——

親愛的：

我謹以寥寥數語來告訴妳，我對終觀察到妳對於控制自己脾氣的努力有多滿意。對於妳的考驗，失敗或成功妳雖隻字不提，甚至也許認爲除了妳日日求助的天父外沒人注意；至少我在妳那本封頁已破破舊舊的指引書上，看到的確是如此。

其實，這一切我也都看到了，並由衷相信妳眞誠的決心，因爲妳的決心已開始結出果實了。親愛的，再接再厲吧！要勇敢、有恆心，並永遠信賴，再也沒人能比妳所敬愛的母親，更溫柔地默默支持妳了。

「這對我太有幫助了！它抵得過億萬金錢、連城讚賞。噢，媽咪，我一定會努力！我會不斷嘗試、永不倦怠，因爲我有您幫我呀！」

喬雙手捧著臉，爲這份小小的關愛之情，落下幾滴興奮的眼淚，因爲，她一直以爲沒人看見、也沒人欣賞她一心求好所做的努力，而這份支持卻是來得倍加珍貴、帶給她雙重的鼓勵。因爲她事先沒有料想到、況且又是來自於評價最受她重視的媽媽。她覺得迎戰並降服心中惡魔亞坡倫的意志更加堅強了；她把信塞進自己的長袍裡，露出尾梢、好提醒自己莫要忘記，然後抱著無論好、壞消息都能擔負的信心，打開第二封信來，只見羅禮龍飛鳳舞的粗大筆跡寫著——

媽媽

親愛的喬，妳好哇！

明天有幾個英國男孩、女孩要來拜訪我，我希望大家能玩得愉快。要是天氣好的話，我打算到長草地紮營，划船載大家去吃午餐、打槌球——生個火、做幾道食物、嬉鬧遊玩，就像吉普賽人那樣。布魯克也會去；他負責帶男孩子，凱蒂．佛恩帶領女生。我希望妳們都能來參加，千萬別讓貝絲缺席，沒有人會煩她擾她的。不用爲食物再特別忙一場——這些還有所有雜務我都會全權負責——只要人來就好，保證盡興！

十萬火急的好友　羅禮

「好消息啊！」喬飛快跑去告訴瑪格這件事。

「媽媽，我們一定可以去吧？我們去了對羅禮會有很大的幫助，因爲我可以划船，瑪格能負責午餐，兩個孩子多少也能幫點忙。」

「但願佛恩一家不是那種成熟高貴型的才好。喬，妳對他們有什麼瞭解嗎？」瑪格問。

「我只曉得他們一共是四個兄弟姊妹。凱蒂比妳大，弗烈德和蘭克（雙胞胎兄弟）和我差不多，另外還有個小女孩——葛麗絲，差不多九或十歲。羅禮是在國外認識他們的，而且很喜歡那對兄弟；不過他談起凱蒂時總是變得正經八百，大概是不怎麼欣賞她吧！」

「幸好我的法國印花洋裝很乾淨，明天穿的話，氣候、場合都相宜！」瑪格和順地表示。

「喬，妳有什麼適合的衣服穿嗎？」

「那套殷紅、灰色組合的划船裝再恰當不過了。我要划船、又要東奔西跑，才不要穿那些驟得筆挺的衣服咧！小貝絲，妳肯參加嗎？」

「只要妳們別讓任何男孩和我講話我就去。」

「絕對不會！」

「我喜歡讓羅禮開心，也不害怕布魯克先生；他人很和氣；可是我不想遊玩、唱歌、或者說什麼話。我會勤奮地工作、不去麻煩任何人，而且喬——妳一定會照顧我的，所以我願意去。」

「這才是我的乖女孩；妳很努力在克服自己的羞怯，爲了這一點，我愛妳。我知道，克服缺點不是件容易的事，而幾句鼓勵的話似乎可以令人更容易跨越難關。謝謝您，媽媽。」喬輕輕在母親頰上印上一個吻，這一吻對馬琪夫人而言，要比讓她恢復年輕時的嬌嫩豐盈更覺珍貴。

「我收到了羅倫斯先生的便條，他要我在今晚上燈前過去彈琴給他聽，我這就過去了。」貝絲和那老人家的友情日益堅牢。

「現在我們可得飛快趕工，在今天之內做好兩天的事情，明天才能無牽無掛地痛快遊玩啊！」喬說著，爲她的鋼筆換上新筆尖。

第二天清早，陽光照進女孩們的房間，照見一幅有趣的畫面，看來今天準是個大好晴天。女孩子們爲了今天的活動早已做了恰當的準備，瑪格特地在額頭捲了層劉海紙捲，喬在她那容易曬傷的臉上，塗了厚厚的一層冷霜，貝絲爲了替這一天的分別預作補償，特別把喬安娜帶上床和她同榻而眠，艾美的模樣更是好笑已極——她爲了使鼻子變挺，竟在鼻頭上夾了支衣夾。這幅有趣的景象，顯然讓太陽公公非常愉快，他散發出耀眼的光芒喚醒了喬，喬又把姊妹們全叫起來，大家看了艾美的樣子，忍不住哄堂大笑。

陽光和歡笑是愉快聚會的好預兆，很快地，兩幢屋子裡都掀起陣陣活潑的騷動。第一個做好全部準備的貝絲，不斷報告隔壁鄰家的動靜，從窗口頻頻向正在梳洗的姊妹們，生動地描繪外面的情形。

「有個人拿著帳棚走出來啦！我看見巴克太太正把餐點收進一個蓋籃和一個大提籃裡。現在羅倫斯先生在仰望天色和風信雞；眞希望他也去。羅禮出來了；他打扮得像個水手——帥氣男孩！噢，天哪，來了一大馬車的人——一位高高的小姐，一個小女孩，還有兩個可怕的男孩子。其中一個跛了腳；可憐的孩子，他拄著枝枴杖呢，羅禮沒告訴我們這件事呀！姑娘們，快啊！都快遲到了。咦，沒錯，那明明是奈德．墨菲。嘿！瑪格，他不就是上次我們上街買東西時，向妳行禮那個人嗎？」

「沒錯。奇怪，他竟然也來了，我還以爲他在登山呢。莎莉也來了；我很高興她及時趕回來。喬，我的樣子還可以嗎？」瑪格東一句、西一句地嚷著。

「標準的小雛菊模樣兒啦！衣服別動，帽子戴正；戴那麼歪，好像風一吹就要飛了。喂，快，快弄好！」

「噢，喬，妳不是眞的要戴那頂怪帽子吧？太荒唐啦！妳絕不能把自己打扮得像個稻草人一樣啊！」瑪格看到喬用一條紅緞帶，繫住羅禮爲了開玩笑送來的寬邊來亨帽，急得連聲抗議。

「唔，我就要戴它，因爲它棒極啦——又遮蔭、又輕、又大。戴著它挺好玩：再說只要戴得舒適，我才不在乎是不是像稻草人呢！」喬說著馬上朝外頭走去，姊妹們也都跟了上來——這一支小小的亮麗隊伍，四個成員穿著夏裝、打扮得非常得體，在遠足帽下露出愉快的臉龐。

羅禮跑上前來迎接她們，並興高采烈地把四姊妹介紹給他的朋友們。草場成了他們的接待室，沒有多久，這裡已是一片活潑景象。瑪格很高興能見到凱蒂小姐；這位姑娘雖然已經二十歲，卻穿戴著美國女孩們都會樂於倣效的樸實服飾。此外奈德也跑來對瑪格大獻殷懃，再三保證他是特地來看她的。喬總算明白羅禮爲什麼一談起凱蒂就變得「正經八百」了，因爲那位大小姐身上，總是帶著一股拒人於千里之外的神氣，跟別的姑娘們自在安詳的神態，恰成強烈對比。貝絲仔細打量過兩個陌生男孩後，認定跛腳的那位很溫和、很荏弱，一點都不「可怕」，因此她決定要親切地對待他。艾美發現小姑娘葛麗絲舉止合度、性情愉快，兩人相互默默注視一陣後，很快就變成好朋友了。

帳棚、午餐和槌球球具都提前送走，不久，大夥兒也分成兩隊上了船，朝前划，只留下羅倫斯先生在岸上揮動帽子，歡送大家。兩艘小船分別由羅禮和喬、布魯克與奈德各划一艘，雙胞胎中較好動的弗烈德駕著一葉小舢板，竭盡所能地兩邊搗亂。喬那頂古怪的帽子，成了大家感謝的對象，因為它的確非常實用，它引來眾人的笑聲，打破沉默的僵局。在喬划船時，它又前搖後擺，扇起陣陣清風。喬還表示，萬一臨時下雨，它還可以當整船人的雨傘呢！凱蒂對喬的行徑似乎非常詫異，尤其是當她掉了槳時，竟然哇哇大叫：「我的媽呀！」而羅禮在就位時不小心踩到她的腳，也對她說：「親愛的伙計，我沒踩傷妳吧？」更令這位英國姑娘驚駭不已。不過再戴上眼鏡、細細打量這位古怪女孩幾次後，凱蒂小姐便認定她是位「奇特，但聰敏」的女子，並遙遙對她微笑致意。

坐在另一艘船上的瑪格，被安置在一個非常愜意的位置，緊臨兩名喜愛與她接近的水手而坐；兩人在她面前都運槳如飛，刻意表現非凡的技巧與身手。布魯克先生有著漂亮的棕色眼睛、悅耳的嗓音，是位莊重、沉默的年輕人。瑪格喜歡他祥和的態度，並認為他是兼具各種知識的活百科全書。他很少和她多作交談，卻時常望著她看，瑪格感覺得出他並不討厭她。奈德是個大學生，他跟所有新鮮人一樣，把端架子、擺譜視為理所當然；雖然頭腦不是非常聰明，個性卻還好，而且大體上是個很適合共同郊遊、野餐的人選。莎莉．葛蒂納一心只顧著不要弄髒她的白色洋裝，還有和老是惡作劇、隨時冒出來把貝絲嚇個半死的弗烈德聊天。

到長草地的路途雖然不遠，但一行人到達時帳棚卻已經釘好、閘門也放下了。這是一塊令人心曠神怡的平地，中間有三株綠蔭廣佈的橡樹，還有片光滑狹長的乾草地，可供他們打槌球。

「歡迎光臨羅倫斯營地！」當衆人興奮地又叫又嚷、走下船來，本次活動的少東宣告。「布魯克先生是總司令官，我是軍需官，其餘各位都是參謀，至於各位女士們則是貴賓。帳棚是特地爲各位而設，那棵橡樹是大家的客廳，這裡是基地餐廳，第三棵是廚房。現在，趁天氣還沒轉熱前我們先來打場球，然後再準備午餐。」

弗蘭克、貝絲、艾美和葛麗絲在旁觀戰，其他八個人全部下場。布魯克先生挑選瑪格、凱蒂和弗烈德當隊員；羅禮帶領莎莉、喬和奈德迎戰。幾位英國客人打得很不錯，但美國年輕人更勝一籌。廝殺激烈，每一吋戰場都要爭。喬和弗烈德起了幾次小摩擦，有一次差點要破口大罵。那時喬正要過最後一個球門卻沒打好，這個失敗讓她心裡起了個大疙瘩。弗烈德的成績緊跟在後，又剛好輪在她前面打。他一出手，球打中門柱，停在距離得分還有一吋的地方。當時附近沒人，也沒有人跑上來檢查，於是他偷偷用腳趾一碰，球便跑到進門一吋的地方了。

「我進了！喂，喬小姐，我擊敗妳，並且第一個進分。」那年輕人揮擺著他的木槌，準備再次出擊。

「你是用推的，我看見了，現在該我。」喬嚴厲地說。

「我鄭重聲明，我沒動它，也許它稍微滾動了一下，但那是規則允許的；所以請妳站開些，讓我立刻得分。」

「在美國我們從不騙人，但如果你要欺騙的話，隨你！」喬憤憤地說。

「誰都知道你們這些美國佬最詭計多端，妳想打就打吧！」弗烈德不甘示弱，把她的球打得老遠的。

喬張著嘴想罵粗話，還好及時克制住了，面紅耳赤地站了一會兒，使盡全力打倒一個球門，而佛烈德卻已經進球，還大呼小叫地歡呼他贏了。她走開去尋找她的球，過了好一段時間才在草叢裡找著。不過，等她回來時神情卻相當冷靜平和，並且耐心地等候輪她打球的機會。她連打了幾次才把球擊回原來的地點，當時對方已經贏球，因爲凱蒂小姐已經打到倒數第二個球，而且很近球樁了。

「哎呀，我們贏定啦！再見，凱蒂，喬小姐輸我一球，所以妳是最後一擊啦！」弗烈德興奮地喊著，大夥兒也都湊上來觀看最後戰果。

「美國佬自有一套對敵人寬大的詭計，」喬的表情教那年輕人滿臉通紅。「尤其是當他們擊敗對方的時候。」由於凱蒂沒打中球，喬於是靈巧地一擊、贏得這場比賽。

羅禮拋起帽子，這才想起不可以爲打敗他的客人而表現出大喜過望的態度，於是他歡呼到一半趕緊住口，對他的好友附耳低語：「喬，妳太棒啦！我看見了，他的確作弊；我們不能這樣告訴他，但我保證，他絕不能故技重施了。」

瑪格把她拉到一旁，假裝是在固定一綹鬆掉的頭髮，讚賞地告訴她：「這實在很令人火大，但妳卻控制住了自己的脾氣。喬，我眞高興。」

「別讚美我，瑪格，因爲當時我眞恨不得摑他一巴掌呢！要不是在蕁麻欉裡待上一陣子、把怒氣壓抑到不會口不擇言的地步再出來，恐怕早已經氣瘋了。現在我心裡還在生悶氣，所以他最好別來招惹我。」喬咬咬牙，朝弗烈德那邊狠狠地瞪了一眼。

「午餐時間到，」布魯克先生看看手錶，說：「軍需官，趁我和馬琪小姐、莎莉小姐佈置餐桌的同時，你可否生個火、燒壺水？誰會烹煮好咖啡呢？」

「喬會。」瑪格開心地推薦她妹妹。這時喬深深感覺近來所受的烹飪訓練，足以使她贏得讚譽，於是走過去細心照料咖啡調配及烹煮，幾個小孩們也跑去揀枯樹枝，男孩子生好火後，又跑到附近的水泉邊汲取清水。凱蒂小姐在一旁寫生，弗蘭克則和正在用燈芯草編成小墊子當餐盤的貝絲談天。

總司令和助手們很快地鋪好了桌巾，擺好誘人的食物和飲料，用綠葉把筵席裝點得漂漂亮亮。喬宣布咖啡煮好之後，衆人便很快地享用這豐盛的一餐，因爲年輕人本來食慾就多半很好，而運動更令他們胃口大開。這一頓午餐吃得個個開懷，似乎什麼事都新鮮有趣，串串笑聲，把正在附近吃草的一匹老馬嚇壞了。而餐桌間也不時發生些逗笑的突發事件，讓食物、飲料飽受災殃，比方說橡樹子掉進牛奶裡，不請自來的小黑蟻分享他們的點心，毛毛蟲從樹上盪下來看底下發生了什麼事。三個白髮小孩隔著籬笆張望，而一隻討厭的狗兒，也從河對岸衝著他們賣命地大肆狂吠。

「要是妳喜歡加鹽的話，這裡有。」羅禮邊說邊遞了一碟草莓給喬。

「多謝！我寧可要蜘蛛。」她說著挑起兩隻糊里糊塗跌進乳酪裡淹死的小蜘蛛。「你自己辦了個十全十美的餐會，就敢大膽提醒我上次的恐怖午宴啦？」說完與羅禮倆放聲大笑，由於碟子不夠，兩人便共同吃掉那一碟草莓。

「那天我愉快非凡，到現在都還回味無窮呢！而今天這一餐實在不該歸功於我，我什麼都沒做，出力的是妳和瑪格，以及布魯克，我對你們感激萬分。吃飽後我們要做些什麼呢？」羅禮覺得好像午餐吃完了，他的王牌也就打完了。

「依我的主意，大家先做遊戲、直到天氣轉涼。凱蒂小姐一定知道些什麼新奇又好玩的點子，過去請教她，她是客人，你應該多陪陪她才對。」

「妳不也是客人嗎？我本以爲她跟布魯克會很投緣的，結果他卻不停跟瑪格講話，凱蒂反而只能透過她那可笑的眼鏡對著他倆看了。我這就過去，省得妳又說教。」

凱蒂的確曉得幾個新鮮的遊戲，加上女孩子們不願吃太多，男孩子又已經吃得太撐，於是大家都轉移戰場，到客廳去玩「接龍」。

「首先由一個人開始講一段故事，愛講多久、多荒唐都隨你，不過要記住，一定要在緊要關頭煞住腳，由下一個人用同樣的原則說下去。這個遊戲很有趣，而且如果玩得好的話，足以發展出一齣令人絕倒的悲喜劇。布魯克先生，請開始。」瑪格聽到凱蒂用命令者姿態，對羅禮的家庭教師發號司令，感到大吃一驚；她對他和對別位男士可是一樣尊重的呢！

躺在兩位小姐腳下那片草地的布魯克先生依言行事，兩隻瀟灑的棕色眼睛，定定地望著陽光普照的河面說起故事來。

「從前有個武士走遍全世界想要尋找他的財富，因爲除了劍和盾牌，他已經空無一物。他長年跋涉將近二十八個寒暑，歷盡千辛萬苦，終於來到一位賢君的宮殿。那位賢明的君王曾昭告臣民，任何人只要能馴服並訓練一匹他所喜愛的高貴小駿馬，他就要賞給那人一份報酬。武士答應一試；他看得出那小駿馬是匹英武的馬匹，於是篤定地緩緩跨上馬背。小馬雖然狂野輕率，卻很快便學會愛護自己的主人。武士每天訓練這匹國王的小寵物時，總是騎著它在城裡奔馳，邊騎邊到處尋找一個美麗的臉龐，那張臉龐他在夢中見過無數次，卻怎麼找也找不到。一天，他正沿著一條寂靜的街道馳騁而下時，在一個荒堡的窗口，看見了那張迷人的臉龐。他滿心歡喜，向人詢問這老城堡裏住些什麼人，對方回答那是被符咒拘來的幾位公主，她們必須終日紡織，攢積金錢來換取自由。武士非常渴望能援救她們，可惜他是個窮光蛋，只能每天從那兒走過、看著那張嬌美的臉龐，期盼能見到她離開荒堡，閃耀在陽光下的模樣。最後他決心進入城堡，問問看如何幫助她們。他走上前去敲敲門，大門應聲而開，他往內一看——

「一位風姿綽約的迷人淑女，欣喜若狂地大叫：『終於！終於！』」看過不少法國小說的凱蒂接了下去：「『是她！』葛泰夫伯爵高興地大叫一聲，恍恍惚惚跪倒在她身前。『噢，起來！』她說著，伸出一隻纖纖素手，武士卻仍跪在那兒，誓言：『絕不！除非妳先告訴我如何拯救妳。』『唉！殘酷的命運之神判定我幽囚在這荒堡中，直到我的暴君被消滅。』『那惡徒身在何處？』『在淡紫廳中。去吧，勇敢的人啊！快解救我離開這絕望的深淵。』『謹依諭令，除非勝利、誓死不返！』武士說完這段令人刻骨銘心的語言便飛奔而去，撞開淡紫色大廳的門正要進去，卻迎面撞上——

「一本大希臘字典敲得他頭昏眼花。用這本大字典攻擊他的是一個身穿黑袍的老傢伙，」奈德說：「這位『無名氏』先生，很快地恢復鎮靜，把那暴君抛出窗外，踩著勝利的腳步回到女士們的身邊，可是眉心卻糾成一團；他發現門被鎖上了，於是扯破窗帘，結成一道繩梯，抓著它攀附下去，半途中繩梯斷了，他頭下腳上、栽進六呎深的壕溝裡去。他像鴨子般在壕溝中噗！噗地游了大半天，才來到由兩名壯漢固守的小門，拼命敲他們的頭，敲到他倆像醉漢般歪倒在地，然後以驚人的力量砸碎小門，走上一段塵埃足足有一呎深、蟾蜍大得像拳頭、蜘蛛足以把妳嚇得歇斯底里的石階；馬琪小姐。在石階的頂端，他猛然看見一幅令他膽戰心驚的景象——」

「一個全身衣白、臉上蓋著面罩、斷手上拿著盞燈的高大東西，出現在他眼前。」瑪格接著敘述：「它招著手，無聲無息地引導他，走下一個陰森得像墓穴的迴廊。迴廊的另一頭陰影幢幢地矗立著，好幾尊全身甲冑的塑像，四周一片死寂，油燈燃著青焰，那鬼魅般的形影，倏忽轉過身來，自白色面紗後透出兩道閃著光芒的可怕眼睛。他倆來到一扇垂著帷帘的門前，帘後隱約傳來曼妙的樂聲；他一躍而上，想衝進門內，但那幽靈將他往後一推，在他面前威脅地揮動一只——」

「鼻煙盒。」喬陰森森的口吻讓大家不寒而慄。「『謝謝啦！』武士禮貌地說著，捏著鼻煙吸了一口，結果重重地打了七個噴嚏，連頭都因爲他太使勁而掉下來。『哈！哈！』那鬼縱聲大笑，從鑰匙洞裡看看那些公主賣命地紡紗，來贖取她們昂貴的生命，然後便抓起她的俘虜，放在一個大洋口鐵皮箱裡。箱中原本已經有十一個武士像沙丁魚般擠在裡頭，這時他們全部站起來，開始——」

「跳一支角笛舞❶，」弗烈德趁喬換氣的時候截口說下去：「在他們跳舞時，那荒堡變成一艘張滿風帆的軍艦。『張滿船頭三角帆，收起中桅帆，順風而下，鳴槍爲號！』船長看到一艘張著黑旗的葡萄牙海盜船鼓浪而來，大吼：『夥伴們，迎上前去，痛擊一場！』一場驚天動地的激

---

❶ 昔日流行於水手之間的舞蹈。

戰於焉展開。當然，英國船打了勝仗；他們向來所向披靡。」

（「不，才沒有！」喬在一旁鼓噪。）

「收押海盜船船長後，英國船噗！噗！飛掠過船首甲板堆積如山、避風甲板排水孔血流不止的葡萄牙船邊，因爲開戰前船長的命令就是：『格殺勿論！』這時船長又下令：『大副，繫牢風帆，如果那惡棍不立即招認他的罪行，立刻斃了他。』葡萄牙船長咬緊牙關、隻字不語，在海員們歡聲雷動中被逼著投入海中。但這時有人偷偷潛近戰艦下，鑿沉船隻，全船的水手也都隨船沉到『最深、最深的海底』，在那裡——」

「噢，天啊！我該說什麼好呢？」弗烈德結束他的段落後，莎莉叫了起來。因爲弗烈德引用了太多他喜愛的書本上的段落，又牽扯出許多她很陌生的航海術語。「呃——他們沉到海底，海底有條美人魚迎接他們，但當她發現那箱無頭武士後卻感到非常悲傷，於是好心地將他們浸在海水裡，希望能發現什麼奇蹟；身爲女子，她還是挺好奇的。漸漸地，一名潛水者來到海底，美人魚告訴他：『只要你肯將它帶上去，我就把這箱珍珠送給你。』因爲她既想讓這些可憐人復活，又無力扛起這麼沉重的負擔。因此那潛水夫便將箱子送上陸地、打開箱子，發現裡頭沒有珍珠，便失望萬分地把它棄置在一塊人跡罕至的大田地裡，後來一名——」

「養鵝的小女孩發現了它；這女孩在田地裡養了一百隻胖呆鵝。」莎莉的創意枯竭後，艾美接著編下去：「小女孩很爲這些武士難過，於是請教一位老婦人，要怎樣才能幫助他們，老婦人告訴她：『妳的鵝會告訴妳；它們無所不知。』於是她問她的鵝應該用什麼來當武士的新頭，因爲他們的舊頭已經遺失了。這時一百隻鵝全張開它們的嘴巴，紛紛叫道——」

「『甘藍菜！』」羅禮趕緊接下去：「『對了！』女孩說著跑到她的園子裡，摘下十二顆完好漂亮的甘藍菜。她把甘藍菜裝上，武士們立刻復活過來，向她道謝，高高興興地踏上他們的路途，根本不覺得有什麼不對勁。因爲世界上有很多人的頭都和他們差不多，因此誰也沒想到這些。大家最感興趣那位武士，回去尋找那張漂亮的臉龐，得知所有的公主們日織夜紡後都得到了自由，結婚去了，只有一位例外。他非常掛念那位公主，於是騎上與他禍福與共的小駿馬，飛馳到荒堡去看看留在那兒的是哪一位。他從籬笆外往內望，看見他內心思慕的人兒正在她的花園裡摘花。他對她說：『妳願意給我一朵玫瑰嗎？』叫你必須到這兒來才能得到它，我不能先到你身邊，那是不合宜的。』她柔言蜜語的表示。他嘗試爬過籬笆，但它卻似乎愈長愈高了；接著他又想硬撞過去，那籬笆卻又愈變愈厚，讓他沮喪極了。於是他耐心地折下一根又一根的細枝，拆出一個小洞來。他從細洞中往內窺視，聲聲哀：『請讓我進去！讓我進去！』而那漂亮公主似乎根本不明白他的心意，依舊安詳地摘著她的玫瑰，任由武士奮力開闢自己的路。他究竟做到了沒有，弗蘭克會告訴大家。」

「我不行；我沒玩過這遊戲；我從不玩遊戲。」弗蘭克一聽要由他將這對命運多舛的男女主角，自傷感的情節中拯救出來，頓時嚇得驚惶失措，貝絲則是早已躲在喬的背後，而葛麗絲更是已經睡著了。

「所以那可憐的武士只好一直挖籬笆下去囉，是嗎？」布魯克先生依然盯著河面，同時玩弄著別在大衣衣襟鈕洞中的野玫瑰。

「我猜經過一陣子後，公主會給他一束鮮花並打開院門。」羅禮微微一笑，朝他的家教老師扔橡樹子。

「瞧我們的作品多荒唐啊！照說我們該可以做些聰明的事才對。你們知道「眞相」嗎？」在衆人爲他們杜撰出來的故事大笑過後，莎莉問。

「但願如此。」瑪格愼重地說。

「我是指——遊戲。」

「是怎樣的遊戲呢？」弗烈德問。

「喏，大家把手疊起來，選一個數字，然後一個個抽手，次序和那數字一樣的人，必須老實回答其他人所提出的每一個問題，很有趣的。」

「我們來玩玩看吧！」喬最喜歡嘗試新試驗了。

凱蒂小姐、布魯克先生、瑪格、奈德都沒參加，剩下弗烈德、喬、莎莉、羅禮疊起手抽秩序，結果第一個落到羅禮頭上。

「誰是你的偶像？」喬問。

「爺爺和拿破崙。」

「你心目中最漂亮的小姐是哪位？」莎莉說。

「瑪格麗特。」

「你最喜歡的又是哪一位？」這是弗烈德的問題。

「當然是喬。」

衆人聽到羅禮那理所當然的口氣都笑了起來，喬卻輕蔑地聳聳肩：

「你的問題多蠢哪！」

「再試試吧；**眞相**這遊戲並不差勁。」弗烈德說。

「對你來說的確好得很。」喬低聲反駁；下一個正好輪到她被問。

「妳最大的缺點是什麼？」弗烈德想藉此測驗出她是否具有自己所缺乏的美德。

「暴躁。」

「妳最渴望什麼？」羅禮問。

「一雙靴帶。」

喬猜出他的意圖、故意閃爍其詞。

「這不是眞正的答案；妳必須說出妳眞正最想要的是什麼。」

「天分，羅禮，你難道不希望送些天分給我嗎？」喬看著他失望的表情、偷偷微笑。

「妳最欣賞男子的哪些美德？」莎莉問。

「勇氣和誠實。」

「現在該我了。」弗烈德好不容易抽中，立刻表明。

「我們來懲罰他一下下。」

羅禮對喬附耳低語，喬隨即點點頭發問：

「你打槌球時有沒有作弊？」

「呃！有，一點點。」

「很好！你的故事是不是從海獅裡摘取出來的？」羅禮問。

「大同小異。」

「你是不是認爲大英民族樣樣完美?」莎莉發問。

「要是我不這麼認爲，那連我自己都要看不起自己了。」

「他還眞是頭約翰牛❷呢。現在，莎莉小姐，輪到妳了!我可要讓妳心裡不痛快一下，請問妳是否認爲自己有點兒賣弄風情。」羅禮說;這時喬對弗烈德微微頷首，以示議和。

「你這無禮的孩子!我當然沒有呀!」莎莉小姐大發嬌嗔，正好自打嘴巴。

「妳最討厭什麼?」弗烈德問。

「蜘蛛和米汁布丁。」

「妳最喜歡什麼?」喬問。

「跳舞和法國手套。」

「唔，**我覺得眞相**是好蠢的遊戲，大家來玩玩比較敏銳的**「創作者」**提提神吧!」

奈德、弗蘭克和幾位小姑娘們全參加了，三位大哥哥、大姊姊則坐到一旁談天。凱蒂小姐再次取出素描本來畫，瑪格看著她，布魯克先生則拿著本書躺在草地上，卻沒看它。

「妳畫得眞漂亮!但願我也會畫就好了。」瑪格的口氣在艷羨中還帶點兒遺憾。

「妳何不學學呢?我想妳對繪畫應很有品味和天賦才對。」凱蒂小姐溫溫文文的回答:

---

❷ 約翰牛（John Bull）：世人對典型英國人的稱呼!對美國——尤其是美國北方人則稱以洋基客（Yankee）。

「我猜想是妳媽比較喜歡別項才藝吧！我媽也是，不過我在私下上了幾堂課後向她證明我的天分，從此她便十分樂意讓我學了。妳難道不能也跟妳的家庭教師合作證明一下嗎？」

「我沒有家庭教師。」

「我忘了妳們美國小姐們比我們上學校的比例多很多。爸爸說，那些學校也都挺好的。我猜，妳上的是私人學校吧？」

「我根本沒上學；我本身就是個家庭教師了。」

「噢，眞的啊！」凱蒂小姐說；不過她原本想說的恐怕是：「天哪，多可怕喲！」因爲她的口氣中分明有那種意味，而表情更教瑪格臉紅，恨不得自己剛剛保留些。

布魯克先生連忙抬起頭來表示：「在美國，年輕的淑女們跟她們的祖先一樣熱愛獨立，同時更會因爲自食其力而倍受讚賞而尊敬。」

「哦，是啊，她們這樣做當然是非常完美合宜。我們也有很多受聘於貴族的青年女子在做相同的工作，而且極受推崇和重視。因爲，喏，身爲紳士人家的女兒，她們向來都是教養、才華兼俱的。」凱蒂小姐一味地替對方找臺階下的口氣，大大刺傷了瑪格的自尊心，讓她覺得自己的工作除了討人厭外，更多了見不得人的成分在。

「馬琪小姐，那支德文歌還合適嗎？」布魯克先生藉此一問來打破尷尬的岑寂。

「噢，是的！非常討人喜愛，無論是哪位幫我翻譯的，我都對他感激萬分。」瑪格頹喪的神色頓時一亮。

「妳沒唸德文嗎？」凱特小姐顯得非常驚訝。

「唸得不怎麼好。教我唸德文的父親離開後，我一個人沒辦法進步太快，又沒有人能夠指導我的發音。」

「趁現在小試一段吧；這裡有一本席勒❸的《瑪麗．斯圖亞特》，又有一位好爲人師的家庭教師在呀！」布魯克先生露出動人的笑容，把他的書放在她的膝上。

「太難了，我不敢嘗試。」瑪格雖然感激他的好意，但有位多才多藝的大家千金坐在一旁，卻令她有些怯場。

「我先讀一小段來替妳打打氣吧！」凱蒂小姐說著用她那精確無誤、卻毫無抑揚頓挫、不帶絲毫情感的腔調，唸出書中最曼妙的一節。

布魯克先生聽完不予置評，凱蒂小姐於是將書還給瑪格，瑪格還天眞地說：「我還以爲這是本詩集呢！」

「有些部分是，先試試這一段吧！」

布魯克先生嘴角掛著一抹諱莫如深的笑容，將書翻到可憐的瑪麗那段輓歌部分。

瑪格順從地跟著她的新家教手中長草葉指的字、怯怯地、緩緩地唸下去，不知不覺間在遇到艱深的字眼時，也能用她抑揚頓挫的委婉音調讀出詩韻來。她隨著青青的草葉一句句唸下來，不一會兒便忘了旁聽者的存在，沉醉於淒美的場景中，彷彿四周只賸下自己一個人，讀到那描述不幸皇后的字眼，更會隨之表現出哀戚的味道來。要是她當時注意到身旁那對棕眼珠的話，一定會

❸十八世紀德國詩人兼戲劇家。

立刻住口；但她一直沒抬頭，這堂德語教學也因此得以完美完成。

「眞的非常好！」布魯克先生毫不在意她犯的許多錯誤，趁她讀完一段時大大誇讚，一副眞的非常「好爲人師」的神氣。

凱蒂小姐收起她的眼鏡，打量一下眼前引人入勝的畫面，合上素描本，一派紆尊降貴的神態說：「妳的音調很好，要不了多久就能讀得很流利了。我建議妳去學學，因爲德文對教師們而言，是項非常有價值的才藝呢！我必須去照料葛麗絲了；她挺愛玩愛鬧的。」凱蒂小姐漫步離去，邊走還邊聳聳肩、喃喃自語：「縱然她年輕又美麗，但我可不是來陪伴一個女家教的。這些小洋基眞是古怪；就怕羅禮跟她們在一起也會被帶壞呢！」

「我忘了英國人相當鄙視家庭女教師，不像我們這樣尊敬她們。」瑪格悶悶不樂地望著那漸行漸遠的背影說。

「據我親身經驗，男家教在他們那邊同樣不好過。瑪格麗特小姐，對於我們這些工作者而言，再沒一個地方比得上美國了。」布魯克先生看起來是如此愉快、滿足，讓瑪格再也不好意思爲自己的艱難自艾自怨了。

「聽你這麼一說，我眞慶幸自己住在美國。我雖不喜歡我的工作，但畢竟也從中獲得了不少滿足，因此我將不再抱怨，只盼望能像你那樣喜愛教書就好了！」

「我想如果羅禮當妳的學生，妳一定會喜歡的。我很遺憾明年必須失去這個學生了。」布魯克先生一逕低著頭，在泥草地中樞出一個又一個的洞。

「我猜他是要上大學的吧？」瑪格嘴裡問著，眼中同時流露出疑問：「而你呢？」

「是的，他已經準備周全，也該是上大學的時候；等他一離開後我就去當兵；因爲畢竟國家需要我。」

「我很高興！」瑪格嚷著：「我認爲每位青年都該去從軍；雖然對於家中的母親、姊妹而言，那將會很難受。」她說著說著，不免有些傷感。

「我沒有家人，也難得有幾位朋友會關心我的死生。」布魯克先生心酸地說明，心神不屬地將枯萎的玫瑰，放進他挖出的洞裡、掩埋起來，像是一座小小的墳墓一般。

「羅禮和他祖父一定會非常關心的，而你萬一受到什麼傷害，我們也都會很難過的。」瑪格字字肺腑之言。

「謝謝妳，這聽來令人很愉快。」布魯克先生重新露出歡愉的神采。只是他話還沒說完，奈德已經騎上那匹老馬，顚顚拐拐地跑來姑娘們面前展示他的騎術，這一天從此不得安寧了。

「妳喜歡騎馬嗎？」葛麗絲問艾美；她倆剛剛才在奈德的帶領下，和其他人沿著草場賽跑一圈，現在正站在一旁休息。

「我愛極了；爸爸有錢的時候，我姊姊常騎馬。但現在我們除了**鞍木**外，一匹馬也沒有了。」艾美大笑。

『「告訴我**鞍木**的事，它是頭驢子嗎？」葛麗絲好奇地問。

「唔——是這樣的，喬和我都非常非常想要騎馬，但我們沒有馬匹，只有一副舊的橫坐馬鞍。在我們花園裡有棵蘋果樹，樹上有條很棒的矮樹枝，於是喬就把那橫鞍放在矮樹上，在向上彎的地方繫牢轠繩，如此一來我們隨時都可以跳到鞍木上馳騁了。」

「多好玩哪！」葛麗絲說：「我在家裡有匹小馬，而且幾乎每天都要和弗烈德、凱蒂到公園去騎一騎，那眞是棒極了；因爲我的朋友們也都去，而且羅列徑到處都是紳士淑女呢！」

「天，多迷人哪！但願將來我也能出國。不過我不想到羅列徑，而想到羅馬去。」艾美根本不懂羅列徑是什麼，卻也絕不肯向人請教。

坐在小女孩們身後的弗蘭克聽著她們談話的內容，看著活潑的年輕人們做各式各樣的運動，不禁不耐煩地推開他的枴杖。正在收拾散落一地的**創作者**卡片的貝絲，抬起頭來一看，羞怯而和善地問：「你恐怕疲倦了吧，我能爲你做些什麼嗎？」

「拜託，和我談談天，一個人坐在這裡好沉悶啊！」弗蘭克回答，看來他在家是很受寵的。

對生性靦腆的貝絲而言，或許叫她做一次拉丁文演說還比和別人談天容易；可是她現在卻無處可逃，而喬也不在身邊爲她遮掩，那可憐的男孩看起來又是這麼熱切，她只好勇敢地下定決心試試看。「你喜歡談什麼？」她手忙腳亂收拾卡片，就在要將它們綁起來時又撒落了一大半。

「唔，我喜歡聽聽關於板球、划船、打獵之類的事。」弗蘭克還不太明白，如何依自己的力量選擇合適的消遣。

〈哎呀！我該怎麼辦？這些我完全不懂啊！〉貝絲心慌意亂中竟忘了男孩的不幸，一心只想勾起他談話的興趣：「我從沒見過打獵的情形，不過你想必全知道吧！」

「曾經是的，不過自從我在一次跨越五重跨欄障礙時受傷後，就再也不能打獵，因此我的世界裡也從此不再有馬匹、獵犬了！」弗蘭克說著長歎一聲，貝絲聽了好恨自己莽莽撞撞就無知地提出這問題。

「你們的鹿要比我們醜陋的水牛漂亮多了！」貝絲很慶幸自己曾在喬喜愛的男孩子書裡看過其中一本，正好可以把話題轉到大草原生態來救急。

水牛這個話題顯然令弗蘭克很滿意，心情也快慰不少。而一心要使對方開心的貝絲則完全忘了自己的羞怯，而且壓根兒沒察覺她的姊妹們看到她一反常態、竟和她心目中那些可怕的男孩之一侃侃而談，都爲她感到驚喜交加。

「上帝保祐她！她因爲同情他，所以對他那麼好。」喬看著他們，笑著說。

「我一向就說她是個小聖人嘛！」瑪格口氣好篤定。

「我好久好久沒聽到弗蘭克笑這麼久、這麼大聲了。」正和艾美談論洋娃娃、坐在一旁用橡實殼做茶具組的葛麗絲說。

「我的姊姊貝絲在她願意的時候，也是位非常令人**著魔**的小姑娘呢！」艾美對貝絲的成功感到非常高興，只是她把「著迷」說成「著魔」了，幸好葛麗絲只覺得「著魔」唸起來很好聽，不知道那是什麼意思，還留下很好的印象哩！

在幾段即席娛樂，一場槌球友誼在之間，整個下午的時光已經消磨殆盡。日落時分，大夥兒拆掉帳棚、收拾食物籃、拔掉三角門、上了船、扯著嗓門在高歌聲中順流而下。歸途中奈德漸漸變得感傷，顫聲唱起一支以憂傷的疊句譜成的小夜曲——

孤單單，孤單單，呵！嗚，孤單單，

唱到歌詞——

我們都年輕，我們都有一顆心，
噢，我們為何要忍受這淒玲的別情？

他用哀悽的神情脈脈凝視著瑪格，令她不覺失聲大笑，破壞了整支歌曲的情韻。

「妳怎能對我如此無情？」在衆人活潑曲調的掩藏下，他對瑪格附耳低語：「妳一整天都跟那古板的英國女子在一起，現在又來奚落我。」

「我不是故意的，只是你看起來是那麼好玩，我忍俊不住要笑出來。」

瑪格有意避開他前面那部分的譴責；因爲她在想起墨菲家的晚會和散場後的談話情況下，確實是刻意要冷落他。

奈德受了氣，轉而向莎莉尋求安慰：「那女孩一點情調都沒有，不是嗎？」

「的確，不過她是個親愛的人。」莎莉在坦承摯友缺點的同時，仍不忘爲她辯護。

「總之，她不是隻受傷的小鹿。」奈德追隨時下年輕人的行徑，故作詼諧。

在清晨集合的草坪上，這一群人熱誠地互道珍重再會，因爲佛恩一家就要到加拿大去了。

當馬琪四姊妹穿過花園回家去時，凱蒂小姐望著她們的背影，絲毫不帶驕矜之氣地說：「美國姑娘們雖然舉止率性，但熟悉之後卻會發現她們非常親切。」

「我非常同意妳的看法。」布魯克先生表示。

13 空中樓閣

一個暖洋洋的九月午後，羅禮悠哉遊哉地躺在他的吊床上來回擲動，心中納悶著他的鄰居們不知在做什麼，又懶得下去看個究竟。由於今天一整天過得既不滿足，也沒什麼收穫，他內心有些悵惘，恨不得這一天能重來一次。炎熱的天氣讓他渾身懶洋洋，課業不想做，把布魯克先生的耐性消磨殆盡，又彈了半個下午的琴，讓爺爺很不開心。此外他還淘氣地向女傭暗示他的一條狗發瘋了，把她們嚇得半死，最後又臆測馬夫疏忽了他的馬，聲色俱厲地訓斥了他一頓，這才盪上吊床，對這沉悶無聊的世界大生悶氣，直到周遭寧靜的氣氛終於感染了他，漸漸讓他平靜下來。他凝視著上方七葉樹濃濃的綠蔭，遐想著各式各樣的夢境。就在想像到自己正航行大海、逐浪沉浮、環遊世界時，一陣人聲將他拉回到現實的世界。他從吊床的網孔中悄悄張望，看見馬琪姊妹像打算做什麼遠征似的，魚貫走出門來。

〈這些女孩現在到底要做些什麼啊？〉羅禮想了想，張大他的惺忪睡眼仔細觀察，因為他這些鄰居們的裝扮，實在不太尋常。她們個個頭戴著頂走起來帽沿一垂一顫的大帽子，肩上掮著棕色麻布袋，還有一根長手杖。瑪格拿著個坐墊、喬帶一本書，貝絲提著個籃子，艾美也拿著個紙夾，四個人靜悄悄地穿過花園來到小後院，然後開始爬上位於房子與河流間的小山丘。

「唉，太沒人情了嘛！」羅禮自言自語：「要去野餐竟然不邀我！她們沒鑰匙，上不了船的。也許是忘了吧！我拿去給她們，再瞧瞧到底是怎麼一回事。」

雖然羅禮的帽子起碼有半打，不過他還是花了好一會兒工夫才找到一頂；搜尋鑰匙又花掉了不少時間，最後才發現它在自己的口袋裡。等他跳過籬笆追出去時，幾個女孩早已不見人影了。羅禮抄了最近的捷徑到船庫等她們來，左等右等卻不見人來，只好上小山頭去瞭望一番囉！這座小山被一小片林子遮蔽了一小部分，這時林蔭深處傳來一陣，比催人欲眠的蟋蟀之歌或者松林輕響更清晰的聲音。〈好美的景致啊！〉羅禮默默想著，由草叢間望過去，霎時整個人清醒過來，流露出溫和的神情。

眼前的畫面的確美極了；馬琪四姊妹坐在樹蔭下，陽光、樹影灑遍她們全身，清風徐徐拂動她們的秀髮、吹涼她們滾燙的臉頰，而林間的小居民們都活動如常，似乎把四姊妹當成了老朋友、全不生疏、害怕。瑪格坐在椅墊上，用她雪白的手織巧地縫縫補補，身穿粉紅洋裝的她，置身於一片翠綠山色間，嬌嫩得有如一朵玫瑰花；貝絲正在揀選鐵杉樹下掉滿一地的毬果，因爲她想用它們來製作漂亮的東西；艾美在描摹一簇玉羊齒；喬一面朗讀一面打毛線。看著她們，男孩臉上蒙上一層陰影，覺得自己是個不速之客，應該離開才對。可是看著樹林間，這場對他擾攘心靈最具誘惑力的安詳聚會，又令他流連難捨。他一動也不動呆站在那兒，一隻正忙於收貯食物的松鼠，傻傻地衝到他身旁的松枝上才發現有人，忙又一溜煙縮回原樹吱吱亂叫，惹得貝絲檯起頭來，溜見赤揚樹後那張渴慕的臉，於是露出和煦的笑容鼓舞他的信心，朝他招招手。

「請讓我加入好嗎？或者我是不受歡迎的人呢？」他彆彆扭扭地走上前來。

瑪格揚起眉毛，喬卻對她大蹙其眉，同時立刻表示：「當然好。要不是我們以爲你不會喜歡種女孩子遊戲的話，早就邀你參加了。」

「我一向喜愛妳們的遊戲；不過如果瑪格不希望我加入的話，我還是走開好了。」

「如果你找點事做，我就不反對；在這裡，遊手好閒是違規的。」瑪格的回答十分鄭重而不失優雅。

「樂意之至。只要各位肯讓我停留一下下，做什麼我都願意，因爲家裡那邊實在單調乏味死了。我要縫紉、朗讀、撿毬果、畫畫，還是全部一起做呢？快派工作吧，我準備好了。」

「你來把這故事唸完，讓我專心把剩下的工作做完吧！」喬說著把書本遞給他。

「是的，小姐。」羅禮謙遜地答應一聲，竭力求取好表現，以示對於大家準許他加入「工蜂團」的感激。

故事並不長，羅禮唸完後又鼓起膽量提出幾個問題，當作他賣力朗讀的回報。

「小姐，我可否請教，這個既有高度教育功能又迷人的組織，是新成立的吧？」

「妳們願意告訴他嗎？」瑪格徵詢姊妹們的意見。

「他會笑我們。」艾美提出警告。

「誰在乎呢？」喬說。

「我想他應該會喜歡才對。」貝絲也幫腔。

「我當然會喜歡！我發誓絕不會笑你們。喬，別害怕，說吧！」

「鬼才怕呢！喏，你知道我們一直在玩天路歷程的遊戲，而且無論寒暑、終年奉行不輟。」

「是的，我知道。」羅禮瞭解地點點頭。

「誰告訴你的？」喬盤詰。

「小精靈。」

「不，是我說的。有一晚妳們都不在，他看起來又非常失意？我希望能逗他開心，所以就告訴他了。他很喜歡，所以喬——請妳別罵人。」貝絲溫馴地說。

「妳就是藏不住祕密。算了，無所謂，反正這一來眼前正好省掉解釋的麻煩。」

「拜託，繼續講嘛！」羅禮看到喬似乎有些不高興，只顧埋頭工作，趕緊催促她。

「噢，她沒把我們這個新計畫告訴你嗎？喏，我們不希望浪費掉我們的假期，於是每個人挑件事情，心甘情願地為它工作。假期就將結束，而我們的指定工作也都完成了，大家都好高興沒有白白蹉跎時光。」

「嗯，我想也是。」羅禮想起近來自己懶散度日，不禁感到後悔。

「媽媽希望我們儘量多到戶外，因此大家就把工作帶到這邊來，同時享受歡樂時光。為了增添樂趣，我們把東西裝在袋子裡，戴上舊帽子，用長竿子來爬山，然後像多年以前那樣重演天路歷程。我們把這座小山稱作**「樂山」**，因為在這裡，我們可以極目眺望，看見將來期望居住的鄉里。」

喬遙遙一指，羅禮坐起身來仔細觀賞。通過林木的一處開口，人們可以瞭望寬廣的水藍河面、河對岸的青青草坪、更遠處的場市外環，甚至天地相銜處的蒼翠山坡。太陽西垂，絢爛的秋日落陽染得天際一片光輝。一座座山巔上，金黃、紫燦的雲影相偎傍，銀白的山尖高聳入微紅的暮色，耀眼的光華，恍若天國中一處又一處的亭臺。

「多美麗呵！」對於美好事物觸覺敏銳的羅禮輕歎。

「它時常都是絢麗輝煌。」艾美眞希望能畫下那幅美景。

「喬談論到我們期盼將來生活的鄉里，其實她所指的就是眞正的鄉居生活——有豬、有雞、有稻草堆的鄉下。那是非常美好的期盼，但我希望在遠方的那個鄉里是眞實的，我們眞能走得到。」貝絲遙望天際沉思。

「其實還有一個比那更美好的仙鄉，慢慢地，當我們都夠好的時候，大家都會到達那仙鄉的。」瑪格嬌柔地說。

「那似乎要等待許久許久、似乎很難做到。我眞希望能馬上像那些燕子般飛翔，飛進那輝煌的門庭。」

「貝絲，別擔心，妳會進去的；妳早晚會進去的。」

喬說：「必須奮鬥、工作、攀登、等待，而且也許永遠進不去的人是我。」

「妳還有我作伴呢，也許這能給妳一點安慰吧！我要看到妳們的天國之門，不知道還要跋涉多少路程哩！要是我到得晚了，妳一定會替我說好話，對不對，貝絲。」

男孩臉上的某種神情困擾了他這位小朋友，不過她祥和的眼睛凝視著瞬息萬變的雲朵，仍舊愉快地告訴他：「我想要是人們眞心想要去，並且努力嘗試，就一定會進得去。因爲我不相信它的門口會有任何一道鎖、門庭會有守衛。我一直想像它就像畫上那樣，當可憐的**基督徒**❶從河中

---

❶《天路歷程》一書中的主角。

上來時，光明的使者們伸出雙手迎接他。」

「要是我們妄想的空中樓閣都能成眞，我們也都能居住其中，不是挺有趣的嗎？」稍後喬說了一句。

「我的空中樓閣太多了，不知道要選擇哪一個才好呢？」羅禮平躺在地，拿著毬果朝剛剛無意中褐露他藏身之處的小松鼠扔。

「你必須選擇最喜歡的一個；那是什麼？」瑪格問。

「如果我說了，妳們也得說出自己的。」

「我們會的，開始啦，羅禮。」

「截至目前爲止，根據我的經歷，我想定居在德國，盡情接觸音樂。將來我要當音樂家，讓世上所有的人爭相來欣賞我的演奏；我永遠不要爲事業、金錢所困，只要依自己的喜好，盡情享受、盡情生活。那就是我最喜歡的空中樓閣。瑪格，妳的呢？」

瑪格覺得要說出自己的夢想，似乎有一點兒困難。她拿著一支山蕨在眼前揮呀揮，彷彿要趕走想像中的小蚊納，緩緩地說出：「我大概會喜歡有座漂亮的房子，裡頭到處是華麗的東西——美食佳餚、漂亮衣服、迷人家具、善良的人們，還有成堆的金錢。我要當這幢房屋的女主人，帶領著衆多僕人把它經營成自己喜歡的樣子，完全不勞親自動手。我有多喜歡這樣呵！因爲我不至於懶散怠惰，只會貪圖享受，讓每個人都眞心喜愛我！」

「妳的空中樓閣裡不要一個人嗎？」羅禮狡猾地問。

「唔，我說了要一些『善良的人』嘛！」瑪格低頭繫鞋帶，免得被人看出她臉上的神情。

「妳何不乾脆說盼望有個聰明、善良、完美的丈夫，和幾個天使般的小孩呢？妳明知沒有他們，妳的空中樓閣不會完美的。」喬率性地說；她還沒有那些綺思夢想，除了書本上的浪漫史外，她對愛情之類的事相當排斥。

「妳除了駿馬、墨水瓶和妳那些小說外，什麼也不會有。」瑪格悻悻地反駁。

「唔，可不是嗎？我要一馬房的阿拉伯良駿、到處堆積書籍的房間，還要用神奇的墨水筆，寫出跟羅禮的音樂一般出名的作品。我希望在踏進我的樓閣前，先做點驚天動地的大事——偉大或驚奇的事，以便在我死後不被人們遺忘。我還不知道要做的是什麼，但我正仔細留心，總有一天要妳們都大感驚異。我想我將要寫幾本書、致富還有成名：那樣最合我的意，所以那也是我最愛的夢想。」

「我的夢想是安安穩穩地和父母住在家中，幫忙料理家務。」貝絲心滿意足地說。

「妳難道不想再要些什麼嗎？」羅禮問。

「我有了小鋼琴，已經非常滿足了，只盼望大家都能好好相聚在一起，沒別的了。」

「我有好多好多的心願，不過最喜愛的一個是當畫家、到羅馬、畫好畫，成爲全世界最棒的藝術家。」艾美嫻雅地說出心願。

「我們都是雄心勃勃，對嗎？除了貝絲以外，每個都想要成名致富，在各方面擁有輝煌成就。我很懷疑，不知我們之中是否會有人能如願似償。」羅禮像頭冥思的牛犢般嚼著青草。

「我已經取得了進入我那空中樓閣的鑰匙，但是否能打開那扇門卻還有待觀察。」喬神祕地表示。

「我也拿到我的鑰匙了，但卻被禁止嘗試。該死的大學！」羅禮無奈地歎口氣。

「我的在手上！」艾美揮動她的筆。

「我什麼都沒掌握到。」瑪格淒涼的說。

「不；妳有。」羅禮立即表示。

「在哪裡？」

「妳的容顏。」

「胡說，那才不管用呢！」

「等著瞧好了，看看它會不會為妳帶來什麼值得珍惜的事物。」男孩想著他自認為瞭解的某個小祕密，不覺笑了起來。

瑪格紅了臉，卻沒問什麼，只是以布魯克先生講述武士故事時那種期待的神情，默默地望向河對岸。

「要是我們都能活到十年後，且讓大家齊聚一堂，看看有幾個人達成自己心願，或者比現在更接近理想多少。」喬隨時隨地會為將來預立某個計畫。

「天哪！到時我多老哇——二十七了呀！」才剛十七的瑪格，覺得自己早已是個天人嘍！

「泰迪，你和我將會是二十六，貝絲二十四，艾美二十二。多老成的聚會呵！」

「但願屆時我已做到什麼足以傲人的事。只是，喬，我是如此好逸惡勞，只怕到時成了個虛度光陰的人吶！」

「媽媽說，你需要的是動機；她深信，一旦有了動機，你將會有絕佳的表現。」

「眞的嗎？喲唷，會的，只要有機會，我一定會的！」羅禮陡然翻身坐起。「我應該要以取悅於爺爺爲滿足，我也試過了。只是妳們知道，那與我的心願相違，難以克服。他希望我跟他一樣當個印度貿易商，但我寧死也不願。我討厭茶葉、絲帛、香料，還有他那些老船運來的每一樣廢物，一旦我擁有那些船，也不會在意它們是不是會馬上沉到海底去。上大學總該讓他滿意了吧？要是我爲他付出四年，他也該允許我不用從商；然而他心意已決，除非我像父親一樣和他脫離關係，去做自己開心的事，否則就得依他的模式過一輩子。要不是沒有人留在老人家身邊陪伴他，我明天就走啦！」

羅禮語氣激動，彷彿稍有一點小刺激他就會當眞掉頭就走。因爲他雖然閒逸散漫，卻正快速成長，有了青少年特有的叛逆性，更有一種期盼自己去闖蕩天下的衝動。

「我建議你不妨先搭一艘你們自己的船去遊歷，試驗過自己的方式後再回來。」喬一想到這種大膽的探險，燃起了她旺盛的想像力，而同情心也被她所謂的「泰迪的委屈」所激起。

「喬，那是不對的，妳不能說這種話，羅禮也絕不能聽從妳的不良意見。我的好孩子，你必須遵照你祖父的期許而努力。」瑪格用她最慈愛的口氣勸導：「在大學裡盡力求表現，等他瞭解你爲了讓他開心而做的努力後，我相信他絕不會做出對你不公平或苛酷的事來。正如你所說的，家裡沒有別人能夠陪他、關愛他，因此若是在沒有得到他允許的情況下離開，你將會一輩子都無法原諒自己的。別懊惱、別焦慮，只要盡本分你就一定會得到善意回報，就好比布魯克先生得到被愛、受尊敬的好報酬一樣。」

「妳對他的瞭解如何呢？」羅禮對她的忠告心存感激，卻又不願聽訓，樂得在一番反常的情緒發洩後，藉機轉移話題。

「只有令祖父告訴我們的那些——他如何在他母親有生之年善盡照顧之責，爲了不願離她遠去，是以推辭掉許多出國擔任富貴世家家教的機會；還有現在他如何贍養一位曾看護過他母親的老婦人，盡其所能地慷慨、耐心、和順相待，而且從未向人誇示。」

「沒錯，他是這麼位可親的大好人！」羅禮接口表示：「就像爺爺打探出他所有的事蹟而不讓他曉得，反而把他的善行說給別人聽，讓大家都因此而喜歡他。布魯克不明白妳母親爲何對他那麼親切，不但邀他與我一同拜訪，又那麼友好和善地款待他。他只是認爲她是位十全十美的婦女，成天提起她，又熱烈地把焦點延續到妳們身上。若是我眞能達成我的心願，妳們等著瞧我會爲布魯克先生盡什麼心意好了。」

「你現在就可以因少折騰他而盡點心了。」瑪格嚴厲地表示。

「小姐，妳怎麼曉得我折騰他了呢？」

「我從他離開時的臉色就看得出來啦！要是你乖乖的，他就會一臉滿意，腳步輕快靈敏；要是你惹他煩心，他便會神情凝重、步履遲緩，好像恨不得回頭把自己的工作再做好些似的。」

「哇，我喜歡，如此一來，我表現的好或壞，妳只消看布魯克先生的臉色就能一目瞭然了，不是嗎？我看見他經過妳家窗口時總會微笑行禮，卻不曉得你們倆已經建立了默契呢！」

「才沒有。別生氣，還有——噢，我說的話一句都別告訴他！我只是想讓你明白我有多關心你；還有，在這裡所說的話對外全是機密。」瑪格一想到這番無心之言可能惹來的後果，連忙提高警覺。

「我才不會洩密，」羅禮擺出一派喬所形容的「盛氣凌人」架式回答：「不過萬一布魯克眞是個寒暑表，我可得留意些，還要給個好天氣讓他向妳打報告哇！」

「拜託別生我的氣。我不是故意要說教、胡言亂語、做蠢事，只是覺得喬的鼓勵，可能會讓你慢慢地愈來愈任性。你對我們這麼好，大家都把你當成親兄弟一樣，想到什麼就說什麼。請你原諒；我是出自於好意的。」瑪格又感性又帶著幾分怯意地伸出手來。

羅禮對自己一時使性子感到非常不好意思，趕緊握住她親切的小手，坦白表示：「是我該請求諒解的才對。我這一整天都脾氣暴躁、陰陽怪氣的。我很喜歡妳們像手足般指正我的缺點，所以萬一我有時亂找碴，請大家別放在心上。」

爲了表示自己沒生氣，他刻意配合大家的工作——替瑪格纏棉線、背詩討好喬、爲貝絲搖落毬果、幫艾美指點玉羊齒的寫生，以行動證明自己是「工蜂團」的合格人選。在一陣熱烈討論烏龜習性的談話聲中（剛好一隻烏龜從河中爬上來所引起的），遠處傳來微弱的鈴聲，告訴大家漢娜已經準備好了茶，孩子們也該回家吃晚飯嘍！

「我可以再來嗎？」羅禮問。

「可以呀，只要你像在校的孩子般聽話、守規矩、愛讀書就行了。」瑪格微笑地說著。

「我一定盡力做到。」

「那麼你就可以來了，到時候我還可以教你像蘇格蘭男子那樣做編織；前線正缺軍襪呢！」喬拿著她編的襪子像藍色大旗似的揮舞著。

那一晚，當貝絲在茫茫夜色中為羅倫斯先生彈奏鋼琴時，羅禮站在窗帷的暗影下，傾聽小大衛❷的彈奏；她那樸實無華的樂聲，總是能撫平他陰霾的心緒。看著髮色斑白的老人家手拄著頭、在樂聲中追思他所鍾愛那位已死的小孩，羅禮暗暗下定決心，要愉快地犧牲奉獻，喃喃地自言自語：「我將放棄自己的空中樓閣，在他需要我時，陪伴在這位親愛的老人家身邊；因為我是他的一切啊！」

---

❷十九世紀法國音樂家，漫遊東方國度多年，有「東方音樂通」之譽。

14 祕密

十月裡，天氣一天天轉涼，下午變得短暫，喬在閣樓裡忙碌不堪。陽光每天暖暖地灑在軒窗上兩、三個鐘頭，照出喬坐在舊沙發上振筆疾書的身影。她把稿紙攤在身前的一個大箱子，寵物鼠小無賴和它瀟灑的大兒子在樑上爬行的聲音窸窣可聞。喬把全副心神都放在眼前的工作上，洋洋灑灑地寫滿了最後一頁，這才龍飛鳳舞地簽下名字，擲筆高呼——

「歐，我盡力啦！要是這樣還不行，我只好靜心等待有能力寫得更好的時候嘍！」

她靠回沙發，細心看一遍手稿，時而畫一筆破折號，時而加上個像小炸彈般的驚歎號，然後用條醒目的紅緞帶綁好，然後神情肅穆而熱切地坐在那兒注視它一陣子，顯見她對這份作品有多認真。喬在閣樓上的書桌，是一臺倚牆而置的舊洋鐵皮餐櫥。平時她把紙張和幾本書放在櫥子裡，免得遭到小無賴的肆虐。這隻小無賴老愛周遊書陣，遇到擋道的書本，就先啃掉它們的封面再說。喬從這洋鐵皮櫥子裡又拿出另一份手稿，把兩份一塊兒放進大口袋裡，悄悄下樓去，留下兩隻小朋友去輕咬她的鋼筆、淺嘗她的墨汁。

她儘量不發半點兒聲音，戴上帽子、穿好夾克，走到後甬道窗，跳到一個矮門廊頂上，盪到青草灣，再兜個彎繞到大馬路。一到大馬路，她先鎮定一下情緒，然後叫住一部行經此地的公共馬車，帶著非常神祕又愉快的神情；搭車進城去。

要是有人仔細瞧瞧她的話，一定會發覺她的行動非常奇異。因爲她才一下車，便邁開大步來到某條繁華街道的一個門牌前，在費了番工夫確定地方後便走進門廊，仰頭看看骯髒的樓梯呆立半晌，然後猛然衝回街道，用和來時一般快速的步伐離開。

同樣的舉動重複幾次之後，勾起了在對面樓房窗口，探頭遙望的黑眼睛青年莫大的興趣。在第三次退縮的時候，喬終於甩甩頭，把帽沿壓得低低地蓋過眼睛、走上樓去，看她的神態倒像要去拔掉所有的牙齒似的。

在這棟建築的衆多招牌之中，有一塊是牙醫師的。那塊招牌正好掛在通道口，黑眼青年凝視了那對緩緩張合、以便吸引人注意漂亮牙齒的人造牙床一陣子後，立刻套上大衣、拿起帽子、走下樓到對面的大門口去，還打了個顫、微笑著自言自語：「看來她是一個人來了；不過要是她受什麼罪的話，總需要有個人協助她回家才對。」

不到十分鐘，喬便面紅耳赤地奔下樓來。那副模樣，彷彿遭受過什麼痛苦的折磨似的。她一看到那青年，顯得非常不開心，點個頭就打他身邊走過去；但那青年卻追上凍，萬分同情地問：「剛剛很不好受吧？」

「還好。」

「妳很快就過關了嘛！」

「是啊！上帝保佑！」

「妳爲什麼一個人去？」

「不想讓別人知道。」

「我沒見過像妳這麼古怪的傢伙。妳拔掉幾個？」

喬滿頭霧水地注視著這位好友，沒多久似乎想通了什麼好玩的事，咧口大笑了起來。

「我想交出兩個，只是必須再等一個禮拜。」

「妳在笑什麼？喬？妳一定想搞什麼鬼。」羅禮一臉困惑。

「你也一樣。先生，你在那個彈子房做什麼？，」

「抱歉，小姐，那是健身房，不是彈子房，我在那邊學擊劍。」

「哇，那眞令我高興。」

「爲什麼？」

「你可以教我呀！如此一來演**《哈姆雷特》**時，你可以扮演賴爾蒂斯（Laertes），我們就能把擊劍那幕演得有聲有色了。」

羅禮一聽開懷大笑，惹得幾名路人也不由自主地露出微笑。

「不管演不演**《哈姆雷特》**我都會教妳；擊劍非常有趣，絕對讓人氣象一新。不過妳那麼直截了當地大喊『那眞令我高興』，應該不會只因爲這個緣故吧？」

「不，我高興的是你沒有到彈子房去，因爲我希望你永遠別涉足那種地方。你去過嗎？」

「不常。」

「我希望你不要去。」

「喬，上彈子房也沒啥害處嘛！我在家也有撞球檯，可是沒有好對手的話，一點意思都沒有；所以，基於興趣，我有時會過來和奈德．墨菲或者其他人打一局。」

「噢，老天，我很遺憾。因爲你將會越來越喜歡去，浪費時間、金錢不說——而且變得跟那些討厭的男生一樣。我眞的好希望你仍然能像現在一樣，在你的朋友心目中受到敬重、令他們滿意。」喬搖著頭說。

「難道偶爾做些無害的小消遣，就一定會失去大家的敬重嗎？」羅禮似乎有些不悅。

「那要看他在什麼地方、如何做這些消遣而定。我不喜歡奈德和他那夥同伴，也盼望你和他們保持距離。雖然他很想來我們家，媽媽卻不允許我們邀他；要是你變得跟他一樣，她一定也會不願意讓我們像現在這樣玩在一起。」

「眞的嗎？」羅禮焦急地問。

「沒錯。她無法忍受那些新潮的年輕人，寧可把我們關進盒子裡，也不肯讓她的女兒與他們交往。」

「唔，到目前爲止她還不需要搬出她的盒子。我不是個新潮派，也不打算當個追逐潮流的人，只願偶爾來次無害的嬉戲、娛樂。妳呢？」

「我也是，沒人在乎他們，所以要玩儘管玩，只是別玩瘋了，好嗎？否則我們的愉快時光就要結束了。」

「我一定會當個澈澈底底的聖人。」

「我受不了聖人，只要做個單純、誠實、可敬的男孩，我們就永遠不會棄你而去。我不知道萬一你像金先生的兒子一樣，我會怎麼辦；他有的是錢財，卻不懂得要如何使用，只會拿去買醉、賭博、逃家、冒用父親的名義招搖撞騙，眞是太可怕了。」

「你以爲我也可能做這種事嗎？多謝費心！」

「不，不是的——噢，天，不——只是我常聽人說金錢容易誘惑人誤入歧途，所以有時不免盼望你是窮人；我不該擔這種心才對！」

「妳眞的爲我擔心嗎，喬？」

「一點點，在你有時候看起來很憂鬱或不滿的時候；因爲你有強烈的意志力，一旦走錯了路，只怕很難阻止你呢！」

羅禮默默走了一段路，喬看著他，很後悔不該說出那些話。因爲他嘴上雖然似乎還對她的警告報以微笑，眼中卻好像帶著怒氣。

「妳是不是回家路上都打算一直訓話下去？」他問。

「當然不是。怎麼啦？」

「因爲假如是的話，我就要搭公車去了；如果不是，我倒很想陪妳散步回家，同時告訴妳一件很有趣的事。」

「我不會再說教了，而且萬分樂意聽聽這消息。」

「很好，那麼，聽啦！這是個祕密，要是我告訴妳了，妳也得把妳的祕密說給我聽。」

「我沒有祕密哇！」喬一開口，猛然想起自己確實有個祕密，急忙住口。

「妳明知妳有——妳不許隱瞞任何事，否則我也不說出我的祕密。」

「你的祕密很棒嗎？」

「噢，可不是！全都是和妳熟悉的人有關，而且非常有趣哩！妳應該聽聽的；我好久就一直想告訴妳了。快，妳先說。」

「你保證回家隻字不提，好嗎？」

「我發誓。」

「你也不會偷偷取笑我？」

「我從不取笑人。」

「唔，的確，你向來想要從別人身上挖什麼消息就有什麼消息。我不曉得這是怎麼辦到的，不過你的確是個天生的誘哄高手。」

「謝啦！快說吧！」

「唔，我剛剛交了兩則故事給報館的人，他下禮拜會作答覆。」喬湊在好友耳邊低聲說。

「萬歲，馬琪小姐——美國著名女作家！」羅禮高呼著把帽子高高拋向空中再接住。

「噓！我敢說，一定會石沉大海的，只是不試試看我又於心不甘。我沒跟任何人提過這件事，因為我不想讓別人失望。」

「喬，不會落空的。喂，妳的故事比起每天見報那些泰半的無病呻吟，簡直就像莎翁之筆了。看著它們被印出來不是挺有意思的嗎？大家又怎能不以我們的女作家為傲？」

喬眼裡閃著喜悅的光芒；畢竟被人信任是件值得開心的事，而來自朋友的讚美，也永遠比數十份報紙的吹噓更悅耳動聽啊！

「你的祕密呢？泰迪，公平遊戲，否則我再也不會相信你了！」她轉移話鋒，試圖澆息被他那一番鼓勵所吹起的希望之火。

「這件事說不說我實在很爲難。不過我並沒有答應人家保守祕密，所以還是說出來好了。因爲要是不向妳透露一點消息的話，我永遠都不會心安——我知道瑪格的手套在哪裡。」

「就這樣？」喬看到羅禮一臉神祕兮兮地直點頭，似乎很失望。

「等我告訴妳那隻手套在哪兒，妳一定也會同意這樣就夠了不得啦！」

「那麼，說下去吧！」

羅禮俯身湊在喬耳朵邊說了三個字，喬的臉色陡然一變，又詫異、又不悅地瞪他一眼，然後邊走邊厲聲詢問：「你是怎麼知道的？」

「看到的。」

「什麼地方？」

「口袋裡。」

「一直放在那裡？」

「嗯；那不是很羅曼蒂克嗎？」

「不，這太可怕了。」

「妳不喜歡。」

「當然不喜歡。這太荒唐了，於理不容嘛！我的老天！瑪格還不曉得會有什麼反應呢？」

「妳絕不可以告訴任何人！記住。」

「唔，無論如何，目前我是不會說的，不過我很厭惡這件事，而且恨不得你沒告訴我。」

「我還以爲妳會很開心呢！」

「你是說有人要來帶走瑪格這種事？不，謝啦！」

「等有人要帶走妳時，妳就不會那麼討厭這種事嘍！」

「我倒想看看有誰膽敢嘗試。」喬氣沖沖地嚷著。

「我也一樣。」羅禮一聽笑嘻嘻地說。

「我想這祕密對我而言恐怕不太中聽；自從你說出來以後，我的心情就一團亂。」喬口氣非常不客氣。

「跟我一塊兒跑下山，保證妳心情好起來。」羅禮提議。

喬一看四下無人，平滑的坡路又在眼前對她招手。她抵擋不住這種誘惑，索性飛奔而下，很快地帽子、髮簪都掉了，髮夾也邊跑邊脫落。羅禮率先跑到終點，而且對自己使出的招術相當滿意。因為他的亞特蘭姐❶髮絲飛揚、眼兒閃亮、紅著臉頰、氣喘吁吁地趕了上來，不悅的神情已然一掃而空。「真希望我是一匹馬，那麼我就可以神采飛揚地狂奔數十里，也不至於喘不過氣來，那眞是太棒啦！只可惜我是個人，跑幾步就氣喘吁吁。快，行行好，幫我把東西撿回來。」喬隨意往飄紅滿隄岸的一棵楓樹下一坐。

羅禮優遊自在地回頭去撿拾她掉落的東西，喬坐在樹下重新編起頭髮，心中直盼著整理好儀容前千萬別有人經過。可惜眼前不但有人經過，而且那人正是瑪格。她剛訪友回來，一身盛裝和整潔的打扮，看起來分外像個淑女。

---

❶ 希臘傳說中一名善跑的少女。

「妳在這裡做什麼？」她驚詫萬分地打量著披頭散髮的妹妹。

「拾楓葉。」喬溫順地回答，撫弄著匆匆抓在手上的一把紅楓。

「還有髮夾；」羅禮把六、七支撿回來的髮夾，扔在喬的裙子上。「長在這條路上的，還有髮簪和草帽也是。」

「妳又奔跑啦！喬，妳怎麼可以這樣？什麼時候妳才會停止這種亂跑亂叫的行徑嘛？」瑪格不以爲然地問著，隨手整理一下被風吹散的捲髮、順一順頭髮。

「除非等我老了、骨頭硬梆梆、非拄枴杖不可時。瑪格，不要逼著我提早成熟，妳這樣一下子改變了那麼多，已經令人很難受了，讓我能做多久的小女孩，就做多久吧！」

喬低著頭按弄楓葉，藉以掩飾她嘴角的顫抖；因爲近來她已經發覺瑪格飛快地成長爲一名婦人，而羅禮的祕密，更讓她害怕遲早會面臨的分別時刻就快來了。羅禮看見她困擾的神情，趕緊轉移瑪格的注意力，問她：「妳打扮得這麼好看到哪裡去呢？」

「到葛蒂娜家，莎莉還把貝兒．墨菲的婚禮情況全告訴我了。婚禮非常盛大，而且新人已經到巴黎去度蜜月了。想想看，那一定愉快極了！」

「妳羨慕嗎，瑪格？」

「恐怕是吧！」

「我很慶幸！」喬喃喃唸著，猛然繫緊帽帶。

「爲什麼？」瑪格一臉訝異。

「因爲要是妳在乎富裕與否，就不可能會去嫁給一個沒錢人了。」喬說著，對無言地警告她別洩密的羅禮大蹙其眉。

「我永遠也不會『去嫁給』任何人。」瑪格端端莊莊地往回家路上走，後頭兩個卻一路咬耳朵大笑、踢石子、「像小孩子一樣」——這是瑪格的想法；雖然要不是她身上穿著自己最好的衣服，恐怕早就加入他倆的行列了。

在那一、二個禮拜左右的時間內，喬表現得非常反常，讓姊妹們感到十分迷惑。每次郵差一按鈴她就直衝到大門口，只要見到布魯克先生，一定對他很不客氣，經常苦著臉瞅著瑪格，偶爾還會莫名其妙地跳起來搖搖她、然後親吻她；羅禮和她之間不時互相打暗號，談論「翔鷹」，最後幾位姊妹都不得不宣稱他們倆都神智失常了。

就在喬那趟神祕行為後的第二個禮拜六，正在自己的窗口邊縫紉的瑪格，無意中瞥見羅禮正追著喬滿園子跑，最後終於在艾美那一區抓到她。以下的情形瑪格看不到，只聽到幾陣大笑，然後是輕聲交談和拍打報紙的響聲。「我們該拿那女孩怎麼辦呢？她永遠不會有小淑女樣兒的。」瑪格歎著氣，不以為然地看著他倆相互追逐。

「但願她不會有，她現在的樣子好有趣、好可愛啊！」貝絲從未向人洩露，喬和別人分享一個她所不知道的祕密，讓她感到有點兒傷心。

「這實在很令人傷腦筋，只是我們永遠也沒辦法讓她循規蹈矩呀！」艾美正為自己的衣服做幾條新縐紗滾邊，頭髮綁得很迷人——漂亮的髮型加上可愛的衣飾，使她更增添了高雅氣息。

沒多久，喬蹦蹦跳跳地跑進來，坐在沙發假裝看報。

「那上頭有什麼讓妳感興趣的嗎？」瑪格慇懃地問。

「只是一篇故事，我猜想大概也沒什麼分量吧！」喬小心翼翼地遮住報上的名字。

「妳還是朗讀出來的好，一方面可供大家消遣，另一方面也可以省得妳搗亂。」艾美裝出一副老成的口氣。

「篇名是什麼？」貝絲奇怪喬爲什麼一直用報紙掩著她的臉。

「**對手畫家。**」

「聽起來很不錯，唸一唸吧！」瑪格說。

喬「嗯」了一聲，深呼吸一下，開始飛快地唸了起來。故事十分浪漫，又帶著些許的傷感，結局時許多人物都死了，姊妹們聽得非常專注。

「我喜歡傑出的畫作部分。」喬唸完後，艾美首先給予好評。

「我喜歡愛情部分，愛薇拉和安其洛都是我們欣賞的名字，不是挺奇怪的嗎？」瑪格邊說邊拭淚；因爲「愛情」部分是大悲劇。

「作者是誰呢？」貝絲已經瞥見喬的臉色了。

喬突然坐挺身子，把報紙扔到一旁，滿臉飛紅，又鄭重又興奮地高呼：「妳的老姊。」

「妳？」瑪格嚷著，手上的東西掉落在地。

「好極了！」艾美評論。

「我就知道！我就知道！噢，我的喬，我好驕傲喲！」貝絲跑過去摟住姊姊，爲這個驚人的成就大聲歡呼。

天哪，瞧這四姊妹是多麼高興呵！瑪格非到親眼看到「喬瑟芬．馬琪小姐」的名字確確實實印在報上，否則還一直不敢置信；艾美優雅地評論著故事中高妙的地方，並提供一些可供做結局的伏筆，可惜這個結局永遠不可能實現，因爲故事中的男女主角都已經死了；貝絲興奮極了，高興得哼著歌、翩翩輕舞；漢娜走進來大叫：「莎翁復活了；了不起！」馬琪夫人知道後深深引以爲傲；喬熱淚盈眶，在笑聲中宣稱她非常驕傲，像完成了什麼大事似的；而「翔鷹」更經由這一家人的手，在馬琪府邸以勝利之姿鼓動它的雙翅。

「告訴我們整個事件的始末。」「是什麼時候送來的？」「妳有多少稿費？」「爸爸不知會有什麼表示呢？」「羅禮大笑吧？」這一家子簇擁著喬，七嘴八舌地提出問題。這幾個熱情又對整件事一無所知的家人，只要家中有一點點歡欣，總會感染得全家喜氣洋洋。

「快別吵成一團了，姑娘們，我來把所有細節告訴大家。」喬說著，心中納悶波奈小姐完成**伊芙琳娜**❷時，是不是比自己對**對手畫家**更得意。在敘述完交稿的過程後，喬接著表示：「我去聽取答覆時，那人告訴我兩篇他都喜歡，不過新手無法支領稿酬，只能提供發表園地，並推出評介。他說這是很好的練習機會，等新手有進步後就一定可以領到稿酬。於是我讓他把兩篇都登了，今天這篇先寄到手上，被羅禮看見了，非要瞧瞧不可，所以我就讓他看了，他說內容很好，要我繼續再寫，我好高興哇！因爲不久後我不但能自給自足，還可以幫助大家了呀！」

喬說到這兒再也無法繼續，把頭埋進報紙中，滴下幾滴清淚；因爲獨立和贏得所愛之人的好評，正是她心中最渴望的兩件事，而眼前的成功似乎正是跨向那快樂目標的第一步呢！

❷ 英國女小說家及日記體作家凡妮．波奈作品。

15 一通電報

「十一月是一年之中最惹人厭的月份。」一個沉悶的午後，瑪格麗特站在窗口，望著薄霜輕籠的花園說。

「那正是我在十一月出生的原因。」

喬憂鬱地回應，完全沒注意到自己的鼻尖上沾了墨水。

「要是現在發生什麼令人非常愉快的事，我們就可以當成這是個宜人的月份了。」貝絲對任何事都懷抱希望，就連十一月也不例外。

「這是當然，只不過家裡根本沒有愉快的事發生啊！」瑪格心情不太好。「我們日復一日地作苦工，一點變化都沒有，枯燥又乏味，簡直就像部活機器嘛！」

「我快受不了啦，這種日子多鬱悶吶！」喬嚷著：「親愛的，難怪妳心情不好，因爲在妳拼命替學生灌輸知識時，卻發現別的姑娘們都正盡情地享受大好的青春年華，就這樣一年過一年。噢，我好希望能像對我書中的女主角那樣替妳安排一切啊！妳已經夠漂亮了，因此我要爲妳安排個有錢親戚，留下筆意外之財給妳；這樣妳就可以任意揮霍、責備每個看輕妳的人，出國，然後頂著光芒奪目的某某夫人名銜衣錦還鄉啦！」

「現代社會中，人們已經不會像那樣平白獲得錢財了，男人必須工作、女人必須結婚才會有錢。這眞是個不公平至極的世界呵！」瑪格傷感地說。

「喬和我會替大家掙足錢財的；妳們等候十年，看看我們是不是能辦得到。」坐在一旁用泥巴揑小鳥、水果、人臉等小泥模的艾美表示。

「怎能這樣空等呢？雖然我很感激妳們的好意，但是我對於墨水和泥巴卻不敢抱太大的信心啊！」

瑪格歎著氣，又扭頭望著薄霧瀰漫的花園，喬消沉地拄著桌子呻吟，艾美卻精神飽滿地「啪嗟、啪唪！」拍著泥團，而坐在另一個窗口邊的貝絲則微笑著說：「現在馬上就有兩件愉快的事發生了：媽咪正沿著街道走來，而羅禮也匆匆穿過花園，好像有什麼好消息要通知我們一樣。」

等兩人走進家中後，馬琪夫人照例問問大家：「女兒們，有沒有父親的來信？」羅禮也向她們遊說：「妳們有沒有誰要陪我坐車出去走走？我算一整天數學算得頭昏腦脹，正要出去兜兜風、透透氣。今天天色雖然陰沉，空氣卻還不錯，而我又要去接布魯克回家。所以就算外面天氣不好，內心還是會很愉快啊！快，喬，妳和貝絲都會去，對不對？」

「當然。」

「多謝你的好意，但我很忙。」瑪格急取出她的針線籃；因爲她和母親都一致同意，她最好不要常常和年輕男子駕車出遊。

「我們三個馬上準備好。」艾美大喊一聲，趕緊跑去洗手。

「母親大人，有什麼事要效勞嗎？」羅禮帶著孺慕之情與口吻探身問馬琪夫人。

「謝謝你，不用了。如果你願意的話，請到郵局去一趟，親愛的。今天我們該會收到一封信才對，郵差卻沒來。父親寄信向來有如日昇日落般規律，不過也許是信在中途耽擱了吧！」

一聲尖銳的門鈴聲打斷了她的話，不一會兒，漢娜拿著一封信匆匆走進來。

「是緊急電報，夫人。」她像是深怕那電報會爆破、造成什麼傷害一般，急地把它交給女主人。

馬琪夫人一聽到「電報」二字，急忙一把抓住它，瀏覽完上面的兩行電文，隨即像胸部中彈般，臉色慘白地癱瘓在椅子上。羅禮衝下樓去取開水，瑪格和漢娜急忙扶住她，喬也驚慌地唸出電文：

瑪格夫人：

您先生病重；速來。

赫爾於華盛頓．布蘭克醫院

家人們屏著氣、悄無聲息地聽著，屋外的天色無由地昏暗下來，整個世界彷彿突然變了樣，姊妹們圍攏在母親身旁，感覺生活中所有的幸福、快樂和支柱就要被奪走。瑪格夫人隨即恢復過來，仔細看過電文，伸出雙臂將女兒們擁入懷中，以一種令她們終身難忘的語氣說：「我會立刻趕過去，可是就怕為時已晚。噢，孩子們，孩子們，幫助我度過這一關啊！」

接下來那幾分鐘內，整座屋子裡子充滿著啜泣聲，及摻雜著哽咽的安慰聲，間或還摻雜一二句被淚水淹沒的低語。可憐的漢娜是第一個恢復鎮定的，她憑藉著天生的智慧為其他人樹立起良好的典範——因爲，在她觀念中，工作是醫治一切苦難的萬靈藥。

「上帝保佑這可敬的人！我不會把時間浪費在哭泣上的，夫人，趕快收拾好妳的東西吧！」她懇切地說著，用圍裙揩去臉上的淚水，伸出她粗糙的手給予女主人溫暖的一握，然後退出去加倍賣力地工作。

「她說得沒錯，我們沒有時間流淚了。鎮定下來，女兒們，讓我們想想該做些什麼。」可憐的小姑娘們努力讓自己的情緒平靜下來，她們的母親雖然臉色蒼白，卻也鎮靜地坐挺身子，把憂傷抛在一旁，爲大家考慮並計劃一切。

「羅禮人呢？」她一整理好自己的思緒？決定第一件該執行的工作，立刻分派任務。

「在這兒，夫人。噢，請讓我盡點心力！」羅禮匆匆從隔壁走出來，剛剛馬琪一家傷心的情景，即使是他這位好友看了也不禁嚇了一跳，暫時退到隔壁房間去。

「請拍個電報通知對方，我馬上趕去。下一班火車於明天清晨開出；我會搭上那班車。」

「還有別的事嗎？馬匹已經備好了，我哪裡都可以去，什麼事都可以辦。」看他的神色似乎上天入地都在所不辭。

「帶個字條到馬琪嬸嬸家。喬，給我紙筆。」

喬撕下一頁新稿紙的空白欄，又拖了張小桌子到母親身前。心裡很清楚這段悲傷的長途旅行，勢必得向人籌借旅費，覺得自己若是能做任何事，只要能爲父親稍稍增添一點費用都在所不惜。

「去吧，親愛的，不過千萬別太拼命趕車；用不著那麼急。」

羅禮顯然沒把馬琪夫人的提醒聽進耳裡去，因爲五分鐘後他已經縱身跳上窗邊的駿馬身上，像亡命天涯似地策馬狂奔。

「喬，快跑到會場去，告訴金太太我無法前往了，順路買這些東西回來。我把要採購的東西寫下來；這些東西都是必需品，我得先為看護工作做好準備；醫院的附設商店不見得都很好。貝絲，去向羅倫斯先生借兩瓶陳年老酒，為了父親，我不惜開口向人乞求；他將擁有一切最好的。艾美，告訴漢娜把黑皮箱拿下來，還有，瑪格，快來幫忙找我的東西，因為我的腦筋已經有點紊亂了。」

同時邊寫邊思索、邊指揮大局，恐怕早已把這位可憐的夫人累糊塗了。瑪格不斷要求她回房靜靜地休息一下，讓她們來工作就行。家裡每個人都像風中之葉般四處奔忙，而安詳、快樂的家庭氣氛，也像變成誤拼亂塗的紙張，一下子凌亂不堪。

羅倫斯先生急匆匆地陪著貝絲回來，同時把老人家所能想到一切有助於病人的東西，一併帶了過來，還好心地承諾在母親離開家中這段時間，負責保衛這些女孩子們，令馬琪夫人放心許多。從提供自己的晨衣到親身護送馬琪夫人到華盛頓，他幾乎樣樣都想幫忙，不過讓他親身護送是行不通的，馬琪夫人說什麼也不肯讓老人家長途跋涉這一趟，可是聽到他提起這事時又不免露出兒欣慰之色，因為她也正憂慮一個人出遠門諸多不便呢！他看到她的神情，兩道濃眉一糾，搓搓雙手，快步離去，並表示他會馬上回來。大家還忙得來不及考慮他是否會回來時，瑪格一手拿著雙手套、一手端著杯茶從通道跑過去，卻猛然撞見布魯克先生。

「馬琪小姐，我很難過聽到這個消息。」他的口吻親切而安詳，讓心思紛亂的瑪格聽來倍感舒適。「我來是想毛遂自薦，擔任令堂的護衛。羅倫斯先生派我到華盛頓辦事，如能同時為她效勞，我將非常樂意。」

瑪格伸出手來，膠鞋掉落在地，連茶杯都差點忘形地一塊兒鬆手，感激之情溢於言表。布魯克先生看了覺得犧牲再多的時間、貢獻再多的力量都值得了。

「您眞是太好心了！我相信媽媽一定會接受的，再說知道能夠有人照料她，大家都會放心不少。眞的非常、非常感謝你。」

瑪格誠摯地道謝，感激得什麼都忘了，直到看見那雙棕眼睛俯視著她時的某種神情，這才猛然想起茶都快涼了，趕緊領著客人到客廳，並表示她馬上請母親出來。

羅禮帶著馬琪嬸嬸的字條回來時，家裡該安排的都安排妥當了。那張紙條裡包著馬琪夫人要借的錢，以及幾句從前她時常重複的話——她老是告訴馬琪一家人，馬琪先生去從軍實在太可笑了。還預言那樣不會有好處的，並且盼望他們下次要牢記她的忠告。馬琪夫人把字條投入爐火中，緊抿著嘴繼續進行準備事宜，若是喬在這兒，一定能瞭解母親的感受。

短短的下午很快就過去了，其他差使都做完後，瑪格和母親忙著急需趕完的針線活兒，貝絲和艾美準備茶點，漢娜急呼呼地「乒乒乓乓」燙完衣裳，喬卻還不見人影。大家不禁焦急起來，羅禮連忙出去尋找，因爲誰也不知道喬的腦袋裡會鑽進什麼念頭。然而他沒找到她的人，她卻帶著奇異的神情回來了，臉上半是好玩半是害怕、既有滿足又有後悔，讓家人摸不清她到底是怎麼了。等她把一捲鈔票放在母親跟前，略帶哽咽地說：「這是我爲了使父親復元、讓他平安回家所僅有的小小奉獻！」大家更是聽得滿頭霧水。

「親愛的，妳這錢是從哪裡來的？二十五塊！喬，我希望妳沒做什麼不好的事吧？」

「不，我是正正當當得來的，不偷、不借、也沒向人乞討。那是我賺來的，而且我相信您不會因此責備我，因爲我只不過是賣掉自己的東西而已！」

喬說著摘下帽子，四周立刻響起一片驚呼，因爲她那頭漂亮濃密的頭髮已經被剪得好短了。

「妳的頭髮！妳美麗的頭髮！」「噢，喬，妳怎能這樣？那是妳最漂亮的啊！」「我心愛的女兒，用不著這麼做的呀！」「她再也不是我的喬了，但我卻因此而深深愛她。」

在大夥兒驚呼之際，貝絲溫柔地摟住了喬清湯掛麵的頭。喬表現得一副泰然自若的神態——雖然別人一眼就看得出她是在故作輕鬆——撩撩短短的棕髮，假裝很喜歡這髮型的樣子，說：「貝絲，別哭成那樣，這又影響不了國家的命運。再說，它可以改善我的虛榮心啊；我太過分以自己的長髮爲傲了。少掉拖在腦袋瓜後面的長掃把，正好讓我的頭感到清涼舒暢，何況理髮匠也說我很快就可以擁有一頭捲捲的短髮，又迷人、又帥氣，而且容易整理。我感到非常滿意，所以請收下這筆錢，大家用餐吧！」

「喬，把所有的經過告訴我，雖然不是十分滿意，卻也不能責怪妳，因爲我明白妳有多麼甘心爲自己所愛的人犧牲妳所謂的虛榮。然而，親愛的，眞的是沒有這個必要，而且恐怕妳不久就要感到後悔了呢！」馬琪夫人說。

「不，我不會的！」喬倔強地表示，同時也爲自己莽撞的行動，沒被責備一番而鬆了口氣。

「是什麼原因促使妳這麼做的？」艾美問，要是有人剪掉她漂亮的頭髮，她一定會看成跟被砍了頭一樣嚴重的。

「唔，我急著想爲父親做點什麼，又跟媽媽一樣非常討厭向人借錢，」姊妹們上了餐桌——

健康的年輕人就算遭遇困境，照樣能飲食如常——喬回答：「而且我知道馬琪嬸嬸一定會犯嘀咕；她向來如此，就算跟她拿九文錢也一樣。瑪格每季的薪水都用來付房租，我的卻是拿去買衣服，覺得自己好罪惡，所以才打算儘量設法賺點錢。」

「孩子，妳用不著感覺罪惡：妳不能沒有冬季的服裝、用品，而且妳只是用辛苦掙來的錢，去添置最基本的必需品而已呀！」馬琪夫人的神情讓喬心中感到非常溫暖。

「最初我根本沒想到要賣頭髮，可是就在我邊走邊思索自己能做些什麼想得心急時，正巧看見理髮匠的櫥窗裡，有幾條貼著價碼的髮辮，其中一條沒有我這麼濃密的辮子標價四十元。我猛然想到一個賺錢的辦法，想都不想便走進店裡，問問他們要不要買頭髮，還有我的頭髮他們願意出多少錢買。」

「我不明白妳怎麼敢進去問。」貝絲敬畏有加地說。

「哦，那理髮匠是個看起來，彷彿只為抹他的髮油而活的瘦小男子。最初他好像很不習慣有女孩子衝進他店裡，要求他買下她們的頭髮，只是呆呆地盯著我看。原先他說他對我的頭髮不感興趣，現在不流行這種髮色，他絕不會出高價買下它。接著又表示要讓它變得討人喜歡，還得花好多工夫去改良等等的。那時天色漸漸暗下來，我非常擔心再不立即動手，我就沒辦法賣掉它了。而且妳們也知道，我一旦開始做一件事就絕不願中途放棄；於是我請求他買下我的頭髮，同時把我急於賣掉它的原委告訴他。我敢說我的表現一定很笨拙，但他卻因此而改變了心意。因為我情緒太激動、說得顛三倒四的，他的太太聽到了，非常好心地說：『湯瑪斯，買下它讓這位小姐開開心吧；要是我還有一結頭髮能賣錢的話，說不定哪天我也會為我們的吉米這麼做的。』」

「吉米是誰啊？」艾美喜歡人家把每個細節解釋清楚。

「她兒子；她說他在服役。他們對陌生人是多麼親切呵！妳們說對不對？那男人動剪刀的時候，她就在一旁閒談，巧妙地轉移我的心思呢！」

「第一刀剪下去時，妳不覺得好可怕嗎？」瑪格打了個冷顫。

「那男子準備工具時，我打量了我的頭髮最後一眼，然後一切便結束了，既沒啜泣也沒拖拖拉拉。只是我不得不承認，當我看到心愛的舊頭髮被擺在桌上，摸著頭上粗糙的短短髮梢時，心中感覺好奇怪，就好像斷了條胳臂或大腿一樣。那婦人看見我注視著剪下的頭髮，於是挑出一綹讓我保存留念。媽咪，我要把它送給妳，好紀念過去那頭好看的長嘎。因為短髮的感覺好舒適，所以我想我大概再也不會留長頭髮了。」

馬琪夫人摺好那綹栗子色的頭髮放進自己的書桌裡，和一綹灰色短髮收在一起。嘴裡雖然只說了句：「親愛的，謝謝妳。」然而臉上的某種神情，卻促使女兒們趕緊轉移話題，盡可能愉快地談論著布魯克先生的好意、明天應該是個好天氣、還有父親回家養病後，她們將會有多快樂等等。

到了十點，大家都還不肯上床休息。馬琪夫人把最後完成的女紅放在一旁，說：「女兒們，來。」貝絲走到鋼琴前，彈起父親最喜愛的旋律。一開始大家都表現得很勇敢，但漸漸地卻一個接一個泣不成聲，只剩下貝絲一人全心全意地唱著歌。因為，對她而言，音樂永遠是一項柔美的心靈撫慰。

「去睡覺，別再交談，因為明天我們都要早起，而且必須儲備好足夠的睡眠。晚安，親愛的孩子們。」一曲終了後，馬琪夫人吩咐，因為大家都無心再歌唱了。

女兒們靜靜地親吻母親，然後無聲無息地回房睡覺，彷彿她們親愛的病人，就躺在隔壁房間，不宜驚動一樣。貝絲和艾美雖然非常煩惱，卻都很快就睡熟了。瑪格則躺在床上思考著這半生以來最嚴肅的問題，怎麼也無法入眠。喬動也不動地躺在床上，瑪格還以為她睡著了。直到聽見她嗚咽的啜泣聲，才摸摸她溼潤的臉龐，尖叫：

「喬，親愛的，怎麼了？妳在為父親哭泣嗎？」

「不，現在不是。」

「那又是為了什麼？」

「我——我的頭髮！」可憐的喬喊了一聲，把頭埋在枕堆裡試圖平撫情緒，心情卻還是激動難抑。

瑪格多少能體會她的傷心，溫柔地親吻著她，並細心地呵護著。

「我不是難過。」喬哽咽著說：「要是能夠的話，明天我還是要再剪一遍。只是我心中不免有些無謂的自私自利，才會這樣愚蠢地哭泣。一切都過去了，請別告訴任何人。我原以為妳睡著了，所以才私下為我唯一的美做一番小小的追思。妳怎麼不睡呢？」

「我好焦急，睡不著覺。」瑪格說。

「想些愉快的事，很快就會入眠的。」

「我試過了，卻愈想愈清醒。」

「妳想了些什麼？」

「瀟灑的臉——特別是眼睛。」瑪格在黑暗中暗自微笑。

「妳最喜歡什麼顏色的？」

「棕色——我是指有時候；藍色眼睛很討人喜歡。」

喬笑了起來，瑪格嚴厲地交代她不許說出去，然後和顏悅色地答應幫她把頭髮弄捲，隨即沉沉入眠，隨著夢境來到她的空中樓閣。

夜半鐘聲響起、四下寂靜無聲之際，一條人影悄然滑過每張床前，為這個拉拉被子，替那個放好枕頭，溫柔地對每張酣睡中的臉孔注視良久、無言地親吻並祝福她們，並獻上著只有身為人母才會有的熱忱祈禱文。當她拉起窗帘凝視陰沉沉的夜色時，月兒突然從雲層後冒出來，像張慈愛、愉悅的大圓臉般照耀在她身上，彷彿在寂靜中對她輕聲耳語：「安心吧，親愛的人兒！烏雲之後永遠是光明。」

16 書信往返

在曚曚的曙色中，姊妹點亮了她們的油燈，以從未感受過的眞誠閱讀她們小書中的篇章：因爲現在一個眞正難關眞的來了，那些小書爲她們預備著所有的幫助與安慰；更衣的時候，她們協調好要以滿懷希望與愉快向母親道再會，讓她這段焦慮的旅程，不至於因爲她們的眼淚和抱怨而徒增感傷。下樓的時候，她們覺得每件事物似乎都變得好奇怪——屋外是那麼陰暗寂靜，屋內卻到處是燈光與忙亂。清早的早餐氣氛好古怪，就連戴著睡帽在廚房裡忙進忙出的漢娜那熟悉的臉龐，也顯得有幾分生疏。那只大行李箱早已靜靜地矗立在穿堂裡，母親的大衣和帽子擱在沙發上，母親本人也坐在餐桌前勉強自己進餐，卻一口都吃不下。一夜無眠又焦急的她，看起來臉色蒼白、神情憔悴，讓女兒們看了想裝出輕鬆模樣也很難。瑪格的眼眶總是不由自主地溢滿了淚水，喬一遍又一遍地把臉埋在餐巾裡，兩位小妹妹也是一臉凝重、困擾；看來憂傷對這兩位小姑娘而言，還是一種全然陌生的經驗吧！

大家的話都不多，不過等分別的時間逼近，馬琪夫人坐著等馬車時，卻細細吩咐忙著在身邊替她整理披巾、帽子、穿鞋套、繫行李箱的女兒們：

「孩子們，我把妳們交給漢娜照顧，請羅倫斯先生保護了。漢娜非常忠誠盡責，而我們的好鄰居，也會把妳們當自己的家人般守護。我不爲妳們擔憂，卻急於盼望妳們好好克服這個難關。

我不在家時不要憂傷焦慮，也別以爲散漫或者忘掉問題就能安心自在。要繼續努力工作；因爲工作正是上帝恩賜的慰藉。無論發生什麼事，要懷抱希望、勤奮不懈，記住妳們絕對不可能成爲無父的孤兒。」

「是的，媽媽。」

「瑪格，親愛的，要聰明謹慎，仔細照顧妹妹們，凡事多跟漢娜商量，有任何疑問可以去請教羅倫斯先生。喬，要有耐心，千萬別做什麼消沉或衝動的事，要做我勇敢的女兒，時常寫信給我，並隨時預備幫助、鼓勵我們大家。貝絲，用妳的音樂來安慰自己，並忠實地挑起自己小小的家庭責任；艾美，儘量幫忙、多聽話，高高興興、安安全全地待在家裡。」

「我們會的，媽媽！我們會的！」

馬車駛近的吱軋聲傳來，大夥兒全都心中一震、靜靜傾聽。那是難受的一刻，但幾位姑娘們都堅毅地忍受住了：雖然在請求母親捎去對父親的敬愛時，她們想到也許爲時已晚，個個都心情沉重，卻沒有人哭泣、跑開、逃避，或者說什麼傷心話。她們平靜地親吻母親，溫柔地擁抱她，並在馬車駛離家門時勉強愉快地揮手相送。

羅禮和他祖父都過來送行，而布魯克先生看起來又是那麼強壯、睿智而好心，因此姑娘們當場爲他冠上「俠義先生」的封號。

「再會了，親愛的！上帝保佑大家，早日平安團聚！」馬琪夫人一一親吻每張心愛的小臉龐、輕聲呢喃，然後匆匆坐進馬車。

就在車輪滾動之時太陽出來了，她回首遙望時，正好看見陽光像個好兆頭般閃耀在大門口那群人們的身上。羅禮祖孫、馬琪姊妹和漢娜也都看見了，全都微笑著向她揮別；在轉過街角前的最後一瞥裡，馬琪夫人望見的是四張開朗的臉龐，以及和像守護神般站在她們背後的老羅倫斯先生、忠心的漢娜、和誠摯的羅禮。

「大家對我們多好呵！」她說著回過頭來，又在同行這位年輕人帶著敬意的同情之色中，看到最新的驗證。

「只怕他們都是情不自禁哩！」布魯克先生回答，朗朗地笑了起來。他的笑聲是那麼具有感染力，馬琪夫人聽了也情不自禁地微笑起來，於是這段長途旅程中便開始充溢著陽光，笑容與愉快言語的吉兆。

「我覺得眞像經過一場大地震一樣。」等鄰人回家吃早餐，留下姊妹們好好休息，補充精神後，喬表示。

「感覺好像整個房子塌了一大半。」瑪格神情哀悽。

貝絲張著嘴卻說不出話來，只能指著母親桌上那堆精心修補過的長統襪，讓大家明白即使在最後的匆忙時刻裡，母親仍爲她們著想與工作。這雖然是件小事，卻深深打入了姑娘們的心坎，顧不得大家勇敢的決定，心酸地痛哭一場。

漢娜聰明地任由她們去宣洩自己的情感，等激動過後、大家漸漸平靜之際，再端著盤咖啡進來，並將她們自悲傷的深淵中解救出來。

「現在，我親愛的小姐們，請記住妳們媽媽的話，不要焦慮。過來喝杯咖啡、重拾工作爲家庭增添榮譽。」喬已經重新振作精神，正在淺啜咖啡。

「我雖然寧可留在家中幫忙，但我還是會照常去金家的。」瑪格有點後悔剛剛把眼睛哭得那麼紅。

「不用了，貝絲和我會把家裡整理得非常好的。」艾美自負地表示。

「漢娜會告訴我們該做些什麼，把家裡整理得舒適妥帖等妳們回來。」貝絲毫不遲疑地拿出掃帚和洗碗工具。

「我認我焦急是件非常有趣的事。」艾美若有所思地舔著糖。

雖然瑪格銜著這位可以在糖缽裡找到慰藉的小姑娘大搖其頭，但大家還是忍不住被她的嬌憨神態逗得大笑，心情也好過多了。

喬看到捲餅酥不禁又輕聲啜泣起來。兩位大姊姊出門工作時，都傷心地回頭望向平日母親目送她們的窗口。媽媽的臉不在了，但貝絲卻沒忘記這小小的家庭儀式，站在窗口，像個溫柔的小媽媽般，對她倆頷首相送。

「我的貝絲不失本色呵！」喬感激地揮動帽子。走到岔路前，她又告訴姊姊：「再見了，瑪格，但願金家今天不會拖延妳回家的時間。親愛的，別為父親焦急。」

「也希望馬琪嬸嬸不會太嘮叨。妳的頭髮很動人，又帥氣又好看。」瑪格望著高個子妹妹肩上，看起來短得好笑的髮型，強忍著笑的衝動。

「那是我唯一的安慰。」喬拉拉羅禮送的大帽子離去，覺得自己真像頭冬天裡被剪了長毛的綿羊。

來自父親那邊的消息令小姑娘們個個都感到很欣慰；因為病情雖然嚴重，但目前在最細心、最好的照料下，他的情況已經日漸改善了。布魯克先生每天都會寄份最新報告來，而身爲長姊的瑪格，堅持必須由她來朗讀一週來日漸令人振奮的快信。最初，大家都熱切地在回信，把一封封鼓脹的郵件交由某位姊妹小心翼翼地投進郵筒裡，覺得和華盛頓聯繫是件非常了不得的事。我們不妨由其中抽取一封，窺一窺這集結了各人心聲的信封裡，包含些什麼——

我最親愛的母親：

您上一封信帶給大家的快樂眞是無法言喻，信中的消息是那麼好，我們都忍不住爲它又哭又笑。布魯克先生眞是好心腸，而羅倫斯先生派的差使正好使他能逗留在您那邊這麼久，這是多麼幸運的事呵，因爲他能爲您和父親出不少力呢！家裡的女孩兒們都乖巧極了。喬不但幫助我縫紉，並堅持挑起各種困難的事務。要不是我曉得她的「興頭」不可能維持太久，恐怕還要擔心她會操勞過度呢！貝絲就像時鐘一般，規律地進行她的工作，而且從未忘記過您囑咐她的話。她很爲父親擔憂，每當坐在那架小鋼琴前時總的一臉悲愁。艾美非常聽話，我也很照顧她。她天天自己整理頭髮，目前我正在教她打釦洞，還有修補自己的襪子。她非常努力，相信您回家後看到她的進步，一定很開心。羅倫斯先生一如喬所說的——像隻慈祥的老母雞般照料大家，羅禮也很友愛敦睦。有時我們因爲您身在遠方而心情黯淡、覺得自己好似孤兒一般，他和喬總是能爲大家解頭。漢娜眞像個大聖人，她一句話都沒罵過我們，而且總是正正式式地稱呼我「瑪格麗特」小姐，對我很是尊重。我們都很好、也都很忙，只是日夜盼望著你們早日歸來。請向父親轉達我最眞心的愛，並信任我。

永遠屬於您的瑪格

這一紙信箋端端整整、漂漂亮亮見地寫在香水紙上，和下面一張恰成強烈的對比。那是一大張寫著龍飛鳳舞般字跡的外國薄紙，紙上塡滿了無數歪頭扭尾的字母和塗痕：

我最珍愛的媽咪：

父親萬歲！布魯克先生是個大好人，父親病況一有好轉，立刻拍電報通知我們。信送來的時候，我衝到頂樓上想要感激上帝對我們的恩寵，結果卻只是一直哭著說：『我好高興！我好高興！』那和正式的禱告不也是一樣好嗎？因爲我心中非常感動。這段日子的生活眞是奇異，而現在我已經可以歡欣地對待那種經驗；因爲每個人都好得不得了，眞像生活在一群斑鳩當中一樣。您若是看到瑪格坐在上首席，拼命想扮演母親的模樣，一定會笑出來的。她一天比一天漂亮，有時連我都愛上她了。孩子們都規矩得像大天使一樣，而我——算了，我還是老喬，永遠不會變成別的。噢，我必須向您報告我差點和羅禮大吵一架。我爲了件與謂小事鬧脾氣，惹惱了羅禮。雖然我是對的，卻因口不擇言，氣得他掉頭回家，說除非我道歉，否則絕不再來。我宣稱絕不道歉，還火冒三丈。這個事件僵持了一整天，我心情壞透了，眞希望您就在身邊。羅禮和我都很高傲，很難開口請求原諒。可是我以爲他會登門道歉，因爲我是對的。他沒過來；而就在當晚，我想起艾美跌入河裡時您說的話。我讀了段我的小書，感覺好過多了，於是下定決心不讓太陽在我的怒氣中升起，於是跑過去想向他說對不起，結果在大門碰到了他，他也是來道歉的呢！我倆放聲大笑，彼此請求原諒，終於雨過天青、心情也好極了。

昨天幫漢娜做清洗工作時，我作了一首『詩』；而基於父親喜歡我那些愚蠢的小東西，我把詩也附上，逗他開開心。請爲您毛躁的女兒給予父親最深情的擁抱，並親吻自己無數次……

語無倫次的　喬

〈肥皀泡之歌〉

當白色泡沫高高升起，
我水桶中的女皇呵，我愉快地唱歌；
用力地刷洗、沖水、絞擰，
綁起衣服待乾；
在屋外晴朗的天空下，
它們在清新的空氣中搖盪。

但願我們能洗清一週來的污漬，

自身體至心靈，
讓空氣與水變魔術，
使我們純淨如它們；
然後全世界就會真的
有一個輝煌的洗滌日！

沿著效率人生的小徑上，
如意花兒可會綻放芬芳；
忙碌的心靈無暇去細想
或者悲傷、擔心或陰霾；
當我們勇敢地揮動起掃帚，
焦慮的思維也將被清走。

我很高興被授與工作，
日復一日地辛勤勞動；
因為它帶給我健康、力量和希望，
我愉快地學會了表示——

「頭，不妨思考，心，不妨感受，
但，手，你該永遠地工作！」

親愛的母親：

這是我唯一可以獻上我的愛、以及幾朵三色堇押花的機會；我把它們的根株，放在屋子裡細心呵護，好讓父親回家後觀賞。我每天早上讀書，儘量整天乖乖地，暗自默唱父親喜愛的歌曲入眠。現在我沒辦法唱〈天國〉這首歌了；它會使我哭泣。大家都非常親切和睦，同時在您不在家的情況下儘量開開心心。艾美想要剩下的空白紙，所以我必須停筆了。我沒忘記要蓋好家裡的東西，而且每天上時鐘的發條、打開每扇窗户通風。請親吻親愛的父親所說那屬於我的臉頰。噢，務必快快回家，看看你們疼愛的

小貝絲

我珍惜的媽媽：

我們都很好我隨時做功課而且從不抄勞（吵擾）女孩子們——瑪格說我的話自相矛鈍（盾）所以我兩種都寫您就可以選擇最正確的意思了。瑪格對我是一大支持還讓我每晚喝茶的時候吃果凍對我很有益處喬說因爲它可以讓我保持溫婉的脾氣。羅禮對我不像現在應該有的那麼尊敬我都快十歲了，他叫我小女娃兒還在我的法語和哈蒂·金一樣只會說日安或謝謝的時候用很快的法語對我說話來刺傷我的自專心。我的藍洋裝的兩隻袖

子都磨壞了，瑪格幫我換了新的，只是整個面看起來全都不對而且它們比衣服的顏色藍。我覺得很難過卻不焦躁我很澈底地擔負起自己的煩惱只是眞的好盼望漢娜在我的圍裙裡多加些漿衣服的漿糊還有每天吃蕎麥麵。她能吧？我的門號（按：應是問號）是不是寫得很棒？瑪格說我的標點不好錯別字很多我覺得好丟臉可是天哪我有那麼多事要做，我不能停止。再會，我獻上一大堆的愛給爸爸

摯愛著您的女兒艾美．珂蒂絲．馬琪

親愛的馬琪夫人：

我隨便寫寫說我們都很好。女孩都很總明、機伶地四下幫忙。瑪格小姐包準會變成很好的好主婦！她剛好喜歡，而且好多事都可以一下子弄好。喬看到什麼都勇往直前，可卻從來也不會停下來盤算一下，誰也不曉得她下一步做什麼。禮拜一她洗掉一整桶衣服，卻先漿過了才拌乾，弄得一件粉紅印花洋裝變藍了，害我快要笑死了。貝絲是這幾個小女孩中最好的，又謹愼又牢靠眞是個好幫手。她努力學習所有的事，還道道地地去上菜市場，比她這個年紀的女孩強多啦；另外她還在我的幫助下整理帳目，眞是太難得了。到目前爲止我們過得很節省；我照妳的期望，一個禮拜才讓她們喝一次咖啡，而且天天讓她們吃健康衛生的普通食物。艾美每天穿上她最好的衣服、吃可口的東西，很能沖淡煩惱。羅禮先生還是一樣愛惡作劇，時常鬧得整座屋子裡天翻地覆；不過他很能鼓舞姑娘們的心情，所以我就任由他們搗亂去。老先生三天兩頭地送許多東西過來，又是

一番好意，站在我的地位也不好說什麼。我的麵包在嘶—嘶—響了，所以這次不能再多寫啦！請您代我向馬琪先生致意，並願他已度過難關。

尊敬您的漢娜．莫雷特

二號病房的護理長：

雷拔漢那克地方平靜無波，部隊狀況優良，任務切實執行，家庭衛隊在泰迪上校的帶領下恪盡職守，羅倫斯總司令每日校閱軍隊，軍需主任莫雷特把營房整頓得井然有序，而獅子少校晚上也盡忠職守地巡哨站崗。一旦得到來自華盛頓的好消息，我們將鳴二十四響禮砲致敬，並在指揮部舉行閱兵式。總司令遙致最誠摯的祝福！

泰迪上校

親愛的夫人：

小姑娘們都很好；貝絲和我的孫子每天做報告；漢娜是位模範僕人，並且像條盤龍般緊護衛嬌美的瑪格；千萬拜託務必使布魯克派上用場，若是費用超出您的預算，請就近撥用敝人的款項。請務必讓您先生樣樣俱備。感謝上帝他正在康復中。

您摯誠的朋友及僕人　詹姆斯．羅倫斯

17 小信徒

約莫一個禮拜的時間裡，那座舊屋中，充滿了足以讓鄰里讚不絕口的美德。那眞是驚人的現象，因爲屋裡每個人的意志、心態簡直是完美至極，而且個個都很能自我節制。隨著放鬆了最初對父親病情的焦慮，姑娘們在不知不覺間稍微鬆懈了她們值得讚賞的努力，開始回到老樣子。她們並沒有忘記自己的座右銘，只是把期望和保持忙碌看得越來越容易，於是在令人刮目相看的勤奮之後，她們覺得**勞碌者**眞該放天假，結果卻變成時常耽於逸樂。

喬由於沒有好好蓋好剪了短髮的頭以致罹患重感冒，所以馬琪嬸嬸吩咐她留在家中等症狀減輕再去，因爲她不喜歡聽感冒的人朗讀。這下正中喬的下懷，在經過一番上至閣樓、下至地窖的積極搜尋後，她窩在沙發上，用書本和醫藥療養自己的感冒。艾美發覺家務和藝術不是很能配合，乾脆回頭玩她的泥巴團算了。瑪格每天出去教書，回來後縫補衣物——或者該說是自認爲在縫補衣物，可是多半時間卻用在給母親寫長信，或者反覆閱讀從華盛頓寄來的郵件。貝絲一直很勤奮，只有少數時候才會稍稍散漫或憂愁一下。

她每天盡完自己的小職責，又替姊妹們做完許多工作。因爲她們太善忘了，整個家就像個鐘擺壞了的時鐘一樣。每當因爲期盼母親歸來，或擔心父親病況而心情沉重的時候，她就會跑到某個衣櫃裡，把臉埋進一件親愛的舊長袍褶皺之中輕輕悲吟，靜悄悄地默唸她的小小祈禱文。誰也不知道在一陣憂戚之後，是什麼鼓舞了她的心情，然而大家都發覺貝絲非常溫柔，而且對大家很有幫助，漸漸不管有什麼事，大家都愛跑去找她安慰或聽取建議。

大家都沒察覺這次的經歷是性格的一大考驗，在第一陣亢奮過後，她們還覺得自己表現優異、深值嘉許。話固然不錯，只是她們卻犯了中斷優良表現的錯誤，在經過重重的焦慮和後悔後，才學得這個教訓。

「瑪格，我希望妳能去看看韓穆爾一家人；妳是知道的，媽媽交代我們別忘了他們。」在馬琪夫人離家十天之後，貝絲如此表示。

「今天下午我太累了，沒辦法去。」瑪格安心自在地坐在搖椅上搖著椅子縫衣裳。

「喬，妳呢？」貝絲問。

「我感冒得難過死了！」

「我還以爲快好了呢！」

「只好到可以和羅禮出去，還沒好到能到韓穆爾家去。」喬說著大笑起來，不過看起來，還是有些爲自己的意志不堅而感到難爲情。

「妳爲什麼不自己去呢？」瑪格問。

「我每天都去，只是小寶寶病了，我不知道該怎麼處理。韓穆爾太太出門工作，嬰兒由羅珊照顧；可是小寶寶的病越來越嚴重，我希望妳們或漢娜能去一趟。」貝絲誠摯地說，瑪格也答應明天一定去一趟。

「去向漢娜要些可口的小東西帶去。貝絲，透透氣對妳有幫助。」喬抱歉地追加一句：「要不是想完成我的稿子，我會去的。」

「我頭好痛、人又好疲倦，所以才想到妳們之中也許有人願意過去。」

「艾美馬上就會進來了，也許她會替我們跑一趟的。」瑪格想出這主意。

「好吧，那麼我先休息一下等她好了。」

於是，貝絲躺到沙發上，兩個姊姊回頭做自己的事，韓穆爾一家的情形就沒人管了。一個小時過去了，艾美沒有回家，瑪格進自己的房間去試穿一件新裝，喬埋頭寫她的故事，漢娜則沉沉地睡在廚房的火爐前。這時貝絲悄悄穿上她的斗篷，收拾了滿滿一籃給那些可憐孩子的零星東西，腦袋沉重、安詳的雙眼含著憂愁，頂著料峭寒風出門去了。她回家時已經很晚了，沒有人看見她爬上樓去，把自己關在母親的房間裡。半個小時後喬到「母親的櫃子」找樣東西，才發現貝絲手拿一個樟腦罐、兩眼紅紅地坐在藥櫃上，神情十分凝重。

「我的老天哪！怎麼回事？」喬大叫一聲，貝絲卻伸著手、像是警告她站遠些一樣，又急急地問：「妳得過猩紅熱了，是不是？」

「好多年前，瑪格得的時候得的。咦？」

「那麼我告訴妳好了。噢，喬，小寶寶死了！」

「什麼小寶寶？」

「韓穆爾太太的，他在她回家前死在我腿上了。」貝絲抽抽噎噎地哭著。

「我可憐的小心肝，這對妳太可怕了呀！我早該去的。」喬抱著她妹妹，一臉懺悔地坐在媽媽的大椅子上。

「喬，那並不很可怕，只是好悲哀！我一下子就看出他的病又加重了，可是羅蒂說她母親已經出去找醫生，所以我就把寶寶抱過來，讓羅珊休息。他好像睡著了，可是猝然間卻輕啼一聲、打了個顫抖，然後就沒有動靜了。我試著弄暖他的腳，羅珊拿牛奶餵他，可是他一動也不動，我就曉得他死了。」

「別哭，親愛的！當時妳怎麼辦呢？」

「我只是坐在那裡、輕輕抱著他，直到韓穆爾太太帶著醫生回來。他說嬰兒已經死了，又瞧了瞧已經喉嚨痛的韓立奇和蜜娜。『猩紅熱，太太。早該叫我來的。』他粗暴地說。韓穆爾太太告訴醫生她很窮，而且一直努力想自己醫好小寶寶，可是現在來不及了，她只能要求他幫幫其他的孩子，再靠慈善捐款來支付他的醫療費。他這才露出微笑，看起來和氣多了。可是那情景實在太悲傷了，我和他們一起哭了起來。突然間，他扭過頭來要我趕快回家吃顛茄（belladonna），否則我也會發病的。」

「不，妳不會！」喬神情恐慌地把她摟得緊緊的，哭喊著：「噢，貝絲，萬一妳真的病了，我一輩子都不會原諒自己的！我們該怎麼辦呢？！」

「別害怕，我猜想自己感染得還不嚴重。我查過媽媽的書，知道首先的癥兆是頭痛、喉嚨痛、還有像我這種奇怪的感覺，所以就吃了些顛茄，覺得好過多了。」貝絲把自己冰涼的手放在滾燙的額頭上，想要裝作舒服的模樣。

「要是媽媽在家就好了呀！」喬尖叫著抓住書本，感覺華盛頓似乎遙不可及。她看完一頁、瞧瞧貝絲、摸摸她額頭，仔細看看喉嚨，然後凝重地說：「一個多禮拜來，妳每天到小寶寶那邊去；所以恐怕妳會罹病啊！貝絲。我去叫漢娜，她通曉所有的疾病。」

「別讓艾美過來；她一定沒得過，我絕對不願傳染給她。妳和瑪格不會再患了吧？」

「我想不會，就算我會也別管它，我活該，我是自私的豬，竟然讓妳去那邊，自己卻留在寫裡寫那些垃圾！」喬嘀嘀咕咕地跑去找漢娜商量對策了。

那善良的僕婦，剎那間整個清醒過來，馬上帶頭處理，同時向喬保證用不著擔心；每個人都會患猩紅熱，只要處理得當，不會出人命——這些話喬全部相信，陪同漢娜上樓找瑪格時心情也就輕鬆多了。

「現在我來告訴妳們該做些什麼。」漢娜仔細檢查並詢問過貝絲表示：「我們先得請彭斯醫師過來；只是瞧瞧妳，親愛的，證明一下判斷沒錯；接下去，把艾美送到馬琪嬸嬸家住一陣子，以免她受到波及，兩位姑娘其中一個可以留在家一、二天，逗逗貝絲開心。」

「當然是我留下，我是大姊。」瑪格焦慮的神色中帶著自責。

「**我**留下，因為她生病全是我的錯；我告訴媽媽要自己做這些差事的，卻沒有辦到。」喬堅決表示。

「貝絲，妳選哪一個？只要留一個在家就夠了！」漢娜問。

「喬，拜託。」貝絲滿足地把頭靠在姊姊身上，問題也迎刃而解。

「我下去告訴艾美。」瑪格雖然覺得有點受到傷害，卻也大鬆一口氣，因為喬愛看護病人，瑪格卻不喜歡。

艾美一聽反對到底，還意氣用事地宣稱她寧可患猩紅熱也不要到馬琪嬸嬸家。瑪格對她講道理、央求、下命令都沒用，艾美堅持絕對不去，瑪格只好頹喪地丟下她，跑去請教漢娜該如何是好。她還沒回樓下，羅禮正好走進客廳，看到艾美把頭在沙發墊裡啜泣。她把她的事說出來，希望能得到安慰，但羅禮只是把手插進口袋、皺著眉頭、輕吹口哨，邊在客廳裡繞圈子邊沉思。不一會兒他坐到她身邊，以他最甜言蜜語口氣說：「來，當個明理的小婦人，照著她們的話做吧！不，別哭，只要聽聽我想到的愉快計畫。妳乖乖到馬琪嬸嬸家去，我會每天到那邊帶妳出來駕車或散步，痛痛快快地玩。那不是比留在這裡悶悶不樂好嗎？」

「我不希望被人家像障礙物一樣送走？」艾美委委屈屈地說。

「天可憐見，孩子，那是爲了避免傳染到妳啊！妳不想生病，對吧？」

「不，我當然不想；可是我敢說我一定會傳染的，因爲我成天都和貝絲在一起啊！」

「那就是妳應該快快避開的原因——好逃過一劫呀！我敢保證，換個空氣加上小心照料，妳不會有事的，就算感染了，情況也會輕微得多。我勸妳盡快離開，小姐，因爲猩紅熱可不是鬧著玩的喲！」

「可是馬琪嬸嬸家好無聊喔；何況她又那麼暴躁。」艾美看來很害怕。

「我每天過去告訴妳貝絲的情形，再帶妳出去溜達溜達就不會無聊了呀！那位老夫人喜歡我，我只要對她儘量溫順、討好，不管我們做什麼她都不會多嘴啦！」

「你眞的肯駕著飛快的大車載我出去嗎？」

「我以我紳士的名譽保證。」

「每一天都來？」

「等著瞧好了。」
「貝絲一好就帶我回來？」
「一分鐘都不耽擱。」
「還去看戲，眞的嗎？」
「若是能夠的話，看十幾場都可以。」
「呃——我想好吧！」艾美緩緩地說。
「好姑娘！去叫瑪格，順便告訴她妳投降啦！」羅禮用「投降」這個詞，艾美還不怎麼樣，可是他偏又像對小孩一樣嘉許地摸摸她的頭，她實在有點不高興。
瑪格和喬聽說艾美答應了，把這事看成奇蹟一樣飛奔下樓，而艾美也覺得自己很了不得、做了莫大的犧牲，還答應一旦醫生斷定貝絲會發病，她就到馬琪嬸嬸家去。
「那小姑娘情形如何？」羅禮一向特別疼愛貝絲，雖然外表沒表現出來，內心卻非常焦急。
「她躺在媽媽的床上，覺得好過些了。小寶寶的死讓她很難過，不過我敢說她只是著了涼。漢娜說她也是這麼想，可是神情卻很擔憂，讓我心裡七上八下的。」瑪格回答。
「這世界是多麼折磨人啊！」喬焦躁地亂抓她的頭髮。「我們才過一個難關，馬上又遇著一個。母親不在家，好像什麼依靠都沒有了，我已經茫然無措了。」
「別把自己弄得像隻豪豬一樣，喬；很不好看吶！把頭髮整理好，然後告訴我要不要打電報給妳母親，或者需要做些什麼？」羅禮一直不太能接受好友失去美麗之長髮的事實。
「我就是在爲這事爲難，」瑪格表示：「我認爲若是貝絲眞的罹病就應該通知媽媽，可是漢娜說媽媽不能離開父親，所以絕不能那麼做，免得徒增他們的焦慮。貝絲不會病太久，而漢娜又很清楚該如何處理，加上媽媽囑咐我們必須服從漢娜，我以我想必須聽她的，可是又覺得這做好像不太對。」

「嗯，算了，我不能發表意見。也許等醫生看過之後，妳們再問問爺爺吧！」

「會的。喬，馬上去請彭斯醫生。」瑪格分派任務。

「在他來過以前，我們什麼也無法確定。」

「喬，妳留著；別忘了我是這個府邸的跑腿。」羅禮說著拿起他的帽子。

「我怕你很忙哩！」瑪格說。

「不會的，今天的功課我都做完了。」

「假期中你也讀書嗎？」

「我是追隨鄰居爲我樹立的好榜樣。」羅禮回答一聲，飛快奔出門。

「我對這男孩有很大的寄望。」喬看著他飛掠過籬笆，露出讚許的笑容。

「他做得很好——以一個男孩而言。」瑪格的回答不太中聽，因爲她對這個話題沒興趣。

彭斯醫生來了，他說貝絲有猩紅熱的症狀，不過情況應該不會太嚴重，只是聽完漢娜敘述貝絲染病始末後卻一臉嚴肅，吩咐立刻送走艾美，並開了幾樣藥、防範危險。在喬和羅禮的護送下，艾美隆重地離開了。

馬琪嬸嬸以平日的待客之道接待他們，透過眼鏡、一臉嚴厲地問：「現在你們又想要什麼了？」而坐在她椅背上的鸚鵡卻大叫：「滾開。男生不許進來。」

羅禮退到窗口外，然後喬把來意說明清楚。

「我早料到了，要是妳們老跟窮人混在一起，早晚會有這麼一天的。艾美可以留下來，沒生病的話，多少做些事也好，我相信她一定——會像現在一樣。別哭，孩子，別讓我心煩。」

艾美正要大哭出來，羅禮卻偷偷扯著鸚鵡的尾巴，波利立即粗嘎地驚叫一聲，滑稽地大叫：「該死的混帳！」艾美聽了忍不住大笑起來。

「妳母親那邊有什麼消息？」老夫人硬邦邦地問。

「父親好多了。」喬努力保持莊重態度。

「哦，是嗎？算了，我猜想維持不了多久的，馬琪的體質向來就不大好。」老夫人的回答，眞令人不敢恭維。

「哈！哈！千萬別說死，吸口菸吧，再見！再見！」波利在椅背上又跳又吵，偏偏羅禮又在背後用力扯它，害它猛抓老夫人的帽子。

「住嘴，你這無聊的臭鳥！還有，喬，妳最好快快回去；跟這麼個『沒頭沒腦』男孩子閒晃太晚不是好事！」

「住嘴，你這無聊的臭鳥！」波利一跳掉下椅子，跑去啄那聽了最後這段話，笑彎了腰的「沒頭沒腦」的男孩。

〈我想我一定忍耐不了，可是我會盡力的。〉客廳裡剩下艾美和馬琪夫人後，小姑娘想著。

「滾吧，你這醜八怪。」波利尖叫著。艾美一聽到這無禮的話，不禁冷嗤了一聲。

18 晦暗時光

貝絲的確得了猩紅熱，而且除了漢娜和醫生外，誰都沒料到情況會有那麼嚴重。姑娘們對疾病一無所知，而醫師又不許羅倫斯先生上去看她，所以所有事務全依漢娜的方式處理。至於忙碌的彭斯醫生雖然竭心盡力，但多半時候卻只能由這位優秀的保母來照料。為了怕把病傳染給金家的小孩，瑪格留在家中整理家務。每當她提筆寫那些不准提起貝絲生病的信時，總會覺得焦急又有點罪惡感。她覺得瞞著母親是不對的，卻又不能不聽漢娜的話，而漢娜則不願：「馬琪夫人知道了，會為這點小事擔心。」喬不分晝夜、全心全意地守著貝絲——這個工作並不艱難，因為貝絲很能忍耐，而且只要能控制自己時，她就會儘量忍著不訴苦。可是有一次發高燒之際，她竟然說起話來斷斷續續、聲音沙啞，還把被子當她心愛的鋼琴彈，又想要用痛得有如刀割、發不出聲音的喉嚨唱歌；有一次她竟認不清圍在身邊那些熟悉的臉龐，一個個名字都叫錯了，還哀哀呼喚她的母親。這時喬嚇壞了，瑪格也請求漢娜讓她寫信告訴母親實情。漢娜說她「會考慮——雖然還沒有危險。」一封來自華盛頓的信，增添了她們的煩惱，因為馬琪先生病勢復發，短期之內是不能回家了。

如今日子似乎變得好晦暗，整座大屋感覺是那麼孤獨悲傷，姊妹們在死亡陰影籠罩這曾是快樂美滿的家庭期間，只能帶著沉重的心情工作並等待！這段時間，瑪格時常獨自坐著工作，做著做著淚水就掉下來，感覺過去的生活有多麼富足，在愛、保護、健康交織的眞正幸福生活中，遠比萬貫錢財所能換得的東西更加珍貴。接著整天待在陰鬱房間中的喬，觸目所見便是遭受病魔折磨的妹妹，終日聽著她悲慘的聲音，漸漸學會了瞭解貝絲天性中的優美與溫婉，感受到她在每個人心塡注了一方深沉、柔和的角落，更體認到貝絲那為他人而活的無私襟懷，還有藉那些每個人都可以擁有的簡單德行，為家中帶來快樂，這些簡易的美德遠比才華、財富和美貌，更該受到大家的愛戴與珍惜。

至於被流放在外的艾美則急著想回家，以便為貝絲工作。現在她覺得所有的服務都不再辛苦、煩人，還十分後悔、傷心地想起小姊姊那雙手，心甘情願地為她完成了多少遺漏的工作。羅禮像個不安的鬼魂般整天在馬琪家繞來繞去，羅倫斯先生也鎖上了大鋼琴；因為他一見到它，總會情不自禁想起，那時常為他把黃昏化為愉快時光的小鄰居。每個人都惦念著貝絲，送牛奶的、麵包師、雜貨店老闆、肉販子全跑來探問她的情況，可憐的韓穆爾太太過來為自己的粗心致歉、同時替蜜娜討件衣服當壽衣，鄰居們紛紛寄予安慰和祝福，就連那些對她最熟悉的人們，都不禁要為這位怕羞的小貝絲，竟有這麼多朋友而大感驚異了。

臥病期間，喬安娜就躺在她的身邊；即使在貝絲神志昏迷時候，也不忘受她保護的可憐洋娃娃。她好想看看她的小貓咪，卻又不願讓姊姊們幫她帶進來，以免它們被傳染，清醒的時候，便又時時替喬擔憂。她託附家人把她的愛捎給艾美，又央求她們告訴母親，她很快就會寫信過去，也常常討紙和筆，嘗試寫下隻字片語，怕父親以為她不關心他。可是沒多久，這些斷斷續續的清醒時刻也沒了，她一個小時又一個小時地躺在那兒輾轉反側，嘴裡唸著語焉不詳的話，或者沉沉昏睡大半天，醒來依舊神志不清。彭斯醫生一天來兩趟，漢娜熬夜守護，瑪格桌上擱著份隨時準備發出去的電報，喬動也不動地緊守在貝絲床旁。

十二月一日，對她們而言，著實是淒寒的一天。在一陣酸風之後驟雪紛飛，一年似乎即將要如此逝去。那天早上彭斯醫生來家之後注視貝絲良久，雙手緊握著那滾燙的小手一陣子，然後輕柔地放下，低聲告訴漢娜：「要是馬琪夫人能離開她先生，最好請她回來。」

漢娜緊咬著唇、默默點頭。瑪格一聽四肢乏力，頹然坐倒在一把椅子上。喬面如死灰地呆立了一下，立刻跑下客廳、抓起電報，飛快套上衣帽、衝入料峭風雪中。她很快便回到家裡，無聲無息地脫下大衣。這時羅禮拿著封信走進來，說馬琪先生又漸漸好轉了。喬若有所思地讀著信，心上那顆沉甸甸的石頭卻依然重重壓著。羅禮看見她悲悽的神情，急忙問：「怎麼了？貝絲病情轉劇了嗎？」

「我已經拍電報請媽媽回來了。」喬容顏慘澹正用力拔她的長靴。

「這就對了，喬！是妳自行決定的嗎？」羅禮按著她坐在穿堂的椅子上、脫掉不聽話的靴子，看著她猛搖雙手。

「不，是醫生吩咐的。」

「噢，喬，」不至於那麼嚴重吧？」羅禮震驚得大叫。

「嗯，這麼嚴重了，她不認得我們，甚至不談那些殘留在牆上、被她稱為綠鴿子群的爬藤？她的樣子已經不像我的小貝絲，又沒有人幫我們承擔這件事，爸爸、媽媽都不在，而上帝又好像遙不可及。」

可憐的喬，淚珠滾滾而下。她無助地伸長了手，彷彿在黑暗中摸索著什麼。羅禮握住那隻手，喉嚨像哽著什麼似的，輕聲對她說：「有我在，喬，抓著我吧，親愛的！」

她說不出話來，卻眞的握緊了他的手。來自好友這溫暖的一握，爲她痛楚的心靈帶來許多安慰，也似乎引導著她接近那唯一能在憂煩時，溫柔地支持她的天父之臂。羅禮很希望能對她說些柔和、安慰的語言，卻找不到適當的話，索性靜靜站在那邊，像她母親在家時那樣輕輕撫摸她低俯的頭。他最多也只能做到這樣，而這遠比最動人的言語更具有撫慰之效，因爲喬感受到那無言的同情，也在靜默中體會到這帖對悲傷最具療效的溫慰之藥。很快地，她抹乾讓她心情放鬆不少的淚水，一臉感激地仰起頭來。

「謝謝你，泰迪，我現在好多了。我不再覺得那麼淒涼，而一旦悲傷再度湧上心頭，我也將盡力去承擔。」

「保持最高的希望，對妳會有幫助的，喬。妳母親很快就會回來，到時一切就會順利了。」

「幸虧父親的病情好轉；如此一來，她就不會爲離開他而感到太難過了。噢，天！我眞覺得困難好像一下子蜂擁而來，而我肩頭的擔子卻最沉重。」喬歎著氣，把被淚水溼透了的手帕，攤在膝上風乾。

「瑪格沒有盡全力分擔嗎？」羅禮憤憤不平地問。

「噢，有，她努力做了。只是她不可能像我那樣愛小貝絲，日後也不會像我那般思念她。貝絲等於是我的良知，我**無法**捨棄她。我辦不到！我辦不到啊！」

喬把臉埋在手帕裡、絕望地哭泣，勇敢地隱忍了許久的淚珠，就像河海氾濫一般。羅禮掩著雙眼、說不出話來，好不容易才壓抑下窒悶的感覺、止住嘴角的輕顫；也許他的表現不夠成熟、缺乏氣概，卻是不由自主——他的重感情令人慶幸。不一會兒，喬的啜泣漸漸平息下來，於是他滿懷希望地鼓舞她：「我不認為她會死；她是那麼好、那麼乖巧，大家又這麼深深愛著她，我不相信上帝會這麼快就把她帶走。」

「好人、可愛之人往往不長命啊！」喬的聲音像在呻吟，不過她心中雖然仍舊害怕、疑慮，但好友的話已振奮起她低落的心情，使她收住淚水。

「可憐的女孩，妳累壞了。妳不像是個悲觀的人啊！坐一下，我馬上讓妳振作起來。」

羅禮三步併做兩步衝上樓去，喬把疲憊的頭靠在貝絲的小斗篷上，自從那天她把它留在桌上後，就沒有人把它移走了。想必這小斗篷帶著某種神奇力量，因為它那柔順的精神，似乎進入喬的體內，等羅禮拿著杯酒跑下來時，她微笑著端起酒杯勇敢地說：「我喝——祝我的貝絲健康！泰迪，你是個好醫生，更是個很能安慰人的朋友。」這杯酒和羅禮那番親切的話，同樣令她神清氣爽，她問他：「我該如何償還這份人情呢？」

「將來我自會公布帳單，現在我要先送給妳一份，比幾瓶酒都更能溫暖妳那紊亂心湖的東西。」羅禮對她露出春風般的笑容，臉上帶著一絲滿意的神情。

「什麼東西？」喬嚷著，在疑惑中暫時忘了悲哀。

「我昨天打電報給妳母親，布魯克回覆說她會馬上回來，今夜可以到達，然後一切就沒問題啦！我這麼做妳高興嗎？」

羅禮說得又急又快，而且剎那間面紅耳赤、顯得非常亢奮。因為為了怕讓姑娘們失望或者傷害到貝絲，他一直將這個行動當成祕密。喬聽了他的話臉色一片灰白、猛然從椅子上彈起來。羅禮話才剛說完，她已經摟著他的脖子，欣喜若狂地大呼大叫：「噢，羅禮！噢，媽媽！我好高興啊！」她不再淚如雨下，反而笑得歇斯底里，顫顫地緊摟著她的朋友，彷彿這突如其來的消息，讓她變得有些神志不清了。

羅禮雖然驚詫不已，卻表現得極其鎮定；他輕輕拍著她的背，發現她漸漸冷靜下來，進而靦腆地吻了她一、兩下，令她剎時回過神來。她抓著欄杆，委婉地往後退，屏著氣說：「噢，不！我不是故意的，我的舉動太可怕了；可是你不顧漢娜而這麼做，實在太可愛了，我才會忍不住往你身上撲啊！告訴我全部經過，但千萬別再給我酒；它會讓我舉止失當。」

「我不介意，」羅禮大笑著整理好自己的領帶。「咳，妳是知道的，我心裡急得要命，爺爺也一樣。我們認為漢娜太專斷了，妳母親應該要知道這件事。若是貝絲——唔，若是出了什麼事，她一輩子都不會原諒我們的。於是我設法讓爺爺表明現在該是我們有所行動的時候，然後昨天一看到醫生凝重的神情，還有我建議拍電報時，差點被漢娜扭斷頭的情景，立刻衝到郵局去。我無法忍受被人『主宰』，於是下定決心，並付諸實行。我知道妳母親將趕回來，而晚班火車是半夜兩點。我會去接她，妳們只須讓貝絲維持穩定，愉快地等待那上帝派來的天使即可。」

「羅禮，你眞是位天使！我要如何才能答謝你呢？」

「再撲到我身上呀！我相當喜歡啊！」羅禮露出淘氣的神情——這是近半個月來，他不曾有過的神情。

「不，謝謝你。我會等你祖父來時，再請他代為接受。別鬧了，快回家休息，你半夜還得起來呢！祝福你，泰迪，祝福你！」

喬早已退到客廳一角，話才說完便迫不及待地奔入廚房，坐在一具餐櫥上，告訴聚集在廚房中的貓兒們說：「我好高興，噢，好高興哦！」這舉動讓羅禮在臨去前，感覺到自己眞是做得非常巧妙。

「我沒見過這麼愛管閒事的小伙子，但我原諒他，並且眞心盼望馬琪夫人立刻回來。」喬披露這件好消息後，漢娜大大鬆了一口氣地表示。

瑪格在心中暗自雀躍不已，然後對信沉思。而喬則認眞地整理病房，漢娜也「爲意外的歸人，匆匆做好兩張餡餅。」整座屋裡似乎吹來一陣清新的空氣，還有一種比陽光更明亮的東西，照亮了這寧靜的地方，一切都流露希望的轉機；貝絲的鳥兒再度啁啾歌唱，艾美窗口的花叢綻開一朵半放的玫瑰；燈火彷彿異常興奮地燃燒；而每次兩姊妹相遇時，蒼白的臉上總是漾開一臉笑容、相互擁抱，附耳輕聲打氣：「媽媽就要回來了，親愛的！媽媽就要回來了！」除了貝絲，每個人都好開心：她病得不省人事，對那些歡欣、期盼，擔憂，危險似乎都一無所覺。此情此景人何以堪——那曾一度粉嫩的臉龐已走了樣、看起來渺渺茫茫，辛勤的雙手，如今虛弱地閒在一旁，向來笑盈盈的小嘴，變得靜默無聲，而曾經細心呵護的美麗秀髮也淩亂地散落在枕上。一整天她都那樣無聲無息地躺著，只有偶爾模模糊糊地發出囈語、「水！」兩片嘴唇扭得厲害，聲音幾乎聽不出來；喬和瑪格整天守著她、注視著她，等待、期盼之外，並誠篤地信任上帝與母親的力量；那一整天雪花紛飛、寒風肆虐，捱一刻便像捱一年。然而，夜晚終於來了，每當鐘敲一下，依舊分別緊守在床畔的兩姊妹便眨亮眼睛、互望一眼，因爲每過一小時，救援便接近一步。

醫生來過了，並表示病情變化——不知是好是壞！可能會在半夜發生，屆時他會再回這裡來。

精疲力竭的漢娜躺在床腳的沙發上，隨即沉沉入睡。羅倫斯先生在客廳裡不停來回踱步，覺得寧可面對一隊叛軍，也不願見到馬琪夫人進門時焦急的容顏。羅禮躺在地毯上假裝休息，其實卻心思重重地注視著爐火。在火光的照映下，他那黑白分明的大眼顯得格外柔和清晰。兩位姊姊永遠也忘不了那一夜；她們眼睜睜地注視著妹妹、整夜毫無睡意，感受著無邊的恐懼。

「若是上帝赦免貝絲，我將永遠不再抱怨。」瑪格誠摯地低語。

「若是上帝赦免貝絲，我將一輩子努力愛祂、服侍祂。」喬也一樣真誠。

「但願我沒有心：它是那麼疼啊！」不久，瑪格又歎著氣說。

「要是生命經常如此艱辛，我真不明白我們如何能度過。」喬灰心喪志。

這時時鐘敲到十二下，她倆在幻覺中見到貝絲憔悴的的病容閃過一絲變化，於是目不轉睛地緊緊盯著她。屋裡一片死寂，除了寒風的呼嘯、四周了無聲息。疲憊的漢娜睡得正熟，只有這對姊妹看見小床上，似乎籠上一抹慘淡的陰影。一個小時過去了，除了羅禮悄悄出門外，屋內沒有任何變化。再過一個小時——依舊沒有任何人回來。可憐的姊妹心中縈迴著陣陣恐懼，深怕風雪耽擱了歸人的行程，或者路上發生意外，又或者——最糟的情況——華盛頓那邊已發生大悲劇。

兩點多，正站在窗口凝想著那漫天風雪景象有多可怕的喬，聽到床邊有了動靜，趕緊回過頭來，看見瑪格埋著臉、跪在母親的安樂椅前。陣陣莫名的恐懼冷冷地浮上喬心頭，她想著：〈貝絲死了；瑪格不敢告訴我。〉

她立即回到床頭，激動地看著似乎已歷經極大改變的病人。貝絲的臉上高熱的紅潮和痛苦的神情已經褪去，惹人憐惜的小臉蛋，看起來是那麼蒼白平靜，讓喬看了並不想痛哭流涕。她俯身湊在這最心愛的妹妹臉上，全心全意親吻著她溼潤的額頭，柔柔地呢喃：「再見，我的貝絲，再見了！」

漢娜也彷彿被這騷動吵擾，猛然從睡夢中驚醒，快步走到床頭細看貝絲、摸摸她的手，耳朵湊近她嘴巴前聽聽，然後揚起圍裙，坐下來前搖後晃，低聲嚷著：「高燒退了，她正處於自然睡眠中，皮膚恢復溼潤，呼吸也輕鬆自如了。讓整座屋子保持安靜、讓她好好睡，等她醒來後給她——」到底要給她什麼，兩姊妹都沒聽見。因爲她倆已悄悄走入陰暗的穿堂、坐在臺階上，彼此緊緊擁抱，內心洋溢著言詞無法形容的歡欣。回房時候，忠誠的漢娜立刻摟著她們親吻。她倆發現貝絲又像以往一樣手枕著臉躺在那兒，駭人的蒼白已經不見了，呼吸安詳均勻，彷彿剛剛夢入沉酣一般。

「若是媽媽現在回來就好了！」眼見冬夜漸漸消逝，喬說。

「瞧，」瑪格手執一枝半開的白玫瑰走上來：「我原以爲若是貝絲——離我們而去，這朵花恐怕來不及放在她手中了。而它卻已在黑夜中綻放；我打算把它插在我這花瓶中。如此一來，當我們的小心肝醒來時，首先映入眼中的，便將是這朵小玫瑰和母親的臉了。」

在她們漫長而悲傷的朝聖旅程走到盡頭之際，瑪格和喬在曙光中向外眺望。在她們沉重的眼皮下，這一天的朝陽以往常都分外絢爛，世界也似乎變得可愛異常。

「多像一個人間仙境呵！」瑪格站在窗帘後，望著矇矇的曙色說。

「聽！」喬大叫著跳起來。

的確，樓下的大門口傳來一陣門鈴，漢娜大叫一聲，緊接著是羅禮喜悅的輕呼：「姑娘們，她回來啦！她回來啦！」

19 艾美的遺囑

這段期間，艾美在馬琪嬸嬸家過得很難受。她深深覺得自己被人放逐，同時更是有生以來第一次瞭解到自己在家中有多受寵愛，多受疼愛。馬琪嬸嬸一輩子沒寵愛過任何人；她不欣賞那種行徑，但她卻有意對艾美和氣慈祥，因爲這小姑娘端莊的舉止，很討她喜歡，而且馬琪老夫人古板的心中，對她姪兒的孩子們，還保留著一方柔和的空間，只是嘴上不願承認而已！她眞的是盡了全力要讓艾美快樂，可是，天哪，她犯的錯誤可眞不少哇！有些老人家雖然白髮蒼蒼、處處皺紋，卻仍保赤子之心，能夠和孩子們的小愛好、小喜悅同悲同喜，讓他們感到輕鬆自在，還能寓教於樂，用最討人喜愛的方式散播，並獲得友誼。

可惜馬琪嬸嬸並沒這項天分；她那種種的規矩、命令、嚴格的方式，和冗長枯燥的談話，簡直快把艾美煩死了。老夫人眼見這孩子比她姊姊們柔順聽話，便覺得自己大有責任，盡力矯正她在家中所受那些放任、溺愛的壞影響。於是她全程掌握艾美的行動；又以自己六十年前所受的教養方式來管教她——這套管教方式不但讓艾美感到苦不堪言，更覺得自己像隻投入一隻嚴厲蜘蛛羅網中的蒼蠅一般。

每天早上，她必須清洗茶杯及老式湯匙，將胖胖的銀茶壺和玻璃擦得光可鑑人。接著必須打掃房間；這個工作可眞辛苦哇！房間裡，一粒沙子都逃不過馬琪嬸嬸的眼睛，而每件家具又都有爪形腳和繁複的雕鏤，怎麼打掃也沒辦法做到一塵不染啊！接下來她還得餵波利，幫小狗梳毛，還得上上下下跑十來趟，替行動不便，整日坐在大椅子上的老夫人拿東西，傳達指令。做完這些煩人的苦工，她還得做功課——這對她的德行，眞不啻是每日一度的大考驗呢！接下來，她有一個小時的時間可以運動或遊戲；這可是她最喜愛的時間呢？羅禮每天都會過來，又甜言蜜語地哄得馬琪嬸嬸答應艾美和他出去，兩人散步、搭車、愉快極了。中餐之後她必須朗讀，即使老夫人睡了，她也得靜靜坐在一旁；通常唸完一頁大約一個小時左右，老人家就會睡著了。接下來艾美必須做針備、女紅；她外表和順地縫著，內心卻很不甘願。等到薄暮時分，她才可以在飲茶時間前隨意遊樂一小段時間。晚上是最痛苦的時段了，因爲這時馬琪嬸嬸總會滔滔不絕地談起她年輕時的往事，內容沉悶又乏味，讓艾美恨不得早早鑽進被窩裡，爲自己艱辛的命運大哭一場，只不過她通常才擠出一、二滴眼淚便睡著了。

要不是有羅禮和女傭愛絲勒，她恐怕根本捱不過這段令人憎惡的時光。單那隻鸚鵡已經攪得她快發狂，因爲它沒多久便感覺出艾美對它沒好感，於是竭盡所能地惡作劇來報復那小小姑娘。只要她一靠近，它立刻撲過去扯亂她頭髮。剛洗好的籠子，它又故意打翻牛奶，麵包來整她，還趁女主人打盹時啄莫普，害它吠個不停。又當眾叫她的名字，簡直就像隻欠揍的臭鳥。此外艾美也受不了那條狗——它是隻又胖又凶的小野獸，每次艾美幫它梳洗時，它總是兇巴巴地不停狂作吠，要討東西吃時，又用四腳朝天地躺在在地上，裝出一副白癡模樣，每一天總要撒賴十幾回。廚子脾氣壞，老車夫又重聽，整棟屋裡，就只有愛絲勒會注意到這位小姑娘。

愛絲勒是名法國女子，跟隨在她口中的「夫人」身邊許多年了。她原名叫愛絲泰莉，可是馬琪夫人要她改名，為了擔心夫人要她改變宗教信仰，於是她便依言更換名字。她和艾美小姐很投緣，時常趁艾美和她坐在一塊兒縫製夫人的蕾絲時，說些住在法國那些年裡的稀奇事兒給她聽。此外她還允許艾美在大屋裡四處閒逛，細看收貯在大衣裡和老櫃子裡那些珍異、美麗的東西，因為馬琪夫人就像鵲兒一般，看到什麼都叼往自己的巢裡去。艾美最喜愛的是一只印度櫥子，那櫥子內盡是一個個像小鴿籠隔間或密室般的古怪抽屜，裡頭收集著各式樣的裝飾品，有的珍貴無比，有的只不過是稀奇有趣，每一樣都是古色古香的。

觀看或佈置這些東西為艾美帶來莫大的滿足；尤其是天鵝絨墊上放著四十年前人們獻給某位美女——馬琪嬸嬸——那些飾品的珠寶盒。這些珠寶盒中，有一套馬琪嬸嬸出門時戴的石榴紅色配件、結婚時她父親送的珍珠、情人的鑽石、追悼會配戴的黑玉戒指、還有裝著亡友遺像及用頭髮編成的柳樹那些稀奇的小盒子、她的一個小女兒戴過的嬰兒手鐲、馬琪叔叔的大手錶、許多孩子們玩過的紅印章，另外還有個單獨擺著的盒子裡裝的是馬琪夫人的結婚戒指，雖然現在她的手指已經胖得戴不下那只戒指，卻仍被老人家像稀世奇珍般小心翼翼地另外收貯起來。

「如果能隨心所欲選擇的話，小姐會要哪一樣？」一向追隨在身旁，鎖好那些貴重物品的愛絲勒問。

「我最喜歡鑽石；可惜沒有項鍊，我最愛項鍊了，因為它們真是迷人。要是能夠的話，我會選這個。」艾美無限艷羨地，盯住一條佩了黃金與象牙組合十字架的同材質串珠項鍊。

「我也最想要個，卻不是用來當項鍊，而是像個優秀的天主教徒一樣，用它來當唸珠。」愛絲勒渴盼地盯著那好看的鏈子。

「也就是用來當作妳掛在鏡子上，那串香香的木珠一樣的東西嗎？」艾美問。

「嗯；那是用來祈禱的。對信徒而言，她們很高興能有這麼好的唸珠，而不是把它當無用的珠寶戴。」

「愛絲勒，妳似乎從妳的祈禱中得到了許多安慰，而且下來時總是一臉安詳和滿足；但願我也能像妳一樣。」

「如果小姐是位天主教徒，就會找到眞正的慰藉；但您既然不是天主教徒，那麼最好能像我在服侍夫人前，服侍的那位好女主人一樣，天天單獨冥思，祈禱才好。那位女主人有間小禮拜堂，她總是在裡面找到度過重重難關的慰藉。」

「我也可以這麼做嗎？」孤孤單單住在馬琪嬸嬸家的艾美總覺得需要某種幫助，加上貝絲不在身邊提醒，她也時常忘了要從她的小書裡尋求指引。

「那眞是好極了；只要妳高興，我很樂意爲妳佈置一個小化妝室。妳什麼都別跟夫人提，只要等她睡覺後再過去獨坐一下，想想好念頭，並祈求親愛的上帝庇佑妳姊姊。」

愛絲勒發自內心誠懇、虔敬地勸導。因爲她有顆善感的心靈，非常能夠體會她們姊妹焦急的心情。艾美很喜歡這主意，便任由她在自己房間隔壁佈置一個簡單的小隔間，希望那對自己會有幫助。

「但願我能知道馬琪嬸嬸死後，這些漂亮的東西會到哪裡去就好嘍！」她緩緩地將那串亮亮的唸珠放回原處，然後一一關上每個珠寶箱。

「我知道這些都是要給妳和妳的姊姊們的。夫人非常信任我，讓我見證她的遺囑，照它的內容，這些珠寶會給妳們。」愛絲勒微笑著低語。

「好棒哇！眞希望她現在就把它們給我們；拖拖拉拉眞沒意思。」艾美臨走前又朝那些寶鑽投以最後的一眼。

「小姑娘家戴這些東西還太早。夫人說過，最早訂婚的將得到珍珠，而我想那只土耳其玉小戒指，應該會在妳離開時送給妳，因爲夫人很欣賞妳端莊的行爲和討人喜愛的態度。」

「妳眞的這麼想？噢，只要能擁有那只可愛的小戒指，我一定會乖得像隻小羔羊！那比琪蒂．布萊恩的還漂亮好幾倍呢！總之，我喜歡馬琪嬸嬸。」艾美歡欣洋溢地試戴了一下那只小戒指，並痛下決心要得到它。

從那天起，她當眞柔順得像個乖寶寶一樣，老夫人也很得意，認爲自己的訓練非常成功。愛絲勒用一張小桌子佈置了一間小密室，桌子前面擺了張小腳凳，上面掛著一幅從長年關閉的房間裡取出來的畫。她很欣賞那幅畫，又以爲它大概不會很有價值，於是便暫時借用出來。她認爲夫人絕對不會知道，就算知道了，也不會在乎的。然而，事實上那幅畫卻是幅舉世聞名畫作的高價位臨摹作品，艾美那雙深艾美麗物品的眼睛，天天仰望畫中聖母柔美的臉龐，心裡就湧現無限溫柔的思想，怎麼看也不厭倦。她在桌上放著她那本小小的聖經和聖歌集，還有一個永遠插滿羅禮送來的好花的花瓶，並且每天都來「獨坐一下，想想好念頭，並祈求親愛的上帝庇佑她的姊妹。」愛絲勒給了她一條黑珠子、銀十架串成的唸珠，但艾美卻懷疑它是否眞的合適異教的禱告者使用，於是把它高掛起來不用。

這位小姑娘一直覺得自己被孤單地遺留在安全的家庭巢窠外，深切地渴望某隻慈愛的手來扶持她，因此每天虔誠的禱告，並且本能地轉向那強壯和溫柔的**朋友**求助——祂那慈藹的父愛，總是密密地圍繞在他孩子們的身旁。她雖然失去母親的幫助來瞭解並管好自己，卻已經學會到哪裡尋求幫助，並努力尋找道路，然後自信地出發。只是艾美還是一個小小朝聖者，而此刻背上的包袱又似乎沉重無比。她努力想忘掉自己的負擔，保持心情愉快，雖然沒人看見、沒人讚美，也要以正當的作爲而自滿。在努力成爲盡善盡美者的第一步，她決定要像馬琪嬸嬸一樣立下自己的遺囑，以便萬一自己先死了，所有的東西都能公平而大方地分給別人。想到要把那些自己視若珍寶的小東西送給人家，她心裡還眞是難受得很呢！

她利用一次遊戲時間，儘可能完美地寫下這份重要文件，在一些重要的法律條文方面，則由愛絲勒幫忙完成，等那溫良敦厚的法國女子簽下名字後，艾美才能把它擱在一旁，等羅禮來時再拿給他看，並請他擔任第二見證人。由於那天是個下雨天，艾美跑到樓上的一個大房間玩，還把波利帶上去作伴。在這個房間裡有座掛滿古典禮服的大衣櫃，愛絲勒准許她在那兒玩。她好喜歡穿上那一套過了時的織錦服裝，高貴優雅地在長鏡前來回走動，或者窸窸窣窣地拂動裙襬，讓它發出討人喜愛的聲音。她忙著修飾打扮，對著鏡子擺弄姿式，連羅禮按門鈴都沒聽到，也沒看見他正疑神注視著她凝重地來回踏著舞步，揚起扇兒賣弄風姿，和戴著粉紅無邊帽，搭配藍色織錦禮服和黃色薄棉的古怪模樣兒呢！她腳下穿著高跟鞋，小心翼翼地踩著搖曳生姿的腳步，波利也歪趔趔地昂首闊步跟在她後頭，極盡所能地摹倣她那款搖擺扭捏的模樣，偶爾還下來大笑或大叫：「我們不是挺棒的嗎？快呀，妳這醜八怪！住嘴！吻我，親愛的！哈！哈！」事後羅禮告訴喬時，一直說那幅景象眞是好笑極了呢！

然而，當時羅禮爲了怕觸犯艾美的尊嚴，卻強忍著不敢大笑出來，只是輕輕敲著門，艾美見了忙優雅地接待。

「請坐下來歇會兒，我先換掉這些東西，再來和你商議一件非常嚴肅的事情。」展現完華麗的裝扮後，艾美把波利趕到一旁。「這隻鳥眞是我生活上的一大考驗。」她邊說邊摘掉那粉紅色的頭冠，羅禮也坐到椅子上。

「昨天嬸嬸睡覺的時候，我正想安靜得像隻小老鼠一樣，波利卻開始在它籠子裡猛撲翅膀，聒噪個不停，所以我就放它出來，發現籠子裡有隻大蜘蛛。我用東西把它撥出來，它立即跑到書架下；波利昂首闊步地追過去，還探頭往書架底下灼灼逼視，用它那滑稽的樣子，橫眉豎目地說：『親愛的，出來散散步嘛！』我忍不住大笑起來，惹來波利一頓咒罵，把嬸嬸吵醒了，還把我倆都責備一番。」

「那隻蜘蛛接受這老兄的邀請了嗎？」羅禮哈欠連連地問。

「嗯，它出來了，波利卻嚇得衝到嬸嬸的椅子上亂叫亂跳：『抓住它！抓住它！』看著我逮住蜘蛛。」

「騙人的！噢，天啊！」波利大叫著，猛啄羅禮的腳趾頭。

「你這麼人精，如果你是我養的，我一定扭斷你的脖子。」羅禮在那鸚鵡面前揮動他的拳頭，它卻把臉別到一旁，扯著嗓子叫：「小伙子！行行好吧，親愛的！」

「現在我準備好了。」艾美關上衣櫃，從口袋裡掏出一張紙來：「我想請你看看內容，再告訴我這樣是不是正確、合法。我覺得我應該這麼做，因爲生命是這麼變化無常，我不希望蓋棺之後，會有人對我不服氣。」

羅禮咬著唇，別開臉，鄭重萬分地細讀以下的文件，並審核裡頭的遺詞用字——

我的遺囑證明

我，艾美·柯蒂絲·馬琪，謹以健全的神志，遺留並贈送本人在塵世的所有財物——亦即：

給我父親，我最好的圖畫、素描、地圖、美術作品和畫框，以及我的一百美元，由他自由運用。

給我母親，我所有的衣服，有口袋的那件藍圍裙除外——還有我肖像、獎牌和豐富的愛。

給我親愛的姊姊瑪格麗特，我送給她我的土耳其玉戒指（如果我得到它的話），以及上面有鴿子的綠盒子，還有我的眞蕾絲料子送她當領飾，另外我爲她畫的素描，送給她作爲對她的「小女兒」的紀念。

給喬，我留給她那只用封蠟修理過的胸針，還有我的銅墨水瓶——她遺失了瓶蓋——和我最珍貴的石膏兔子，因爲我很抱歉燒掉了她的稿子。

給貝絲（如果她活得比我久的話），我把我的洋娃娃，如果瘦了，可以穿下我的新拖鞋，也一併送給她。另外我還要藉此向她道歉，因爲我常常取笑老喬安娜。

給我的朋友暨鄰居錫爾多·羅倫斯，我遺留給他我的公文紙夾，還有一匹馬的泥塑；雖然他說它沒脖子。另外爲了報答他在我們痛苦時給予的好意，隨便他在我的畫作中挑一幅，聖母像最好。

給我們年高德邵的幫助者羅倫斯先生，我把我那蓋子上有面鏡子的紫盒子送給他，用來裝他的鋼筆很合適，並提醒他記得對他給予吾家——尤其是貝絲——的幫助，感激在心的過世女孩。

願我最喜愛的玩伴琪蒂·布萊恩，得到藍色絲圍裙，和我的金珠子戒指及一吻。

給漢娜，她想要的薄紙盒，還有我留下的針線活，希望她能「睹物思人」。

現在我已經處置好我最有價值的財產，但願大家都會滿意，不要責備死去的人。我原諒每一個人，並相信當召喚降臨時，我們都能再會。阿門。

我親筆立下這份遺囑，並於公元一八六一年十一月二十日捺印密封。

艾美·柯蒂絲·馬琪

見證人：

愛絲泰莉·佛諾
錫爾多·羅倫斯

最後二個名字是用鉛筆寫的。艾美說改天必須用墨水筆重新寫過，並好好封起來。

「妳怎麼會想到這個念頭？是不是有人告訴妳貝絲分贈她的東西的事？」在艾美擺下一段紅線、封蠟、一枝細筆和一個筆墨盒時，羅禮哀戚地說。

她解釋原因後人焦急地問：「貝絲怎麼了？」

「我很遺憾把它說出來；不過既然話都說了，我就告訴妳吧！有一天她覺得難受得厲害，於是告訴喬說她想把她的鋼琴送給瑪格，把貓咪留給妳，可憐的舊洋娃娃給喬；喬會爲她而愛護它。她很難過沒有多少東西可以留給大家，所以要把頭髮送給我們其他人，還有把最深的愛獻給爺爺；**她**從沒想到要立遺囑啊！」

羅禮低著頭邊說邊簽名、捺印，直到一顆斗大的淚珠滴落在紙上。艾美一臉難過，嘴裡卻只是問：「人們有時是不是會在遺囑上加些附筆呢？」

「是的，他們稱之爲『附錄』。」

「那麼在我的遺囑上也加一筆吧——我希望剪掉我所有的頭髮，給我周遭所有的朋友們。我疏忽了這一點，卻希望能夠這麼做；雖然那會破壞我的模樣。」

羅禮替她加上去，並爲她最後，也是最大的犧牲報以微笑，然後儘量逗她開懷，並對她的所有考驗都深深關心。但等一個小時後他要離開時，艾美卻拉著他、顫顫地輕問：「貝絲眞的會有危險嗎？」

「恐怕是吧，但我們必須抱著最好的希望。所以，親愛的，別哭了。」羅禮像個大哥哥一樣擁著她，帶給她很大的安慰。

等他走後，艾美回到她的小禮拜堂，坐在微光中爲貝絲禱告，臉上流著汩汩的淚水，心中宛如刀割，覺得就算千萬個土耳其戒指，也安慰不了失去溫柔小姊姊的痛苦。

20 知心話

那段母女相會的情景，恐怕是我這禿筆無法纖毫畢現的吧！這些時光是如此美好，卻是言語所難以形容的，只好留給諸位讀者來想像。我只能告訴大家，那幢屋子裡洋溢著無限幸福，而瑪格溫柔的願望也實現了；因爲當貝絲自她那漫長的復元睡眠中醒來時，第一眼看見的正是那朵小玫瑰和母親的臉龐。久病虛弱的貝絲，還沒有力氣去懷疑任何事情，只是微笑著緊緊依偎在摟抱著她的慈愛臂膀中，感覺到自己的渴盼終於獲得滿足。不久她又睡著了，兩位姊姊侍立在母親身旁，因爲她們的媽媽說什麼也不肯放下那在睡夢中依舊緊握著她的瘦削小手。

漢娜已經爲回家的人「備辦」好一份令人驚歎的早餐，好像只有這樣，才足以宣洩她激動的心情一樣；瑪格和喬像兩隻盡責的小鸛鳥般餵母親吃下早餐，同時聽她輕聲敘述父親的狀況，布魯克先生答應留下來照顧他的事，歸程中因爲暴風雪而阻滯行程，還有在她身心疲憊、焦慮、寒冷地抵達車站時，羅禮那張滿懷希望的臉龐帶給她那種無以言喻的安慰。

那是個多麼奇特而愉悅的日子呵！屋外是那麼明朗愉快，因爲所有的人好像都跑出門歡迎今冬的第一場瑞雪了；而屋內卻是靜悄悄一片，因爲在不眠不休的守護之後，大家都已累得睡著了，漢娜打著盹兒守在門口，屋裡靜得連一絲聲息都沒有。瑪格和喬感受到她們的包袱已卸下，幸福地合上疲倦的雙眼，像艘在暴風雨襲擊中駛入寧靜港灣中安全停泊的小船一般，躺下來靜靜休息。馬琪夫人一步也不肯離開貝絲身旁，只肯坐在大椅子上休息，又頻頻醒來，像個守財奴對待失而復得的寶藏一般，切切注視她的孩子，摸摸她，望著她沉思默想。

在這同時，羅禮前往馬琪嬸嬸家安慰艾美，又娓娓敘述過去這十幾個小時以來，感人肺腑的故事，就連馬琪嬸嬸聽了也欷歔不已，連那句「我早就說過了。」的口頭禪都沒說呢！大概是小教堂裡的好思想開始結果了吧！這次艾美表現得出奇堅毅。她很快地擦乾淚水，壓抑下迫不及待想見母親的衝動，甚至老夫人衷心地附和羅禮的意見，認爲她的表現「有如一位絕佳的小婦人」時，她都沒想到那枚土耳其玉戒指。就連波利也像深表同意一般，連聲叫她：「好姑娘！」又用他最慇慧的口氣頻頻要求她：「來散散步嘛，親愛的！」她原本很樂意出門享受冬日裡亮麗的天氣，卻發現一直擺出男子氣概，隱藏疲憊事實的羅禮，已經睏得快撐不住了，於是她勸他先在沙發上休息一下，等她寫張紙條給她媽媽。她寫了很久，回來時羅禮已經頭枕著手睡得很熟，而馬琪嬸嬸也已拉下窗帘，無所事事，異常慈祥地坐在一旁。

過了一段時間，她們都以爲他沒睡到晚上絕不會醒時，艾美突然看到她母親，興奮得大叫起來。要不是這陣叫聲，恐怕羅禮眞的不知要沉睡到什麼時候呢！

那一天，那個城市裡或許有許許多多快樂的小姑娘，但依我看，當艾美坐在母親腿上傾訴這段時間的歷練、接受她讚許的笑容，不經意流露的歡欣所獲得的安慰與補償時，世上再也沒比她更快樂的小姑娘了。她倆單獨在小禮拜堂中談心，在艾美向母親解釋過設禮拜堂的目的後，母親並未提出反對。

「相反的，我非常喜歡，親愛的。」馬琪夫人瀏覽著沾著塵埃的唸珠，翻動得磨損了的小書，和那圍著常青花環的可愛圖畫。「能夠找個生氣、憂傷時可以帶給我們寧靜的地方，是個非常好的計畫。我們的一生中會有許多艱辛的歲月，但只要能夠正確地尋求幫助，便能支撐過去。我想我的小女兒已經明白這一點了。」

「是的，媽媽。等我回家後，也想在大櫃子裡撥個角落放我的書本，還有我努力臨摹的那幅畫像的副本。那女人的臉臨摹得不太好——她太美了，我畫不來——不過嬰兒就畫得好多了，而且我非常喜歡他。我喜歡想著祂曾經是個小孩子，因為如此一來感覺就不會那樣遙不可及了；這可以帶給我不少幫助。」

當艾美坐在母親膝頭指著那微笑的基督幼兒畫像時，馬琪夫人在她高舉的手上看到一樣東西，嘴角不覺泛起微微的笑容。她沒表示什麼，但艾美從她的表情看出她的心意，頓了一下，鄭重地說明：「我本來想告訴您這件事的，可是卻忘記了。今天嬸嬸送給我這枚戒指；她把我叫到跟前，輕輕吻了我一下，然後把它套在我的手指上，說她以我為榮，希望永遠把我留在身邊，還用一個好玩的戒指扣護住玉石，免得戒指太大掉下來。媽媽，我想戴著它，可以嗎？」

「這戒指的確非常漂亮。但是艾美，我認為妳的年紀還不到戴這種裝飾品的時候呢！」馬琪夫人注視著那食指上套著藍色寶石，用兩個小金釦夾住的胖手。

「我會努力做到不愛慕虛榮，」艾美說：「也不認為自己是因為它太漂亮才喜歡它，而是想要像故事中戴著手鐲那位姑娘一樣，藉著它來提醒自己某些事情。」

「妳是指馬琪嬸嬸嗎？」母親笑著問。

「不，是要提醒自己不要自私。」母親見到艾美誠摯而虔敬的精神後不再大笑，反而以敬重的心情傾聽女兒的小小計畫。

「最近我常思考自己的『無數缺點』，而自私自利正是最大的一個，所以只要我做得到，一定要盡力改掉這缺點。貝絲不自私，所以每個人才會一想到可能失去她就難過萬分。萬一我病了，人們不會有那一半難過的；因爲我不值得；但我喜歡有許許多多的朋友珍愛、懷念，所以一定要盡力效法貝絲。我很容易忘掉自己的決心，但若是有件東西一直在身邊提醒我的話，我想應該會做得好一些的。我可以用這個辦法試試看嗎？」

「可以，只是我對大櫃子的角落還比較有信心。親愛的，戴好妳的戒指，全力以赴。我想妳會成功的；因爲眞心地期望做個好姑娘本身，就已經是打了半場勝仗了。現在我要回去照顧貝絲了。小女兒，打起精神，我們很快就會接妳回家的。」

那天傍晚，喬趁瑪格寫信給父親報告母親平安抵家時，悄悄溜進貝絲房裡，發現母親依然坐在她的老位置上。喬手抓著頭髮，一臉擔憂、猶疑地站在那兒。不一會兒，馬琪夫人便伸出她的手，像個知己般詢問她：「親愛的，怎麼啦？」

「媽媽，我想告訴您一件事。」

「關於瑪格的？」

「您猜得眞快，的確，是關於她的。雖然只是件小事，卻使我非常困擾。」

「貝絲睡著了，小聲點兒說，把所有事情告訴我。但願那個墨菲沒跑到這裡來吧？」馬琪夫人嚴峻地問。

「沒有，要是他來了的話，我一定會當面把他關在門外。」喬坐在母親腳邊的地板上。「夏天時，瑪格把一雙手套掉在羅倫斯家那邊，後來只送回一隻來，本來大家都忘了這件事，直到有一天，泰迪告訴我那隻手套被布魯克先生拿去了。他把它收在短外套的口袋裡，有一次不小心掉出來，泰迪開他玩笑，結果布魯克先生承認他喜歡瑪格，只是不敢說出來，因爲她是那麼年輕，而他又是一文不名。喏，這件事不是很**可怕**嗎？」

「妳認爲瑪格愛上他了嗎？」馬琪夫人一臉焦急。

「天哪！我不懂什麼愛情之類的亂七八糟事情！」喬的神情摻雜著不屑和興趣，眞是好玩極了。「在小說裡，女孩子們表露愛情的方式是心驚、臉紅、暈倒、消瘦、像個傻瓜一樣。現在瑪格完全沒有那種跡象：她像個聰明的小東西一樣吃、喝、睡覺，當我和她提起那男人時，她兩眼直視我的臉，只有泰迪拿情侶的事開玩笑時，她才會有點兒臉紅。我禁止他那麼做，他卻視爲理所當然似的，根本不管我說什麼。」

「那麼妳覺得瑪格對約翰並**沒有**特別感到興趣嘍？」

「誰？」喬失聲驚叫。

「布魯克先生。現在我都這麼稱呼他，在醫院時不知不覺就這樣叫慣了，而他也很喜歡。」

「噢，老天！我就知道您會護著他；他一直在幫忙照顧父親，所以只要瑪格喜歡的話，妳不但不會趕他走，還會把瑪格嫁給他。卑鄙的東西！爲了要哄得你們喜歡他，才跑去討好爸爸和幫助您。」喬氣急敗壞地猛扯她的頭髮。

「親愛的，別爲這件事發怒；我來告訴妳事實如何，約翰是在羅倫斯先生的要求下陪我到華盛頓去的，而他是那麼全心全意在照料可憐的父親，我們都忍不住喜歡起他來了。關於瑪格的事，他的態度非常開誠布公而可敬；他告訴過我們他愛她，但要等掙足了錢，能夠建立一個舒適的家園才會向她求婚。他只希望我們能允許他愛她，爲她工作，以及爲了贏得她的芳心而努力的權利。他眞的是位優秀的青年，我們無法拒絕他的請求，不過我不會答應瑪格這麼年輕就許下終身的。」

「當然不行；那簡直愚不可及嘛！我知道這其中在醞釀著什麼把戲；我感覺得出來；而現在情形比我想像的更糟糕了。我只願自己能和瑪格結婚，安全地把她留在家裡。」

這稀奇古怪的念頭，惹得馬琪夫人微微一笑，卻又鄭重地表示：「喬，我非常信賴妳，也希望妳先別跟瑪格說什麼。等約翰回來，我再看看他們相處的情形，才能判斷她對他的感情。」

「她會在她時常提起的漂亮眼睛裡看出他的情意，然後她就全完了。她的心腸那麼軟，要是有人深情款款地注視著她的話，一定會像陽光下的奶油般融化了的。她每天讀他寄來的短信倒比她讀您信件的時候還多，每次我一說她就捏我，而且又喜歡棕色眼睛，也不覺得約翰是個難聽的名字，她一定會墜入愛河的，到時平靜、溫馨、有趣的相聚時光就結束了！我全想像得到！他們將在房屋四周大談戀愛，我們全得躲在一旁；瑪格會一心一意談情說愛，再也不會對我好了；布魯克遲早會賺夠錢，把瑪格帶走，在這家庭挖出一個破洞；到時我一定會心碎，每件事都會變得令人討厭又可惡了。噢，天哪！爲什麼我們不要全是男孩子，那樣就不會有任何困擾了。」

喬黯然地把下巴抵在膝蓋上，對假想中那該死的約翰飽以老拳。馬琪夫人長歎一聲，喬頓時如釋重負地仰頭看著她：「媽媽，您不喜歡那樣吧？我好高興啊！我們別向瑪格透露半點口風，先把他淘汰掉，然後我們就可以像往日一樣快樂地生活在一起了。」

「喬，我不該歎氣的。妳們都該在適當的時候各自組成自己的家庭，那是很自然的事，只是我眞的很希望能把自己的女兒多留在身旁一段時光；我很遺憾這件事那麼早就發生，因爲瑪格才不過十七歲！而約翰應該還要幾年的光陰才能爲她建立一個美好的家園。妳父親和我都同意，她無論如何不能在二十歲之前訂下終身或結婚。要是她和約翰彼此相愛的話，兩人不妨等待幾年，讓時間來考驗他倆的愛情。她很善良，我用不著擔心她會對他不厚道。我美麗、深情的女兒呵！但願她得到快樂、幸福。」

「難道您不會比較喜歡她嫁給有錢人嗎？」

「喬，金錢誠然是樣有用的好東西，我也希望我的女兒們永遠不受欠缺金錢之苦，或者被過度的財物所誘惑。如果約翰能在某項好職業上紮穩根基，帶給他足夠使瑪格舒適，免於負債的收入，我會很高興。我並不貪求我的女兒們能得到億萬家財，時髦的地位或響亮的名號。假如階級與金錢能伴著愛與道德而來，我一樣會滿心感激地接受，並爲妳們的好運而高興；但根據我的經驗，平凡的小屋裡照樣會有無比的幸福快樂。在那裡，每天的麵包都要憑自己的力量去賺取，而略嫌匱乏的生活，更能使小小的樂趣增添甘甜的滋味。我很甘心見到瑪格樸實度日；因爲如果我沒判斷錯的話，在擁有一名好男子的忠心方面，她將會很富足，而那要比財富還好得多。」

「我明白，媽媽，我也很同意，只是很替瑪格失望，因爲我本來計劃讓她以後嫁給泰迪，每天過著富貴榮華日子的。那不是很好嗎？」喬仰起頭來，神情開朗多了。

「妳知道的，他比她還小……」馬琪夫人才剛開口，喬立刻打斷她的話：「只不過才小一點。以他的年紀來說，泰迪已經很老成了，個子又高，只要他高興的話，舉止態度也可以非常成熟，加上有錢、慷慨、又善良、還深愛我們大家，所以我說我的計畫被破壞眞是太可惜了。」

「恐怕羅禮對瑪格而言還不夠成熟吧，再說現在講什麼都還做不了準呢！喬，別做什麼計畫，只消讓時間和他們的心自由去配對就好。這種事我們最好不要妄加干預，而且最好別老想著妳所謂的那些『談情說愛』的無聊事，免得最後卻破壞了大家的友誼。」

「好吧，我不會的。不過我很討厭看到原本只要稍微動動手指就可以澈底解決的事，搞到糾結錯雜，不可開交。多希望頭上壓個熨斗就可以不長大呵！可是蓓蕾總會開出玫瑰花，小貓咪免不了要變成大貓——多可歎吶！」

「妳在說什麼熨斗、貓咪的呀？」瑪格手拿著剛完成的信悄悄走進來。

「只是我的一篇愚昧演說罷了！我這就要去睡了；快過來，小美女。」喬像個彈性良好的彈簧般跳了起來。

「很適切，字也漂亮。請多加一句話，替我向約翰致意。」馬琪夫人大略看過信的內容後，把它交還給瑪格。

「您稱呼他『約翰』嗎？」瑪格帶著淺淺的微笑，清純無邪地垂著頭，凝視母親。

「是的，他一直像個兒子般對待我們，我們也很喜歡他。」馬琪夫人精明地盯著女兒瞧。

「那眞是太好了；他是那麼孤單啊！晚安，媽媽。有您在家的感覺眞是太棒了！」

馬琪夫人給了她非常溫柔的一吻，看著她離去的身影，半是滿足，半是遺憾地自言自語：

「她還沒愛上約翰，不過也快了。」

21 羅禮惡作劇，喬居中調停

由於那祕密沉沉地壓在心上，第二天喬整天一臉沉思，總是不自覺地流露出神祕兮兮，有什麼天大事情的模樣。瑪格雖然發現這情形，卻懶得多問，因爲她早已知道操縱喬的最佳辦法，便是運用反作用定律，所以深信只要她不問，喬自然會忿不住，而把所有的事都說給她聽。因此，眼見喬一直沒打破沉默，瑪格眞的相當詫異，再加上她又擺出一副神氣十足的態度，更氣得瑪格也端出驕矜姿態相對，然後整天陪伴在母親身旁，任由喬自尋消遣去。因爲自從母親回來後便取代了喬的看護工作，並且要求長期禁閉在病房中的她多休息，多運動，儘量找些娛樂。由於艾美不在家，羅禮便成了她唯一可找的同伴；可是雖然她很喜歡和他交往，這時卻很害怕他，因爲他實在太愛嘲弄人了，再說她也擔心他會的巧言令色地哄她說出心中的祕密。

她沒估計錯；因爲沒多久那淘氣少年果眞嗅到一點神祕氣氛，立刻採取步驟，想挖掘眞相，害得喬不勝其擾。他連哄帶騙，甚至威脅、責備、譏笑她、假裝漠不關心，千方百計想從她口中套出實情；之後又宣稱他已經知道，然後又表現得毫不在意；最後，終於從蛛絲馬跡中，判斷出這事和瑪格與布魯克有關係。他很不高興自己的家庭教師竟把他蒙在鼓裡，於是想到設法報復他們一下下。

這段時間瑪格原本已經忘了喬神祕兮兮的事，一心一意準備迎接父親的歸來，卻在一瞬間突然有了改變，甚至有一、二天表現得和平常判若兩人。每次有人和她說話時整天安安靜靜，一臉憂煩、羞怯地坐著縫補衣物。母親問她怎麼回事，她便答說她很好，而喬問起時，她卻總是一聲不吭，只要求讓她一個人靜一靜。

「她已經朦朦朧朧地感受到了，我是指——愛情——而且深陷其中。她有了大部分的特徵——緊張易怒、茶飯不思、輾轉難眠，躲在角落裡悶悶不樂。我曾逮到她在唱他送給她的歌，甚至有一次她還像您一樣稱呼他「約翰」，然後面紅耳赤。我們到底該怎麼辦呢？」喬似已經乎決定不惜任何代價阻止。

「只好靜觀其變了。耐著性子，和氣些，讓她自行處理。等父親回來，一切就可以解決了。」母親回答。

「瑪格，有一張給妳的信箋，全是密封的。多奇怪啊！泰迪給我的信從不封口呀！」第二天，喬從小郵站裡取出信後表示。

馬琪夫人和喬正忙於自己的事務，這時瑪格忽然驚呼一聲，她們忙抬起頭來，看見她正臉驚慌地盯著信箋。

「孩子，妳怎麼了？」母親大叫著跑了過來，喬也用力想把那張惹禍的信箋搶過來。

「錯了——那不是他寄的。噢，喬，妳怎麼可以做這種事？」瑪格蒙著臉，哭得肝腸寸斷。

「我！我什麼也沒做呀！她在說什麼呀？」喬大惑不解地嚷著。

瑪格溫馴的眼中燃著熊熊怒火，從口袋裡扯出一張縐巴巴的信箋扔向喬，叱責她說：「是妳寫的：那壞男孩是幫凶？妳怎麼能對我們兩人這麼孟浪，這麼殘酷、卑鄙？」

喬正忙著和母親看信上的內容，根本沒聽到她在說什麼。那封信的字跡十分特別：

我最心愛的瑪格麗特——

我再也無法壓抑滿腔的熱情；我必須在歸來前明白自己的命運。我還不敢向妳的雙親表明，但深信他們若知道我們彼此傾慕，必定會首肯。羅倫斯光生會幫助我得到一個好地位，然後，我甜美的姑娘，妳將會帶給我幸福。我懇求妳先別向家人透露，只要透過羅禮將希望的語言捎給我即可！

眞摯愛妳的　約翰

「噢，那小惡棍！也就是想藉這個辦法，來報復我遵守對母親的承諾啊！我會狠狠罵他一頓，然後抓他來求饒。」喬大叫著，等不及要去逮出原凶，卻被母親拉了回來，帶著難得一見的表情說：「喬，先別走，妳得先洗清嫌疑再說。妳曾經胡鬧過太多次了，我不得不懷疑這件事妳也有一份。」

「媽媽，我發誓，我沒有！我沒見過這封信，也不曉得裡頭說些什麼，絕不騙您。」喬誠摯的態度，使她們消除對她的懷疑。「要是我眞的有一份的話，絕對會做得更好的，也會寫得合理些。我想您應該知道布魯克先生絕不會寫出那種鬼話來的才對啊！」她說著，不屑地把那張紙朝地上扔。

「筆跡和他很像啊！」瑪格吶吶地說著，把它拿來和手上那張信箋比較。

「噢，瑪格，妳沒回信吧？」馬琪夫人急忙大叫。

「唔，我回了。」瑪格又羞得蒙住臉。

「眞是一團糟！我去把那壞孩子抓來解釋清楚，好好訓一頓。不找到他，我誓不干休。」喬說著又往外衝。

「別亂來！看來情形比我想的還糟糕，還是讓我來處理吧！瑪格麗特，把事情經過源源本本地說給我聽。」馬琪夫人坐在瑪格身邊，一手抓著喬，深怕她會衝出門去。

「我從羅禮手中接到第一封信；他看起來好像什麼都不知道的樣子。」瑪格低著頭說：「最初我很煩惱，想要告訴您，後來我想起您非常喜歡布魯克先生，因此認爲如果保持幾天我的小祕密，您也不會介意。我笨得以爲沒人曉得這件事，就在我決心說出來時，又覺得自己就像書上那些姑娘一樣有著這些際遇。原諒我，媽媽，現在我爲自己的愚蠢付出了代價，我再也沒臉再和他相見了。」

「妳對他說了些什麼？」馬琪夫人問。

「我只告訴他，我現在做什麼決定都還嫌太年輕，也不希望擁有什麼不可告訴家人的祕密，這件事他必須親口對父親說明。我很感激他的好意，也很樂於和他交朋友，但至少在很長一段時間以前，不會再有進一步發展。」

馬琪夫人露出笑容，似乎覺得非常滿意，而喬更拍手大笑，嚷著說：「妳簡直可以和卡洛琳·波西媲美了；她可是睿智、謹愼的女性呢！說下去，瑪格，他怎麼表示呢？」

「他回了一封內容截然不同的信，告訴我他從沒寄過任何一封情書，並且非常遺憾我那淘氣的妹妹喬，竟會假借我們的名義搗亂。信上雖然非常尊敬、誠懇，但想想，那對我來說是多麼可怕呀！」

瑪格一臉絕望地偎在媽媽懷中，喬則高叫羅禮的名字，在房裡猛打轉。突然間，她停下腳步，拿起兩張信紙細瞧一番，然後斷然表示：「我相信這些信布魯克先生都從未見過。這兩封都是羅禮寫的，然後藏起妳的信來向我誇耀；因為我沒向他透露我的祕密。」

「喬，別隱藏什麼祕密。告訴媽媽，別像我一樣自尋煩惱啊！」瑪格提醒她。

「上帝保佑妳，孩子！那個祕密是媽媽告訴我的呀！」

「好了，喬。我來安慰瑪格，妳去把羅禮找來，我會澈底把事情問個清楚明白，立刻終止這場胡鬧。」

喬快步跑出門，然後馬琪夫人委婉地把布魯克先生真正的感情說給瑪格聽。「告訴我，親愛的，妳自己的心意呢？妳對他的愛意是否足以使妳等待他為妳建造一個家園，或者目前妳還根本不想涉及感情的事呢？」

「我已經嚇壞了，擔心壞了，在短期間內我不希望再和什麼愛情扯上關係——也許永遠不要。」瑪格焦躁地表示。「若是約翰還完全不曉得這件荒唐事，請千萬別告訴他，還有叫喬和羅禮不准多嘴。我不要再被人欺騙、惡作劇，耍著玩——真是太丟臉了！」

馬琪夫人眼見性情溫柔的瑪格動了氣，高傲的自尊也被這個頑皮的玩笑所刺傷，便竭力安慰她，並擔保絕不讓任何人把這件事宣揚出去。瑪格才聽到羅禮的腳步在甬道上響起，立刻逃進書房去，由馬琪夫人單獨審訊嫌疑犯。喬怕他不肯來，所以沒有說出找他的原因。不過一見到馬琪夫人的臉色，他馬上猜出來了，於是扭著帽子，一副罪大惡極的模樣站在那兒，讓人一看就知道果眞是他搞的鬼。喬被馬琪夫人支開後，像個步哨似的在甬道上來回踱步，深恐裡頭的罪犯會奪門而出。客廳裡起伏的聲浪持續了半個小時左右，至於裡頭究竟發生了什麼事，女孩們都不知情。

當兩位姑娘被叫進去時，羅禮正悔恨莫及地站在她們的母親身側，喬當場原諒了他，只是不肯讓他知道而已！瑪格接受了他謙抑的道歉，並在他再三保證布魯克完全不曉得這個玩笑後，感到安心多了。

「我到死都不會說——就算把我五馬分屍都不會說；所以，瑪格，請妳原諒我，我願意做任何事，以示十二萬分的歉意。」他面帶羞慚地說。

「我會試著原諒你；但這實在是很不紳士的行爲。羅禮，我眞沒想到你會這麼狡猾惡毒。」瑪格試圖藉著嚴厲的指控，來掩飾自己少女的惶恐。

「我眞是太惡劣了，就算大家一個月不和我說話，都是我活該。可是妳們不會那樣的，對不對？」羅禮兩手交握，向她們打躬作揖，又用他那令人聽了不得不心軟的口氣哀求。讓人沒辦法對他的惡劣行爲繼續生氣下去。瑪格原諒了他，而馬琪夫人雖然努力想維持嚴肅的神色，但在聽到他將以種種懺悔來贖罪，又在那受傷的少女面前謙抑自下後，凝重的神情也不禁鬆弛了下來。

這時喬遠遠地站在一旁，故意硬起心腸，滿臉不屑地對他板著臉。羅禮不時朝她瞥一二眼，看她一點都沒有寬恕之意，覺得心裡非常委屈，於是便背轉過身去，直到其他兩人都和他盡釋前嫌後，才朝她鞠個大躬離去。

他才剛走，喬馬上後悔沒對他寬厚些。等母親和瑪格上樓後更覺得十分孤寂，好想見見泰迪。在掙扎了一陣之後，她終於臣服於內心的衝動，挾著本書到大屋那邊去。

「羅倫斯先生在嗎？」喬問一名剛要下樓的女傭。

「是的，小姐，不過我相信他現在還不能見客？」

「爲什麼？他病了嗎？」

「唔，不，小姐；不過剛羅禮少爺不知道爲了什麼事在鬧脾氣，惹惱了老爺，兩人起了場爭執，所以現在我不敢走近他。」

「羅禮人呢？」

「把自己關在房裡，我去敲門他也不肯應。我不知道午餐該怎麼辦才好；全都準備好了，卻沒有人來吃。」

「我上去看看究竟是怎麼回事；他們倆我都不怕。」

喬上了樓，用力敲羅禮小書房的門。

「不要敲了，否則我開門揍你！」裡頭的大少爺威脅著大叫。

喬隨即再度敲門；這次門應聲而開，在羅禮還沒來得及自驚訝中恢復過來之前，喬已經一躍而入。喬看得出他眞的很生氣，卻也懂得如何去掌握他的情緒，於是故作懺悔狀，誇張地跪倒在地，溫馴地說：「請原諒我的暴躁，我特地來求和，不達目標絕不站起來。」

「沒事了。快起來，喬，別像個小呆瓜一樣。」羅禮豪爽地回答。

「謝謝你，我會的。能否請問你究竟怎麼啦？似乎心情不太好的樣子呢！」

「我挨罵了，我不服氣。」羅禮氣沖沖地暴吼。

「是誰罵你？」喬追問。

「爺爺，換作別人的話，我一定會——」受了委屈的羅禮猛然揮動右臂，再也說不下去了。

「那也沒什麼嘛！我不是常責怪你，你也沒有放在心上啊！」喬安慰他。

「唉！妳是個女孩，況且又是鬧著玩的，我絕不允許任何男人責怪我。」

「要是你剛剛也像現在一樣暴跳如雷的話，我才不信有誰還來理你！爺爺爲什麼責備你？」

「只是因爲我不肯說明妳母親爲何找我去罷了！我答應不說出去的，自然不會食言。」

「難道你不能用別的方法讓你爺爺滿意嗎？」

「不能，他**只要**事實，而且是全部的實情，不帶半句虛謊的實情。要是能不牽扯出瑪格的話，我還可以說出些零星片段。但在不能提及她的情況下，我只好默不吭聲，忍受老人家的責罵，直到他揪住我的領子，我這才因爲深怕控制不住自己，而憤怒地衝了出來。」

「這樣不太好，但我知道他內心一定很難過，所以還是下去和他修好吧；我會幫助你的。」

「我寧死也不願！我不要只因爲開了點玩笑，就聽人教訓、挨人揍。我對瑪格感到很抱歉，所以才會勇於擔當地過去請求原諒，可是這次我又沒錯，才不願再向人求饒呢！」

「他不明白啊！」

「他應該信任我的，不該表現得好像我還是個奶娃娃一樣。沒用的，喬，他必須明白我已經能夠照料自己，再也不需要任何人拿嬰兒巾包著綁在懷裡護著了。」

「你脾氣還眞硬啊！」喬歎口氣：「你說這件事要怎樣才能和解呢？」

「呃——他應該道歉，同時在我說不能告訴他那件雞毛蒜皮的小事時，他必須信任我。」

「老天爺！他不會那麼做的。」

「除非他做到，否則我絕不下樓。」

「喂，泰迪，理智點嘛，事情過去就算了，我可以盡力替你說明。你不能老待在這裡，所以又何必這麼倔強嘛？」

「反正我也沒打算在這上頭待太久。我會溜出去，到哪個地方旅行一趟。等他思念我時，腦筋自然會很快轉過來的。」

「這點我絕對承認，不過你不該一走了之，讓他擔憂啊！」

「別說教。我想到華盛頓去看布魯克；那邊五光十色、生氣蓬勃，我經過這麼多煩擾，總可以好好放鬆一下了吧！」

「那多快活呀！但願我也能一塊兒逃跑。」喬一想到首都戰地生活，種種栩栩如生的畫面，登時忘了自己該要扮演良師、諍友的角色才對。

「那麼，來呀！妳到那邊給妳父親一個驚喜，我也去鬧一鬧布魯克。那一定會是個了不起的玩笑；說做就做吧，喬！我要留書說我們沒事，然後快快離開就行了。我會帶足夠的盤纏，況且又是到妳父親那邊，對妳有益無害啊！」

一開始，喬似乎顯得非常同意，因爲這種瘋狂計畫正合地的口味。她早已厭倦了小心翼翼守在病房的日子，正盼望能求點變化，而對父親的思念和自由、娛樂、以及軍營、病房的新奇魅力也紛然湧上腦海。她眼中閃著光彩望向窗外，但當視線落在對面的老房子時，她卻憂傷地斷然搖搖頭。

「假如我是個男孩，我們自然可以一塊兒逃家、享受一段其樂無比的時光，但既我不幸身爲女子，就必須規規矩矩留在家裡。別誘惑我，泰迪，那是個瘋狂計畫。」

「所以才好玩哪！」羅禮正在興頭上，而且亟盼衝破身上的束縛。

「住嘴！」喬掩耳大叫：「矜持端莊是我的宿命，我最好還是乖乖待在家裡。我是來和你講道理，不是來聽你說那些會令我動搖心志的話的。」

「我知道瑪格對這種建議會提不起勁兒，但妳應該會很有興趣才對啊！」羅禮依舊拐著彎兒想試著說動她。

「壞男生，快住口！坐下來想想你自己的罪過，別淨想讓我增加我的罪惡。要是我能讓你爺爺爲責備你的事致歉，你肯不肯放棄逃家的念頭？」喬嚴肅地問。

「我肯，但妳辦不到的。」羅禮雖然很想求和，卻覺得先得有人來安撫自己的憤怒才行。

「我既然能對付小的，自然也能應付得了老的。」喬喃自語地走了出去，留下羅禮一人拄著頭，鑽研他的鐵路地圖。

「進來！」聽到喬的敲門聲，羅倫斯先生拉起比平日更粗嘎的嗓子吼著。

「是我，先生，只是來還本書而已，」喬淡然說著進了門。

「還要什麼嗎？」老人家明明一臉冷峻、憤怒，卻努力壓抑著不想讓人看出來。

「是的，我好喜歡老山姆這個人物，因此很想再看看第二冊。」喬希望藉著老人家推薦過的鮑斯韋爾作品《**約翰遜傳**》❶一書，來搭起溝通的橋梁。

老人家果然略略舒展眉頭，朝擺放約翰生相關文學的書架走去。喬也跟跟著一溜煙爬上小梯頂格坐著，假裝在找書，事實上卻是在猶豫著，該如何把話題導向那可能引起衝突的目標才好。

羅倫斯先生似乎猜到她心裡在動什麼念頭，因此在房裡急急拐了幾個彎後，突然扭頭向她問話，嚇得她手上的書也掉了。

「那孩子到底做了什麼事？別替他遮掩；我一看他回家的樣子，就知道一定是搗了什麼鬼啦！我從他嘴裡問不出半句話來，等我威脅要動拳逼他說實話時，他就衝上樓，把自己鎖在房裡啦！」

「他的確做錯了事，但我們大家都已原諒他，也都承諾過絕不向任何人提起一個字。」喬不得已表示。

「不能就這樣算了；他不該靠妳們這些軟心腸女孩的承諾來掩飾過錯。要是他做錯了什麼，就該招認、求恕、接受懲罰。喬，說出話來吧，我不願被蒙在鼓裡，」

羅倫斯先生的神情看起來是那麼駭人，口氣又是那麼嚴厲，要不是喬在階梯頂，他在階梯下像隻鎮門雄獅般擋著的話，她早就拔腿而逃了。如今既然逃不掉，她只好勇敢地當起和平大使嘍！

---

❶詹姆斯．鮑斯韋爾：十八世紀蘇格蘭作家兼律師，曾為英國辭編纂者兼名作家山穆爾．約翰遜立傳。

「事實上，先生，我不能說；是家母禁止我們說的。羅禮已經招認，請求原諒，並接受過不小的懲罰。我們保持沉默不是爲了替他掩飾過錯，而是想保護另一個人，如果您一定要干預的話，只怕會惹出更多麻煩。請別那麼做；這件事我也有錯，但現在已經全解釋開了；且讓我們忘了它，談談《漫談》❷或其他愉快的事吧！」

「去他的《漫談》！下來，向我保證我那魯莽孫子沒做什麼忘恩負義，或者冒昧的事。若是有的話，就算妳們好心饒恕他，我也要親手教訓這孩子的。」

這種威脅聽起來雖然駭人，卻沒嚇著喬。因爲她很清楚這位善怒的老人家，儘管嘴裡說得再狠，也絕不會對他孫子動一根手指頭。她乖乖順從地走下來，又在不出賣瑪格，也不撒謊的情況下，輕描淡寫地把那場惡作劇一語帶過。

「嗯——呃——好吧，要是那孩子眞是爲了信守諾言才三緘其口，我就原諒他。這孩子脾氣倔強，難管得很！」羅倫斯先生總算如釋重負地舒展了深鎖的眉頭。

「我也一樣啊！不過要想管得住我的話，一句和氣的言語可比千軍萬馬還好用呢！」喬覺得羅禮眞是一波未平、一波又起，因此試著幫這位好友說說好話。

「嘿，莫非妳認爲我對他不和氣？」老人家厲聲問。

「噢，天哪，不，先生；您多半時候也是相當親切的。只是有時他使起性子來，您也就不免急躁起來了。您說是不是？」

---

❷ The Rambler：山穆爾．約翰遜於一七五〇—一七五年間主編之雙週刊，以散文爲主。

這時喬已下定決心要解開祖孫倆的心結，於是力圖鎮定地試探了一下，只是仗著膽子把話說完後，她的心口卻止不住撲通！撲通地跳。令她大感驚異，鬆了口氣的是——那老先生竟只是「啪」地把眼鏡放在桌上，便率直地嚷著：「妳說得對，姑娘，我確實如此！我愛這孩子，但他總是激得我失去耐性，我眞不知到要是繼續這樣下去，我們倆的關係會變成怎樣。」

「我來告訴您吧；他會逃家。」喬話才出口，馬上後悔了；她原本只是想提醒他，羅禮絕不會容忍太多限制，所以希望老人家別對孫子管束太嚴而已！

羅倫斯先生臉上頓時失去血色，頹然坐下，一臉哀愁地瞅著高掛在書桌上方的一名英俊男子畫像。那男子是羅禮的父親，年輕時也曾逃家，還違背了專橫的父親、娶了老人家不肯接納的妻子。喬猜想他必定是回想起往事，不勝懊悔，因此也很後悔自己爲什麼說話不謹愼些，於是笑說：「除非他眞的被惹煩了，否則是不可能當眞這麼做的。再說他也不過是有時讀書厭了，才會威脅幾句。我還不是常想偷偷跑到外地——尤其是頭髮剪了以後！這樣一來，如果你們思念我們的話，就可以登廣告，或者在前往印度的船隻間尋找兩個男孩了。」

羅倫斯先生見她嘻皮笑臉，顯然只是開開玩笑罷了，這才大鬆一口氣。

「妳這小野丫頭好大的膽子，竟敢那樣說話。妳對我的敬重，還有妳的好教養都到哪裡去啦？該死的小男生、小女生，專會折騰人，偏偏我們又少不了這些野孩子！」他愉快地捏捏她的臉頰。「去帶那孩子下來用餐，告訴他一切都沒事了，順便勸勸他，別再對自己的祖父擺出一臉哭喪樣，我會受不了的。」

「他不會下來的，先生；你不能充分地信任他，讓他很難過。我想您嚴厲的責備，一定讓他感到非常傷心。」

喬裝得一臉可憐兮兮的，羅倫斯先生卻看得哈哈大笑：「關於這一點，我很抱歉；說不定我還該感謝他沒對我大吼大叫才對咧！這小子到底要怎樣才肯罷休呢？」

看來這位老先對自己的火爆脾氣，大概也感到不好意思吧！

「如果我是您的話，就會寫個致歉函給他。先生，他說過若是您不正式致歉，他就不下來，還提到什麼到華盛頓去之類的荒唐事。一封正正式式的致歉函，會使他明白自己有多愚蠢，讓他乖乖順順地下樓來。試看看嘛！他喜歡好玩的事，況且這麼做總比當面談自然得多。我會替您把它帶上去，順便教教他自己的本分。」

羅倫斯先生狠狠瞪她一眼，然後戴上眼鏡，慢調斯理地說：「妳這狡黠的淘氣姑娘；不過，我是不會介意任由妳和貝絲牽著鼻子走的。來，拿張紙給我；讓咱們倆來合力處理掉這件荒唐事吧！」

老先生以紳士向紳士虔誠道歉的語句完成了這紙致歉函。喬先在他光禿禿的額頭飛快印上一吻，然後奔上樓去，從門縫下把致歉函射進羅禮房中去。又從鑰匙孔裡勸他要溫和有禮些，別動不動淨愛鬧脾氣。羅禮使性子把門鎖住，於是喬索性悄然下樓，任憑他自己看完爺爺的致歉函再說。這時羅禮卻急匆匆地打欄杆上滑下去，站在樓梯底格等她，還用最彬彬有禮的神氣，笑著對她說：「喬！妳眞是太了不起啦！妳有沒有惹得他大發脾氣哇？」

「沒有，從頭到尾他都寬宏大量得很。」

「啊！其實都是我太倔強。還好妳替我解開心結，否則我眞要萬劫不復了呢！」

「別那樣說嘛，泰迪。只要翻開嶄新的一頁重新開始就好了呀！孩子。」

「我總是不停地在翻開新頁，然後破壞它們，就像從前老扯破習字簿一樣；我總是虎頭蛇尾，一無所成啊！」他陰鬱地說。

「去吃飯吧，吃完飯你心情就會好過得多了；男人一餓肚子，怨尤也就跟著來啦！」

「那是對我們男性的**幾風**（譏諷）呢！」羅禮故意學艾美的錯誤發音，然後過去低聲下氣地向祖父道歉，接下去一整天也都謙和有禮得很。

對大家而言，這件事都已經是事過境遷了，只有瑪格對這惡作劇總是忘不掉。雖然她絕口不提那棕眼青年，心裡卻時時惦念著他，甚至為他大作白日夢。有一次，喬為了找郵票在姊姊桌上到處亂翻，竟翻出一張寫滿了「約翰．布魯克夫人」字樣的紙來。她哀傷地悲歎著，把它扔到火爐裡燒掉，心中隱隱感覺羅禮的把戲，已迫使姊姊離去的不幸日子提早來到了。

22 歡樂的草坪

緊接而來那幾個禮拜，仿如暴風雨後的艷陽般平靜祥和。貝絲和父親都復元得很快，馬琪先生甚至開始計畫在新年期間提早返鄉的事。貝絲沒多久就能在書房上躺個一整天，逗弄貓咪玩，不久又可以幫洋娃娃縫製早該完成的新衣裳。她那曾經活潑敏捷的四肢，如今變得僵硬無力，於是喬用自己強健的臂膀，每天抱著她在房屋四周呼吸一下新鮮的空氣。瑪格樂於忍受煤薰，及冒著燙傷她那雪白的素手的危險，爲這「小心肝寶貝」調理精緻的食物。而艾美也謹守著戒指對她的提醒，力勸姊姊們接受她所分贈的小寶藏，以慶祝自己回到家中。

隨著聖誕節漸漸逼近，往年過節前的神祕氣氛也回到屋中來，喬時常提出一些不可思議或者荒謬絕倫的慶祝方式來和家人磋商，而羅禮也和她一樣不切實際；若是當眞放手讓他來籌備的話，只怕營火、煙火、凱旋門都要在他們的慶祝儀式中出現了呢！在經過多次小爭執和叱責之後，大家都以爲這對好大喜功的年輕人，已經被澆足了冷水，再也提不起勁了，沒想到兩人碰在一起時，卻還是興致勃勃地策畫他們的慶祝大典，常常爲了彼此的點子笑得前仰後合呢！

連著幾天溫和的天氣後，帶來一個晴朗的聖誕節。漢娜早就「打骨子裡感覺到」那天必定是個大好日子。果不出其所料，到了當天，一切事物和每個人的表現，簡直都像是在爲這歡樂的日子錦上添花一般。首先，大家事先就接到馬琪先生的消息，說他很快便能與家人們團聚。接著，那天早上貝絲也覺得身體特別舒服，甚至由家人們幫她換上母親所送的禮物——一襲柔軟的深紅色麥利諾羊毛便袍——然後被喜洋洋地抬到窗口，參觀喬和羅禮的獻禮。這對熱情澆不滅的年輕人，果然名不虛傳，他們像傳說中的小精靈一樣連夜工作，變出一個滑稽的驚喜來，窗外的花園中，莊嚴地佇立著一名冰雪堆成的仙女，頭戴冬青后冠，一手提著籃鮮花水果，一手握著一大捲樂譜，冰冷的肩上圍著條阿富汗氈子，嘴裡含著一張粉紅紙張，輕吐著讚美詩句——

〈給貝絲的少女峰之歌〉

願上帝庇祐妳，親愛的貝絲皇后！
祝妳永遠無憂無慮，
只有健康、平靜與幸福，
——在這聖誕之日，獻上——

新鮮水果送給我們辛勤的蜂兒嘗，
芳香的花朵供她輕輕嗅聞，
樂譜贈與她彈出琴韻悠揚，
阿富汗氈子使她腳趾免受風寒。

瞧，一幅喬安娜的畫像，

出於拉斐爾二世的手筆，
她勤勉地畫出娃娃的模樣，
好讓它看來美麗又真實。

請求妳，接受這條紅緞帶，
給喵喵夫人紮尾巴；
可愛的珮姬致贈冰淇淋，
裝得冰桶滿滿地像勃朗峰。

我的製造者留下最深切的愛惜，
藏在我冰雪的胸臆中：
接受它吧，還有這阿爾卑仙女，
它們來自喬與羅禮。

貝絲看得笑不可支，羅禮趕緊跑出去把禮物全抱進來，由喬一件件送到她手上，邊送還邊說些好笑的言詞呢！

喬認爲貝絲在興奮過後應該休息一下，於是抱著她到書房，順便讓她品嘗幾顆冰雪仙女籃子中的新鮮葡萄。貝絲滿足地歎口氣，說：「我好快樂喲！若是父親也在家，那我就是全天下最幸福的人了。」

「我也是。」喬拍拍她的口袋，口袋裡有著一本她期盼已久的**《水中仙女的故事》**。

「我敢說我也一樣。」艾美仔細打量著母親送給她那幅框著美麗畫框，莊嚴肅穆的**〈聖母與聖嬰〉**畫像樣張。

「我當然也一樣！」瑪格順順她第一件絲緞禮服的銀褶皺，那是羅倫斯先生堅持要送她的。

「**我**又怎能例外呢？」馬琪夫人的視線，由丈夫的信函游移到貝絲微笑的臉龐，不禁滿懷感激，慈愛地輕撫著女兒們依偎在她胸口那銀灰、金黃、赭紅、深褐的髮絲。

在這平凡無奇的世界，有時也會發生像喜劇小說情節般令人快慰的事。就在衆人都說出只要再有一件意外之喜，她們就是世上最快樂的人之後半個鐘頭，這件意外之喜，眞的像及時雨般降臨在她們身上；羅禮打開客廳門，悄悄地探進頭來，看他那滿臉喜不自勝的樣子，眞像恨不得翻筋斗，大聲呼叫才能發洩滿腔的興奮似的，而聽到他大喜過望的聲音，雖然只是屏著氣，簡單地說一句：「還有一樣送給馬琪家的禮物。」大家都已經忍不住歡迎雀躍。

羅禮話沒說完便急著抽身退到一旁，在他原本站立的地方，出現一名大衣領子直遮到眼睛下的高大男子。那人靠在另一名男子的臂膀上，想出聲，卻說不出話來。這時屋內有如一陣龍捲風起，剎那間馬琪先生已淹沒在熱情簇擁的四雙手臂中了，喬幾乎要砸了自己豪邁的名氣，當場昏倒，還好有羅禮在一旁扶著，布魯克誤親瑪格一下，急得語無倫次地解釋；向來高貴莊嚴的艾美絆倒一張凳子，還不顧一切，連奔帶爬地摟著父親的靴子大哭，令人不得不爲之動容。馬琪夫人是最先恢復鎮定的，她舉起手警告：「噓，記得別吵著了貝絲！」

不過，太晚了，書房「砰！」地大開，小小紅袍子出現在門檻上——興奮為虛弱的四肢陡然增添了力氣——貝絲直奔父親懷中。滿腔的激動去除了一家人過往的苦楚，只留下無盡的甘甜。

使大家恢復常態的是一陣並不浪漫，卻發自內心的大笑；因為他們看到捧著肥火雞，從廚房衝出來的漢娜，竟一直忘了把它放下，還站在門後對那烤火雞感動的流淚。笑聲漸漸平息後，馬琪夫人開口向忠誠地照顧自己丈夫的布魯克先生致謝，這時布魯克先生才猛想起馬琪先生需要休息，忙抓著羅禮向馬琪一家告辭。

接著馬琪夫人吩咐兩名病人休息，於是父女倆便同坐在一張大椅子上與家人暢談。馬琪先生表示他一直計劃想給大家一個驚喜，就在天氣好轉之後，醫生同意讓他返家。還說布魯克有多盡心，眞可說是位正直可敬的好青年。這時他突然頓了一下，瞄一眼正猛烈撥弄爐火的瑪格，然後朝妻子揚起眉毛，彷彿在詢問什麼；馬琪夫人微微點頭示意，然後猝不及防地問他是否想吃點兒什麼。這些舉動一一落在喬眼裡；她很清楚個中含義，於是板著臉大踏步走出客廳去拿酒和肉湯，還重重摔上門，喃喃自語：「我討厭有棕色眼睛的可敬青年！」

世上再也沒比這更開懷的聖誕大餐了。漢娜端上肥腴的火雞，眞材實料的塡料，烤得泛褐的脆皮，加上漂亮的裝飾，讓人看了不禁垂涎欲滴；精美的布丁入口即化，可口的果凍使艾美像蜜池中的蒼蠅一般，埋頭大吃。上帝垂憐，事事都轉為順利平安。「唔，瞧我心頭高興怦怦跳，沒把布丁拿去烤，沒用葡萄乾塞火雞，已經是千恩萬幸了。」

羅倫斯先生帶著孫子，還有布魯克先生都來共餐——喬對布魯克先生總是帶著威脅神氣怒目以對，羅禮看了只覺得好玩至極。桌首並排著兩張安樂椅，上面坐的是貝絲和她父親，兩人只淺嘗了些雞肉和水果。他們舉杯互祝健康、說故事、唱歌、像老人家形容的那樣「談舊憶往」，眞是快樂極了。原本大家計畫要滑雪橇的，但女孩們都不肯稍離父親片刻，賓客們只好早早告辭。當夕陽漸漸西下之際，這快樂的一家子又團團圓圓圍在火爐邊了。

「記得嗎？才不過一年之前，我們還在爲預期中黯淡的聖誕節而唉聲歎氣哩！」喬打破了長談後短暫的沉寂。

「大致上，這一年算是相當愉快的了！」瑪格望著爐火泛起笑靨，暗暗慶賀自己在布魯克先生面前表現得非常高貴不俗。

「我卻認爲是很艱苦的一年呢！」艾美若有所思地看著手上那枚戒指閃亮的光。

「我好高興這一年總算結束了；因爲我們終於把您迎接回來了。」坐在父親膝上的貝絲，輕聲地低語著。

「我的小朝聖者們，這一段日子對妳們而言，就像是一條坎坷崎嶇的路一般；尤甚是後半段。但妳們已經勇敢地踏上這段旅程，我相信在不久的將來，妳們背上的包袱必然會很快跌落。」馬琪先生環顧圍繞在身畔的四張年輕臉蛋，心中隱隱湧出一抹身爲人父的滿足。

「您怎麼知道的？是母親告訴您的嗎？」喬問。

「那只是一小部分。觀草知風，就在今天，我已經有了不少新發現。」

「噢，請告訴我們是什麼發現！」坐在父親身旁的瑪格問。

「這就是其一，」他執起瑪格扶在他椅把上的手，指著變得粗糙的手指、手背上一處疤痕、還有手掌心的二、三塊繭：「我記得它曾經是隻柔若無骨的手，也是妳最細心呵護保養的地方。

那時它非常漂亮，但在我心中，現在的它更美——因爲從這些隱約可見的傷痕裡，我讀到了一段小小的歷史。曾經雪白無瑕的它，如今有了焦褐奉獻痕跡，而變硬了的手掌所掙得的更遠不止是水泡，我深信由這些被針尖戳破許多小傷的手指所縫紉的衣物，必定是經久耐穿的，在縫縫補補的同時也縫進了無限善意。瑪格，親愛的，我對能夠維持家中幸福和樂的婦女技藝，遠比對纖纖素手或時髦才藝的評價還高。能夠掌握美好、辛勤的小手，我感到非常驕傲，也盼望不至於太快有人要求能執著妳的手、步入禮堂。」

若是瑪格曾企求無數鐘頭的耐心工作得到報酬的話，那麼在父親的握手與讚許的微笑中，她已獲得最豐盛的報酬。

「喬呢？也謂說幾句好話吧；因爲她一直好努力，又對我很好，很好呢！」貝絲湊在父親耳朵邊說。

他朗朗大笑，望著坐在對面的高個子女孩；在她棕色的臉龐上，有著一抹難得的溫馴。

「儘管是蓄著一頭短短的頭髮，但我絲毫看不出去年我離家時那位『喬兒子』的痕跡。」馬琪先生說：「我看到一位把領子別得筆挺的年輕淑女，鞋帶繫得整整齊齊，也不再吹口哨、說俚俗之語，或者像從前一樣躺在地毯上。此刻她的臉龐相當瘦削、蒼白，隱然流露出警惕與焦慮，但我喜愛看著這張臉；因爲它比以往更溫和，音量也低得多；她安詳地走動，而不再蹦蹦跳跳，並且像個好媽媽般細心照料某個小小人兒，讓我非常高興。我相當懷念我的野丫頭，但能夠得到一名強壯、熱心和好心腸的女子取而代之，我於願足矣！我不知剪了毛是否使我們的黑羊心傷，卻百分之百明瞭，在整個華盛頓城市中，我找不到任何東西，漂亮到值得我花掉我的乖女兒所贈的二十五美元。」在得到父親的讚揚之際，喬那鷹隼般的雙眼霎時一陣迷濛，蒼白的臉龐在火光映照下浮現微微紅暈；這番讚揚，她覺得自己受之無愧。

「現在該貝絲了。」艾美雖然渴盼早輪到自己，卻也準備好耐心等待。

「對於她，我只講一、二句。因爲雖然她不像過去那麼害羞，我卻還是怕說得多了，她會一溜煙躲起來。」父親愉快地開了口；然而一想起自己差一點就失去了她，他不由得緊緊摟住這女兒，偎著她的小臉蛋，溫和地說：「我終於見到妳安然無恙了。我的小貝絲，願上帝保佑，使妳永遠平平安安。」

經過短暫的沉默後，他注視著坐在他腳下小腳凳上的艾美，輕拂著她閃亮的秀髮，說：「我注意到用餐時艾美吃的是雞腳，整個下午都在幫媽媽打雜，晚上還把自己的位置讓給瑪格，又以耐心和幽默的態度伴隨衆人。此外我還注意到她既不焦躁，也不頻頻照鏡子，甚至沒有提起她手上那枚非常漂亮的戒指；因此我得到一個結論：她必然已經學會多爲別人設想，不會只爲自己打算。在她手裡揉捏那些泥巴人的同時，也已決心努力重塑自己的性情，讓我感到非常高興。因爲雖然她所擺出的尊貴舉止深深值得我引以我傲，但擁有一個能爲自己與他人創造美麗生活的可愛女兒，更令我倍感光榮。」艾美聽了向父親道謝，並談起那枚戒指的故事。

這時喬問：「貝絲，妳在想什麼？」

「今天我在《**天路歷程**》裡讀到基督徒和信望如何在經歷重重難關，來到一塊百合花終年盛開令人心曠神怡的草坪，愉快地休息——正如我們現在——然後再繼續走完他們的歷程。」貝絲說著，自父親的懷抱中滑下，走到鋼琴前：「現在是歌唱時間了，我希望能重回我的職守。我要試唱這首天路客們聽到的牧童之歌；我爲父親配上了音樂；因爲這是他喜愛的詩歌。」

說著貝絲坐到她心愛的小鋼琴前，輕柔地觸動琴鍵，用那大家原以爲再也聽不到的婉轉歌聲，唱出自己譜曲的精緻詩歌；那巧妙的音韻正合適她獨唱：

在下的無需懼怕跌落，
微賤者沒有驕矜；
謙卑的人永遠會有
上帝作他的指引。
我滿足於自身所有，
無論是寡或多；
而，上帝啊！我依舊祈求滿足，
因為那是您所賜的最大解脫。
他們揹起滿滿的包袱，
走上朝聖之路？
今生微薄，來世多福，
正是千古不變的極樂。

23 馬琪嬸嬸解決問題

就像蜜蜂簇擁蜂后一般，第二天媽媽與女兒們都忘了一切，只顧圍繞馬琪先生身旁，注視、侍候並聆聽這位剛返家的病人敘述經歷，無限的親切簡直要淹沒了他呢！正當他坐在貝絲沙發旁的大椅子上，妻女們守在身邊，漢娜也不時探頭「仔細瞧瞧這親愛的人」之際，感覺上，一家人的快樂似將永無涯際。然而儘管沒有人承認，但幾位年紀較長的成員卻都明白，此情此景勢必會有變化。每當馬琪先生和馬琪夫人的視線隨著瑪格轉時，兩人總會互遞焦慮的神色。喬時常突然一臉嚴肅，還好幾次被發現她正對著布魯克先生留在玄關的雨傘猛揮拳；瑪格老是含羞帶怯，魂不守舍，門鈴一響她便陡然心驚，有人提起約翰的名字她就臉紅，艾美說：「大家似乎都在等待著什麼，無法平心靜下來，可是爸爸明明安全回家了呀，眞是好奇怪。」而貝絲卻天眞地納悶著，爲何她們的鄰居不像往常一樣跑到家裡來。

下午羅禮經過馬琪家，看到瑪格人在窗口邊，他突然就像著了魔似地單膝跪地，雙手合抱，彷彿在請求什麼恩賜。瑪格叫他放規矩些，快快走開，他卻假裝淚溼巾帕，還蹣跚地徘徊屋角，一副絕望已極的模樣。

「這笨小子想做什麼呀？」瑪格故作無知地笑著說。

「他是在告訴你，妳的約翰將要展開攻勢。很動人，是吧？」喬滿口不屑。

「不許說**我的約翰**；那既不恰當，也不是事實。」瑪格嘴裡雖然這麼說，口氣中對那幾個字卻有戀戀之意，似乎對那些字眼感到很愉快。「喬，別再跟我過不去了嘛！我已經跟妳說過了，我不很在意他，何況現在說什麼也都還不算數，我們只要像以前一樣，大家和和氣氣地做朋友就好啦！」

「不可能的；有些事情**已經**被搬上檯面，況且羅禮的惡作劇已自我身邊奪走了妳。我看得出來；媽媽也看得出來；妳一點也不像過去的妳，感覺離我好遠，好遠。我不是故意要挖苦妳，也很願意像個男子漢、大丈夫般忍受這一切，但我眞的很希望有個澈底的解決。我討厭等待；如果妳想如他所願的話就快快如他所願，早早結束這個問題。」喬意氣用事地表示。

「在他講出來以前，我既不能說什麼，也不能做什麼，而他是不會講的，因爲父親說我還太年輕哩！」瑪格露出一抹令人難以捉摸的微笑，俯首工作，看來她似乎不怎麼同意父親的觀點呢！

「要是他說了，妳一定不知道要怎麼表示，只會哭泣、臉紅，或者任他隨意而爲，而不是斷然地說出一個很好的『不！』字。」

「我才不像妳想像的那麼愚蠢或脆弱。我早已全部計劃好了，很清楚自己該說什麼，根本不會任由人家牽著鼻子走；未來會發生什麼事誰也不曉得，我只願事先做好萬全的準備。」

「妳可願意把準備回答的話先告訴我嗎？」這次喬的口氣放尊重多了。

「當然願意囉！妳都已經十六歲，很可以當我的知心密友了；再說未來妳自己遇上這種事的時候，也許我的經驗可以派得上用場呢！」

「絕不會有這一天的；看別人玩愛情遊戲的確是很有趣，但要我也那麼做，簡直就像傻瓜嘛！」看起來喬對這種念頭相當警戒。

「現在我想到，若是妳很喜歡一個人，而他也很喜歡妳就好了。」瑪格喃喃唸著，眼波流轉到夏日黃昏時，常見情侶攜手漫步的小徑。

「我想妳是要把這番話告訴那男人吧！」喬粗魯地打斷姊姊小小的遐想。

「噢，我只會相當鎮定而果斷地告訴他：『謝謝你，布魯克先生，多承你青睞，但我贊成家父的看法，目前我還太年輕，不該這麼早訂下終身大事，因此請你別再多說，讓我們像以往一樣做個好朋友吧！』」

「嗯，這話的確夠冷淡、夠義正詞嚴了！我不相信妳眞會這麼說，就算會，他也不會就此滿足的。萬一他像畫中那些令人作嘔的情人一樣，妳一定會捨不得傷害他的感情而屈服的。」

「不，我不會。我會告訴他我已下定決心，然後掉頭就走。」

瑪格說著站了起來，正要像她說的那樣斷然走開時，卻聽到門廳傳來一陣腳步聲，趕緊快步回到座位做起裁縫來，彷彿她的一生端賴是否能在關鍵時刻內完成那件針線活似的。喬眼見這變化，硬生生地吞回笑聲。聽到有人在門外輕敲後，她滿懷敵意，一臉嚴酷地開了門。

「午安。我來拿我的傘——順便呃，來看看令尊今天感覺如何？」布魯克先生眼見姊妹倆都像在刻意迴避什麼似的，不禁感到有些困惑。

「很好，他在傘架上；我去拿來，順便告訴它你來了。」喬在心慌意亂下把父親和傘都說顚倒了。她一溜煙出了客廳，給瑪格一個機會發表她剛剛那篇說詞，擺擺儼然不可侵犯的架子。可惜她人才剛走，瑪格立刻羞澀地走向門口，喃喃地說：

「媽媽一定很想見你。請坐；我去叫她。」

「別走。妳怕我嗎？瑪格麗特？」看到布魯克先生飽受傷害的神情，瑪格以爲自己一定做了什麼不禮貌的事。這是她第一次聽到他稱她瑪格麗特，忸怩得滿臉通紅，而且驚訝地發現聽到他這麼稱呼，心裡竟覺得很自然，很甜蜜。她急於表現自己的友善與自在，於是以信賴的態度伸出手來，感激地表示：

「你對家父那麼好，我怎麼可能怕你呢？我只願能報答你這番好意就好了。」

「要我告訴妳怎麼做嗎？」布魯克先生立刻把那隻小手握在自己雙手中，棕眼裡滿含意，俯視瑪格，害她不知要停下來聽或逃走，一顆心怦怦亂跳。

「噢，不，拜託不要——我還是不聽的好。」她拚命想把手抽回來，眼裡也浮現抑不住的驚慌之色。

「瑪格，我只是想知道妳對我是否也有一點點喜愛，不會爲難妳的。親愛的，我好愛妳。」布魯克先生溫柔地傾吐愛意。

該是發表那套正當、冷淡言辭的時候了，瑪格卻沒那麼做；她把那些句子全忘得一乾二淨，垂著頭赧赧然地回答：「我不知道。」她的聲音是那麼低，以至於約翰必須伏下身去，才聽得到她那不智的答案。他似乎覺得有了這個答案，已經是足以成爲他排除萬難的動力，滿足地微微笑，握緊了那豐潤的小手，極力勸誘：「妳可願試著明白？我好想瞭解妳的心意。因爲，除非能明白我的情感最後是否能得到回報，否則我是不會有心思工作的。」

「我還太年輕啊！」瑪格結結巴巴地回答；她不明白為何自己的心騷動得這麼厲害，卻又相當喜愛這種感覺。

「我會耐心等待，而趁這段時間內，妳也可以學著喜歡我。親愛的，這門功課不至於太艱難吧？」

「如果我選擇學習的話就不會，但——」

「瑪格，請選擇學習；我樂於指導，而這門功課要比德文簡單多了。」約翰握住她的另一隻手，令她無從遮掩自己的神色。

他的口氣像是在苦苦哀求，但瑪格偷偷看他一眼，卻發覺那對棕眼裡閃著無限的愉快與溫柔，嘴角也掛著一抹微笑，顯然是認定自己成功在望。而這激惱了瑪格。安妮．墨菲那席關於賣弄風情的蠢話，驀然閃進她的腦海，沉眠於這小婦人胸臆中的愛情權力霎時甦醒，占據了她的心靈。她心裡的感覺興奮又陌生，不知如何是好，情緒一衝動，任性地甩開他的手，暴躁地說：

「我不選擇；請你離開，別來動搖我！」

可憐的布魯克先生看起來就好像心愛的空中樓閣在耳畔坍塌了，因為他從沒見過瑪格發這麼大脾氣，所以心中非常迷惑。

「那真的是妳的心意嗎？」眼看瑪格往外走，他急得跟在後面問。

「沒錯，我不希望被這種事情所困擾；父親說我還不用這麼早就擔心這些，我自己也不願意如此。」

「將來妳是否可能改變心意呢？我願意耐心等待，直到妳有更多時間可以考慮。瑪格，別玩弄我，我想妳不會那樣的。」

「你根本就不要想到我；我寧可如此。」瑪格說著，不禁對試驗戀人的耐性和自己的權力產生些許快感。

這時他變得神情凝重、臉色蒼白，活像她所欣賞的書中男主角；但他既未像他們一般頷首詠歎，也沒繞著房間重重地踱步，只是站在原地，好溫柔、好熱切地注視著她，令她不由得後悔自己剛剛的言行。若不是馬琪嬸嬸正好在這有趣的一刻拄著拐杖，一搖一擺地走進來，天曉得接下去會發生什麼事。

老人家等不及要見見她的姪子；她駕車在外兜風時遇到羅禮，得知馬琪先生返家的消息，立刻驅車過來探望他。馬琪一家都不在前廳。她悄悄走進屋來，想要給大家一個驚奇。她的確驚動到兩個人了；瑪格像是撞見鬼了一樣，倒抽一口冷氣，布魯克先生也急忙閃進書房裡去。

「天，這是怎麼一回事？」老夫人瞥一眼臉色慘白的青年，再看看面紅耳赤的大姑娘，敲著拐杖失聲大叫。

「那位是父親的朋友；見到您是多麼意外啊！」瑪格結結巴巴地回答，心想一頓數落是免不了的了。

「看得出來。」馬琪嬸嬸坐了下來。「只是妳父親那朋友究竟是對妳說了什麼話，會叫妳臉紅得像牡丹一樣?你們準是有什麼不能讓人知道的事，我非探個究竟不可。」說著，又頓了頓拐杖。

「我們只不過在聊聊天；布魯克先生是來拿回他的傘的。」瑪格一心只盼望布魯克先生和他的傘，現在都已安安穩穩地出了這座屋子外。

「布魯克？那男孩的家庭老師？哈！現在我明白了；我全明白了。前陣子喬粗心大意地在妳父親的來信中，夾了一張不相干的東西，我已經對她查問清楚了。孩子，妳還沒接受他吧？」馬琪嬸嬸的口氣和神情都充滿了不屑。

「噓！他會聽見的。要不要我去請媽媽出來？」瑪格心情亂紛紛。

「還用不著。我有話要告訴妳，先讓我把事情弄清楚再說。告訴我，妳眞的要嫁給這個姓什麼克來著的嗎？如果妳要嫁他，就休想從我身上得到一文錢。記住這句話；放聰明點。」老夫人鄭重強調。

馬琪嬸嬸的一大絕技，便是使世上最溫和的人都會忍不住反抗她，偏偏她淨愛做這種事。天底下脾氣再好的人都難免會鬧鬧彆扭，更何況是戀愛中的年輕人。若是馬琪嬸嬸要瑪格求接受約翰·布魯克的話，說不定她還會宣稱自己才不可能動這個念頭；但既然老夫人硬要命令她不許喜歡他，她便賭氣地立刻決心要接受他了。偏好和固執同樣是下決定的催化劑，情緒激動的瑪格終於一反常態，激烈地與老人家唱起反調來。

「馬琪嬸嬸，我愛嫁給誰便嫁給誰，至於您的錢喜歡留給誰，您就留給誰吧！」

「嗯哼！小姐，這就是妳對我諄諄忠告的反應嗎？等妳將來適應不了困守在小茅屋裡的愛情時，自然會後悔的。」

「至少那不會比某些人在豪屋中的情況差吧！」瑪格反唇相譏。

馬琪嬸嬸戴上眼鏡、打量一眼那女孩；因爲她從不知瑪格會這樣鬧情緒。瑪格自己也不明白是哪裡來的勇氣，只覺得好自主，好勇敢——好樂於為約翰辯護，維護自己愛他的權利——只要她喜歡的話。馬琪嬸嬸明白自己是用錯辦法了，於是緘默片刻後，改變策略，用她最柔和的口氣對她說：「喂，瑪格，親愛的，理性點兒，聽我的勸。我是出於好意，不希望妳一開頭就走錯了路，毀了自己的一生。妳應該嫁到好人家，幫助自己的家庭；攀龍附鳳是妳的責任，妳應該牢牢記在心上。」

「爸爸和媽媽並不這麼認為，約翰雖然窮，他們還是很喜歡他。」

「妳爸媽？哈，他們那兩個人對於世故人情的瞭解，只怕就跟兩個剛出生的小嬰兒差不了多少呢！」

「幸而如此。」瑪格倔強地嚷著。

馬琪嬸嬸沒理她，自顧自地繼續說教：「這個姓布什麼的不但人窮，也沒什麼有錢親戚，對吧？」

「沒有，但他有許多熱心的朋友。」

「人不能光靠朋友。妳不妨試試看，就會知道所謂的朋友有多冷漠。他也沒有正式的職業，對不對？」

「還沒有，羅倫斯先生會幫助他呀！」

「那終究不是長久之計。詹姆士·羅倫斯是個不切實際的老頭子，靠不住的，難不成妳明知照我的話做，下半輩子可以過得舒舒服服的，還要嫁給這麼個沒錢沒勢，沒職業的人，過比現在更辛苦的日子嗎？瑪格，我原以為妳不至於這麼笨的。」

「我就算等完下半輩子，也不可能嫁得更好的！約翰善良又聰明擁有許多長才。他樂於工作，辛勤不輟，積極又勇敢，人人都喜歡他、敬重他，雖然我又窮又傻又年輕，但想到他愛我，我會感到很驕傲。」一臉誠摯的瑪格，看起來比平日更添嬌媚。

「孩子，他知道妳有有錢親戚；我猜想，那就是他喜歡妳的原因。」

「馬琪嬸嬸，妳怎敢這麼說？約翰才不是那種卑鄙小人。如果妳要這麼說的話，我從此再也不聽妳的話了。」瑪格氣呼呼的喊著，除了替約翰說公道話外，什麼都顧不得了。「我的約翰不會為錢而結婚，而我也一樣。我們都願意工作，甘心等待。我不怕窮，因為到目前為止我過得很快樂，也知道自己終將會和他在一起，因為他愛我，而我——」瑪格這才想起自還沒下定決心。剛剛她才叫「她的約翰」走，而現在自己這番反反覆覆的話，只怕都不小心落入他的耳朵了呢！

馬琪嬸嬸非常生氣；她早已決定要讓美麗的姪孫女嫁入豪門，然而眼看這女孩一臉幸福的模樣，寂寞的馬琪嬸嬸卻不由得感到生氣又悲傷。

「好，這整件事我都袖手不管！妳眞是個倔強的孩子，這次愚行帶給妳的損失遠比妳想像多得多。不，我不會住口。我對妳很失望，也沒那個心情探望妳父親了。結婚時，妳休想從我這邊得到一絲半毫，妳那個布什麼先生的朋友必須照應你們。我跟妳永遠都不相干。」

馬琪嬸嬸當著瑪格重重摔上門，坐著高轅馬車走了。她這一走，似乎把瑪格的勇氣也全帶走了；她一個人呆站了一會兒，也不知是該大哭抑或大笑。她還來不及拿定主意，已被布魯克先生擁入懷裡。他悄聲對她說：「瑪格，我忍不住要偷聽。謝謝妳為我辯解，馬琪嬸嬸的來訪，證實了妳對我的確多少有些關愛。」

「直到她詆譭你以前，我也不瞭解自己有多喜愛你呢！」

「而我也可以快快樂樂留下來，用不著離開了，是不是，親愛的？」

這又是瑪格發表她那篇冠冕堂皇的議論，掉頭而去的好機會，但她根本沒想到要那麼做，反而做了件在喬眼裡永遠瞧不起的事——把頭埋在布魯克先生的短外套上，溫順地低語：「是的，約翰。」

馬琪嬸嬸離開十五分鐘後，喬悄悄地下了樓，在客廳門外站了一下，聽見前廳裡靜悄悄一片，得意地點頭微笑，暗想：正如我們計劃的一樣，她已經把他趕走，所有問題全解決了。我這就進去聽聽那有趣的經過，大笑一場吧！

可憐的喬才踏上門檻，就看見一幅令她目瞪口呆，舉步不得的景象，再也笑不出來了。原想進去讚揚意志堅強的姊姊趕走討人厭的情人，大肆慶賀終於拔掉眼中釘的喬，進門就看見那根眼中釘正安詳地坐在沙發上，而所謂意志堅強的姊姊卻一副最恭謹的表情，倚在他膝上。喬像被劈頭澆了盆冷水般驚呼失聲——這種出乎意料的變化，叫她看得幾乎要昏倒。室內的情侶聽到她那奇怪的聲音。回頭看見了她。瑪格連忙跳了起來，神情既驕傲又嬌羞，而喬口中的「那個男人」卻是開懷大笑，吻了驚慌失措的她一下，厚臉皮地說：「喬妹妹，向我們道賀吧！」

已經深受傷害的喬，這時更倍覺侮辱——眞是太過分了——她雙手亂揮一陣，什麼話也說不出來，衝上樓去，鬼哭神號地哀叫著：「噢，哪個人快下去一趟；約翰．布魯克的表現太恐怖了，瑪格偏偏喜歡。」那淒厲的聲音把房裡的病人都嚇了一大跳。

馬琪夫婦急忙趕下樓去；樓上的喬整個人撲到在床上邊哭邊罵，把這可怕的消息說給貝絲和艾美聽。然而這兩個小妹妹卻把它當成最合意，最有趣的事，喬在她們這邊根本得不到多少安慰，乾脆跑到閣樓上尋求慰藉，向她的老鼠們訴說衷腸了。

當天下午在客廳裡發生的事，令衆人同感驚奇；一向溫文沉默的布魯克先生以高昂的士氣，滔滔雄辯的口才向瑪格求婚，說出他的計畫，說服他們隨他的心意安排一切。他還沒描述完預計爲瑪格掙得的前景，晚餐鈴已經響了。於是這位教書青年，驕傲地領著心上人一同用餐，兩人那幸福洋溢的神情，看得喬就算想嫉妒或生氣也無從嫉妒、生氣起。艾美爲約翰的專情和瑪格的尊貴深受感動，貝絲遙遙對他們微笑，而馬琪夫婦則溫和而滿意地打量著他倆，看來馬琪嬸嬸說的沒錯，他們眞是一對「跟小嬰兒般不懂人情世故」的夫妻呢！這一頓飯雖然都只是淺嘗即止，但每個人看起來都很快樂，而這幢舊屋也似乎因家中的第一段羅曼史，而呈現出全新的氣象呢！

「現在妳再也不能說天底下不會有什麼愉快的事了，對不對，瑪格？」艾美一面問，一面盤算如何把這對戀人的形影，繪入她的圖畫中。

「不，絕對不能。自從我說過那句話後，不知發生過多少愉快的事了呀！距離當時，恐怕都有一年了吧！」沉醉在幸福中的瑪格，已經開始想像應付柴米油鹽醬醋茶的日子了。

「否極泰來是循環不已的眞理，我深信我們的好運道已經開始了。」馬琪夫人說：「在多數的家庭中，總難免會偶爾碰上一個多事之秋；過去這一年正是如此，幸而結局畢竟是圓滿的。」

「但願明年的收場會更好。」喬喃喃地說。她眞切地愛著某些人，深怕失去或者流失了部分他們對她的感情，因此當面看著瑪格一心一意關注一個陌生人，心裡委實難以接受。

「我寄望從今天算起的第三個年頭還會有更好的結局。只要我能實現我的計畫，一定不會落空的。」布魯克先生對瑪格微微一下，彷彿現在對他而言，天底下沒有辦不到的事了。

「那不是還要等很久嗎？」艾美等不及要看到他倆的婚禮。

「我還有好多事要學習呢，感覺上時間好像很急迫。」瑪格臉上浮現一抹從未有過的嬌媚與莊重。

「妳只要等著那一刻來到就好了，工作全由我負責。」約翰說著，由幫瑪格拾起餐巾做起，喬望著他的神情不禁大搖其頭。

接著前門乒乒乓乓、地傳來聲響，喬這才如釋重負地自言自語：「羅禮來啦，總算可以和他談點聰明話嘍！」

可是喬估計錯了；因爲羅禮不但興高采烈，蹦蹦跳跳地闖進來，還帶了一束極像新娘花束的鮮花，要送給「約翰．布魯克太太」。看他那副神氣，顯然這整件事，都還是出自於他的精心安排呢！

「我就知道布魯克一定會不理別人的阻撓，完成這件事的。他一向如此——因爲只要他決心想做的事，就算天塌下來，他也不會半途而廢。」羅禮說著獻上他的花束與祝福。

「多蒙謬讚，我爲將它視爲未來的好預兆，現在我當場邀你來參加我的婚禮。」這個時候的布魯克先生，覺得全天下的人都討人喜愛得很，就連他那位淘氣學生也一樣。

「就算我人在天涯海角也一定會趕回來。因爲單是看喬那時的臉色，也就值得我千里迢迢來參加了。」這時羅倫斯先生來訪，大家忙著與他寒暄。羅禮隨喬走到客廳一角，問她：「小姐，妳似乎不太開心。怎麼啦？」

「我不贊成這樁婚事，但我已決心容忍，一句反對的話都不會說。」喬神情凝重，顫抖地表示：

「你不知道要我把瑪格讓給別人，心裡有多難受。」

「妳不是把她讓給別人，只是與人共同分享她的一切呀！」羅禮婉言勸慰。

「但再也不會像從前一樣了，我已經失去最親密的朋友了啊！」喬歎著氣說。

「無論如何，妳還有我呀！我知道我對妳不算大有助益，但是喬——在我有生之年，我都會站在妳身邊的。我發誓，絕無虛言。」羅禮說出由衷之言。

「我知道，而且非常感激。泰迪，你總是能帶給我很大的安慰。」喬感激地與他握手。

「那麼，別再憂鬱嘍！瞧，一切都是那麼妥當。瑪格很快樂；布魯克將四處奔忙，很快便會安頓下來；爺爺也會從旁協助，屆時看到瑪格住進自己的小屋裡，將是多麼令人開懷啊！等她嫁走後我們也一定會很快樂，因爲隔不了多久我就將唸完大學，和妳結伴暢遊海外。聽完這些話，妳心情是不是好過多了？」

「大概是吧！只不過誰想得道這幾年間，世事還會有多少變化呢？」喬心事重重地說。

「這倒是眞的？妳會不會希望自己能預知未來，看看未來我們到底會是什麼樣子的呢？我很想呢！」

「我卻不希望如此，因爲也許我會看到什麼悲傷的事也說不定。現在每個人看起來都是這麼快樂，只怕未來不見得能比此刻更好吧！」喬的視線緩緩流轉過全場，眼神登時一亮，因爲眼前正是一幅其樂融融的景象啊！

父親與母親安詳地坐在一塊兒，重溫二十年前兩人戀愛的曼妙感受。艾美正在畫那年輕情侶；他倆獨自坐在兩人的美麗世界上中，那世界的光亮照在他們的臉上，投影出這小小畫家也畫不出的神采。貝絲靠在她的沙發上和她的老友羅倫斯先生愉快地閒談，老人家緊緊握著她的手，彷彿認爲這隻手有力量引導他，通過她所行經的祥和旅程。喬斜倚在自己心愛的矮椅上，神情莊重而安詳，羅禮靠著她的椅背，低頭望著她；他的下顎輕觸到她的髮梢，在投向他倆的長鏡頭中，帶著最和善的神氣對她頷首微笑。

在瑪格，喬、貝絲、艾美四人歡聚的畫面中，幕冉冉降下了。至於它是否會再度升起，端賴諸位對這齣名爲《小婦人》的家庭劇反應如何而定了！

國家圖書館出版品預行編目資料

小婦人／露意莎 · 梅 · 奧爾柯特／著　楊玉娘／譯
-- 修訂一版 -- 新北市：新潮社，2019.11
面；　公分
譯自：Little women
ISBN　978-986-316-745-7（平裝）

874.57　　108013033

小婦人

露意莎 · 梅 · 奧爾柯特／著

楊玉娘／譯

【策　劃】林郁
【制　作】天蠍座文創
【出　版】新潮社文化事業有限公司
電話：(02) 8666-5711
傳真：(02) 8666-5833
E-mail：service@xcsbook.com.tw

【總經銷】創智文化有限公司
新北市土城區忠承路 89 號 6F（永寧科技園區）
電話：(02) 2268-3489
傳真：(02) 2269-6560

印前作業　菩薩蠻、東豪印刷事業有限公司

修訂一版　2019 年 12 月